Love me deeply

Daphne Bühner

love me deeply

Daphne Bühner

Love me deeply
Roman
1. Auflage

Lektorat: Lektorat Franziska Schenker
Korrektorat: Paul Lung
Covergestaltung: NH Design, Nina Hirschlehner
Satz & Layout: Daphne Bühner

Bestellung und Vertrieb: Nova MD GmbH, Vachendorf

ISBN: 978-3-96966-970-9

Daphne Bühner
Am Sandwall 16
25980 Sylt/ OT Rantum

Für Mama.
Du und ich - Gegen den Rest der Welt.

Playlist

Lose You Now - Lindsey Stirling, Mako
Someone You Loved - Lewis Capaldi
Mercy - Shawn Mendes
Love Me or Leave Me - Little Mix
You Let Me Walk Alone - Michael Schulte
Prism - Lindsey Stirling
Play With Fire - Nico Santos
A Thousand Years - Christina Perri
How to Save a Life - The Fray
Breathe (2 AM) - Anna Nalick
Chasing Cars - Snow Patrol
Love Goes On And On - Lindsey Stirling, Amy Lee

Trigger-Warnung

Ich muss dich warnen, es geht nicht anders.
In diesem Buch werden psychische sowie physische Themen behandelt, die dich wohlmöglich triggern könnten.
Wenn du also ein arges Problem mit einem unerfüllten Kinderwunsch hast oder dich beim Thema rund um die Selbstverletzung unwohl fühlst, solltest du von dieser Geschichte Abstand nehmen und sie nicht lesen.
Sollten allerdings keine der Punkte auf dich zutreffen, wünsche ich dir eine wundervolle Reise in Alexas Geschichte.

KAPITEL 1

Ein Augenblick, ...

... der alles verändert. Wie einen wertvollen Gegenstand halte ich es in meinen Händen. Mit angehaltenem Atem und vor Freude weit aufgerissenen Augen sauge ich jedes Detail auf. Lange musste ich auf sie warten, doch endlich gehört sie mir. Kann sie berühren, sie streicheln und sie ...

Andächtig hebe ich meinen Schatz hoch und positioniere ihn vor mein Gesicht. Ich verlagere ein wenig meine Sitzposition, lehne mich ein Stück nach vorne und kneife ein Auge zu. Mit dem noch offenen schaue ich durch die Linse, welche mir eine andere Welt präsentiert. Der Straßenlärm und die leise Musik des Riesenrades neben mir treten in den Hintergrund. Die Menschen um mich herum blende ich aus. Nur mein kleines Sichtfenster zählt.

Vorsichtig löse ich eine Hand von meiner neuesten Errungenschaft, lege sie auf das Objektiv und drehe es leicht. Das Bild wird besser. Der Horizont und das Meer vor diesem ist nun gestochen scharf. Es ist ein himmelweiter Unterschied zu meiner vorherigen zehn Jahre alten Kamera. Weswegen es auch dringend nötig war, mir ein aktuelles Modell zuzulegen.

Auf der Arbeit durfte ich bereits mit dem Vorgänger dieses Modells fotografieren, wodurch ich keine weitere Anleitung benötige und einfach loslegen kann. Ohne groß über mein Tun nachzudenken, gleiten meine Fingerspitzen über das Gehäuse und bedienen die Kamera wie selbstverständlich. Ich nehme den Zoom ein bisschen raus und fokussiere die Menschen vor mir.

Eine innere Ruhe überkommt mich. Mein Atem verlangsamt sich, wird gleichmäßiger. Ich schwenke langsam von rechts nach links und beobachte, wie eine Frau mit ihrem kleinen Kind am Geländer steht und aufs Meer zeigt. Mein Blick gleitet schnell weiter und trifft auf ein älteres Pärchen, das händchenhaltend eng beieinander auf einer Bank sitzt und sich liebevoll anschaut. Ein leichter Stich fährt durch meine Brust. Ob mir sowas im Alter auch vergönnt sein wird? Ein Partner, der mich liebt, selbst wenn ich grau und runzelig bin?

Zwei wild Gestikulierende lenken meine Aufmerksamkeit auf sich. Sie stehen sich gegenüber und gucken sich wütend an, während sich ihre Münder bewegen. Zu gerne würde ich wissen, worum sich das junge Paar streitet, nur um ihnen zu sagen, dass alles gut wird. Dass es nur eine Kleinigkeit ist, die man abermals ins Lot bringen kann. Das Mädchen dampft wütend ab und der Junge rennt ihr hinterher. Die Sicht auf eine Frau wird frei. Sie sieht einsam aus, so ganz allein zwischen den vielen Paaren und Familien. Ihr Blick ist auf den Horizont gerichtet. Ihre Haltung wirkt mehr eingefallen statt stark und aufrecht. Ich kann ihr nachempfinden, bin ich doch ebenfalls allein an meinem Platz. Ohne Partner und ohne die Liebe, die dieser für mich ausstrahlt. Wir sind zwei einsame Seelen in einem Meer aus Paaren.

Jeden der einzelnen intimen Momente von Freude, Ärger, Liebe und Einsamkeit habe ich automatisch mit meiner Kamera eingefangen. Später werde ich sie genauer auf dem Laptop inspizieren und bearbeiten. Die Emotionen und Augenblicke richtig in Szene setzen und wer weiß, vielleicht schaffe ich es ja doch noch, meinen größten Traum zu erfüllen und eine eigene Ausstellung mit meinen Fotos zu schmücken.

Langsam lasse ich meine Kamera sinken und tauche aus meiner eigenen kleinen Blase in die Wirklichkeit zurück. Die Geräusche prasseln erneut auf mich ein und es ist vorbei mit der inneren Ruhe. Die Anspannung nimmt Besitz von mir. Ich greife wie so oft zu meinem Handy und prüfe nach. Keine neuen Nachrichten, keine verpassten Anrufe, einfach nichts.

Nachdem ich die ganzen Pärchen gesehen habe, ist der Wunsch groß, dass Xavier sich endlich meldet. Sonst kann ich diesen Drang nach ihm relativ gut verstecken, aber in solchen Momenten kommt er immer hervor. Und mit diesem dann die Einsamkeit. Etwas, womit ich zu leben lernen musste.

Ich schüttle den Gedanken an meinen Mann ab und besinne mich darauf, dass ich Tara und Piper ein Versprechen gegeben habe. Ich werde nicht zurück in das Tief fallen, sondern nach vorne blicken. Auch, wenn es nicht einfach ist, einen Mann zu vergessen, den man liebt und einst alles inklusive seines Herzes von sich geschenkt hat.

Da mir noch ein wenig Zeit bleibt, bevor ich zurück zur Arbeit muss, halte ich nach der Kellnerin Ausschau. Sobald sie mit dem Abkassieren fünf Tische weiter von mir fertig ist und in meine Richtung sieht, hebe ich meine Hand und winke ihr kurz zu. Sie schlängelt sich an den Gästen vorbei, immer mit einem Lächeln auf den Lippen und bleibt dann an meinem Tisch stehen.

»Kann ich Ihnen noch etwas bringen oder möchten Sie zahlen?« Die Kellnerin zückt ihr kleines Tablet aus der Haltung an ihrem Gürtel und schaut mich abwartend an.

»Gerne. Ich würde noch so einen nehmen.« Mit dem Finger zeige ich auf mein fast leeres Glas.

»Rooibush mit Zucker und Milch war das, oder?«

Ich nicke und die Kellnerin notiert sich meine Bestellung auf dem Tablet. »Eine ungewöhnliche Konstellation, die man sich merken kann. Mit Zucker kenne ich Tee, aber mit Milch dazu nicht. Sie sind mein erster Gast, der so etwas je bei mir bestellt hat. Kommen Sie aus England?«

»Nein, ich bin von hier. Allerdings habe ich Tee mit Milch dort bei einer Reise lieben gelernt.«

»O wie schön. Mein Verlobter und ich möchten dort unsere Flitterwochen verbringen.«

Ein Stich fährt durch meine Eingeweide, dennoch versuche ich, mein Lächeln aufrechtzuerhalten, während ich sage: »England ist ein sehr schönes Land, es wird Ihnen bestimmt gefallen.«

Xavier und mir hat es jedenfalls damals gefallen. England war seine Überraschung für mich zu unserer Hochzeit. Wir sind von einem Städtchen zum nächsten gereist und haben einiges von dem Land gesehen und kennengelernt.

»Das denke ich auch. Darf ich Ihnen sonst noch etwas zu ihrem Tee bringen?«

Ich schüttle mit dem Kopf. Die Kellnerin lächelt noch kurz und verschwindet dann, vermutlich um meine Bestellung zu holen.

Mein Blick gleitet ziellos und dieses Mal ohne Kamera über den Pier. Lange ist es her, dass ich einfach nur in einem Restaurant auf der Außenterrasse gesessen und Menschen beobachtet habe. Hätten meine beiden besten Freundinnen mir vor vier Wochen nicht in den Arsch getreten und mich dazu überredet, meine alte Leidenschaft, das Fotografieren, wieder aufzunehmen, würde ich vermutlich meine Mittagspause wie immer in meiner stickigen Kammer in der Firma verbringen. Dabei war mir bis eben nicht einmal bewusst gewesen, wie sehr ich es eigentlich vermisst habe, draußen an der frischen Luft und eins mit meiner Kamera zu sein.

Bevor Xavier und ich geheiratet haben, war es wie Atmen für mich. Ständig bin ich unterwegs gewesen, habe Fotos von der Natur und deren Bewohnern geschossen. Selbst Promis bin ich für das Magazin hinterhergereist. Nichts war vor meiner Kamera und mir sicher. Nun scheint es mir, als wäre es ein anderes Leben gewesen. Was es vermutlich auch war. Eines, in dem noch alles in Ordnung war. In dem *ich* noch in Ordnung war.

Schnell schüttle ich die Erinnerung an das dunkle Kapitel ab. Ich darf es nicht zu nah an mich heranlassen, wenn ich nicht will, dass es mich erneut verschlingt. Es hat meinen Freundinnen und mir einiges abverlangt, mich aus dem schwarzen Loch herauszuholen.

Ich kann es den beiden unter keinen Umständen ein zweites Mal antun. Unsere Freundschaft könnte dabei kaputtgehen. Oder ich. Und das sogar endgültig.

Ein Mann in einem schicken Anzug und Handy am Ohr erregt meine Aufmerksamkeit. Er sticht aus der Menge heraus, ohne, dass es ihm bewusst zu sein scheint. Hier in der Gegend von Downtown Seattle ist es üblich, dass sich alle Menschen unterschiedlicher Herkunft und Arbeitsschichten vermischen. Doch er ist anders. Eine Aura umgibt ihn, die mich wie magisch anzieht. Dankbar nehme ich die Ablenkung an und verfolge ihn weiter mit meinen Augen.

Er bleibt am Geländer vom Pier stehen und lehnt sich mit seinem Hinterteil dran an. Sein Blick ist nicht wie bei den meisten aufs Meer oder auf das Riesenrad zu meiner rechten Seite gerichtet, sondern zum Restaurant, in dem ich sitze. Doch kommt es mir so vor, als würde er davon keine Notiz nehmen. Nichts von alledem um sich.

Ich greife nach meiner Kamera, lege sie an und beginne damit, den Mann durch die Linse zu betrachten. Ich zoome näher heran und stelle den Fokus ein. Ein Kribbeln jagt durch meinen Körper und alles um mich herum gerät in den Hintergrund. Nur er nicht. Ich beobachte ihn und sauge gierig alles von ihm auf.

Seine Augen sind leicht verengt, eine Falte hat sich zwischen seinen Brauen gebildet und sein Kiefer ist fest zusammengepresst. Er scheint angespannt seinem Gesprächspartner zu lauschen. Zu gerne würde ich wissen, was derjenige am anderen Ende gesagt hat, um ihm solch einen Ausdruck ins Gesicht zu versetzen.

Das leise Klicken meiner Kamera nehme ich nur nebenbei wahr. Zu sehr bin ich von diesem Mann gefangen. Welchen Beruf übt er aus? Von wo kommt er gerade?

In meinem Kopf fängt es an zu rattern und wie von selbst male ich mir seine Geschichte aus. Noch etwas, was ich lange nicht mehr getan habe. Für unbekannte Personen ein fiktives Leben auszudenken, die mir vor die Linse laufen. Sie mehr als nur ein Bild auf meiner Kamera und sie zu richtigen realen Menschen zu kreieren.

Ich stelle mir vor, wie er dabei ist, mit seinem Gesprächspartner einen Deal auszuhandeln. Er versucht, für seinen Mandanten das Bestmögliche beim Gegner rauszuholen. Es würde zumindest zu seinem Auftreten passen. Dem anthrazitfarbenen Anzug, der darunterliegenden Weste, der dazu passenden Krawatte und dem strahlend weißen Hemd nach zu beurteilen vermute ich, dass er einer der vielen Anwälte ist, die ganz in der Nähe ihre Kanzleien haben. Seine Haare, die an den Seiten etwas kürzer als das Deckhaar sind, liegen perfekt gewellt nach hinten. Noch etwas, weswegen ich ihn in die Anwaltsschublade stecken würde. Von außen immer perfekt.

Bestimmt hat er eine wunderschöne Frau an seiner Seite, die ihm zwei bezaubernde Kinder geschenkt hat. Sie lieben ihn über alles und verehren ihn. Doch ich stelle mir vor, dass nicht immer alles rosig ist, öfters gibt es kleinere Streitereien, vor allem wegen seines Jobs. Er bringt einige Überstunden mit sich, weswegen die Frau sich Sorgen macht, dass er nicht genug von den Kindern mitbekommt. Dabei kämpft er nur so hart, um ihnen allen ein besseres Leben ermöglichen zu können. Es tut ihm vom Herzen leid, deswegen nicht viel Zeit für seine Familie zu haben, erhofft sich mit der Beförderung aber, dass es sich schnellstens ändern wird. So lange schließt er einen Deal nach dem nächsten ab, bewahrt Menschen davor, unschuldig ins Gefängnis zu kommen, oder unterstützt andere bei dem Vorhaben, eine Firma aufzukaufen.

Innerlich ist er nicht so hart, wie er vor seinen Mandanten vorgibt zu sein. Er hat ein großes Herz und vertritt gerne Mal jemanden pro bono, wenn er der Meinung ist, dass die Personen es verdient haben. Ebenfalls kann ich mir vorstellen, dass er nicht viele, dafür aber sehr enge Freunde hat. Ein anstrengender Arbeitstag und Familie fordern einen eben, weswegen man nicht viel Freizeit besitzt. Sein bester Freund dagegen versteht ihn. Sie arbeiten zusammen und verfolgen das gleiche Ziel.

Bei dem Gedanken, wie sie gemeinsam das Studium in Angriff genommen haben, breitet sich ein Schmunzeln auf meinen Lippen aus. Entschlossen und mit dem festen Ziel, es so schnell wie möglich zu schaffen, haben sie das schwere Studium hinter sich gebracht.

In meinem Kopf spinne ich mehr und mehr dazu. Baue ihm eine richtige Lebensgeschichte und so langsam verliebe ich mich in diese.

Zu gerne würde ich ebenfalls eine perfekte Familie haben. Kinder, die in dem Garten unseres Hauses herumtollen und Leben in die Bude bringen. Lächelnd würde ich am Fenster stehen und ihnen dabei zusehen, wie sie sich gegenseitig fangen oder sich eigene Spiele ausdenken.

Ein Sohn und eine zwei Jahre jüngere Tochter. Das ist mein Traum. Doch Träume gehen nun mal nicht immer in Erfüllung. Egal, wie viel wir dafür tun, um diese in die Realität umzusetzen. Einige sind eben dafür bestimmt, das zu bleiben, was sie sind, ein Traum.

Plötzlich lächelt er. Ein ganz winziges, welches schnell vorbei ist. Ich bilde mir ein, dass er bemerkt hat, wie ich ihn beobachte und es deswegen getan hat. Und um mich aus meiner melancholischen Stimmung zu holen. Obwohl er dies von der Entfernung bestimmt nicht hätte sehen können. Hoffentlich habe ich diesen Augenblick mit meiner Kamera eingefangen, dann kann ich später noch von diesem zehren und meine bösen Gedanken vertreiben.

Zu meinem Leidwesen stößt sich der Mann vom Geländer ab und läuft geschmeidig Richtung Riesenrad. Zu gerne würde ich ihm hinterherschreien, dass er gefälligst zurückkommen soll. Ich bin noch nicht bereit, ihn gehen zu lassen. Ihn und seine Geschichte, die ich mir zusammengesponnen habe. Die Realität sieht nur anders aus. Ich kann nichts tun, außer tatenlos dabei zuzuschauen, wie er um die nächste Ecke verschwindet und somit nicht mehr in meinem Blickfeld ist.

Enttäuscht, dass mein kleiner Abstecher in ein ausgedachtes Leben ein Ende hat, nehme ich die Kamera herunter. Mit dem Daumen drücke ich den Knopf für die Bildergalerie. Augenblicklich erscheinen die Fotos in Miniaturformat auf dem kleinen Display. Ich klicke mich durch diese und überfliege die einzelnen Momente, die ich eingefangen habe. Es sind einige, die ich später am Laptop noch bearbeiten werde, um die Emotionen richtig rauszuholen. Ich freue mich schon auf die Arbeit.

Die Kamera packe ich in die Tasche, die mitgeliefert wurde, und verstaue diese in meinem Rucksack. Ich greife nach meinem Tee, den die Bedienung mir hingestellt haben muss, als ich mich völlig auf den unbekannten Mann konzentriert habe.

Der etwas cremige Geschmack legt sich auf meine Zunge. Würden Tara und Piper hier sein, würden sie angewidert das Gesicht verziehen. Sie verstehen nicht, wieso ich meinen Tee ausgerechnet mit Milch und Zucker trinke.

»Tee gehört pur«, sagt Tara immer, dabei hat sie noch nie meine Variante probiert. Ich weiß noch zu gut, wie ich selbst so gedacht habe, bis Xavier und ich bei einer Teeverköstigung mitgemacht haben. Die Expertin hat einfach Milch in das Heißgetränk gekippt und damit meine Einstellung geändert. Es schmeckt bei weitem nicht so eklig, wie man denkt. Mittlerweile bevorzuge ich die Variante sogar dem Kaffee. War ich früher süchtig nach dem schwarzen Koffeingetränk, verabscheue ich es nun. Alles die Schuld einer einzelnen älteren Engländerin. Okay, nicht nur ihrer, denn eigentlich hat Xavier das Ganze angerichtet. Er hat mir den Urlaub geschenkt. In mir zieht sich alles zusammen. Damals waren wir noch glücklich, haben uns heiß und innig geliebt. Kein Tag verging, an dem wir nicht beieinander waren und die Finger voneinander lassen konnten. Hach waren es schöne Zeiten.

Wie es wohl jetzt sein würde, wenn diese nie vorbeigegangen wären? Würden wir immer noch durch die Welt reisen und uns zu absurden Gerichten und Getränken überreden lassen? Bestimmt. Mich kann man schnell zu sowas hinreißen. Xavier dagegen ist schon seit jeher der Skeptiker von uns beiden gewesen und hat erst mich probieren lassen. Ich vermisse es. Vermisse ihn. Und die gemeinsame Zeit.

Ich gebe die Hoffnung nicht auf, dass wir irgendwann wieder glücklich miteinander werden. Wir müssen nur das kleine Hindernis überwinden und dann können wir da anknöpfen, bevor ...

Mein Handy vibriert auf dem Tisch und unterbricht für einen Moment den Gedanken an meine Zukunft. Wie oft sinniere ich darüber und kann nichts ändern. Er braucht Zeit. Das war das Einzige, was Xavier von mir verlangt hat, und mehr kann ich nicht tun, als ihm genau diese zu geben. Und zu warten, bis er zu mir zurückkehrt.

Das grüne Lämpchen oben blinkt auf und letztendlich siegt meine Neugier. Bestimmt hat Tara die neusten News von einem Promi für Piper und mich an die gemeinsame WhatsApp-Gruppe geschickt.

Ich greife nach meinem Handy und drücke auf den unteren Knopf an der Seite. Die Push-Benachrichtigung wird angezeigt.

Xavier Ellis hat seit langem mal wieder etwas in seiner/ihrer Story gepostet.

Bäm ... Der Satz schlägt ein wie eine Bombe.

KAPITEL 2

Ein Cocktail aus …

… Panik, Freude, Wut und Neugier durchströmt meinen Körper. Ich weiß nicht, welchem Gefühl ich zuerst nachgeben soll. Sie widersprechen sich und doch sind sie logisch. Zumindest für mich.

Mein Herz rast heftig. Hektisch atme ich ein und aus. Meine Hände zittern stark und das Smartphone droht mir aus diesen zu rutschen.

Sechs Monate sind vergangen, als ich das letzte Mal meinen Mann gesehen oder gehört habe. Nie hat er auf meine Nachrichten geantwortet, geschweige auf meine Anrufe reagiert. Xavier ist einfach gegangen und hat mich in meiner dunkelsten Stunde ohne Vorwarnung und ohne zurückzublicken alleingelassen. Dennoch glimmt seit jeher ein kleines bisschen die Hoffnung, dass wieder alles gut wird.

Ich hebe das Handy vor mein Gesicht, damit es via Face Scan entsperrt wird, und klicke auf die Push-Benachrichtigung. Instagram öffnet sich sogleich. Xaviers Profilbild ist das erste oben in der Timeline.

Lange ist es her, dass er mir dort angezeigt wurde. Genaugenommen seit dem Tag, an dem er gegangen ist, war es auf Social Media still um ihn. Damals hat er ständig etwas in seiner Story oder seinem Feed gepostet. Meist waren es Schnappschüsse, die ich von ihm geschossen habe. Er ist mein liebstes Motiv gewesen.

Mein Daumen schwebt über der Story. Ich weiß, dass ich es mit Sicherheit gleich bereuen werde, aber es ist eine Art Lebenszeichen von ihm und egal, was er getan hat, ich will wissen, wie es ihm geht. Schließlich ist er mein Mann, auch, wenn wir zurzeit nicht zusammen sind. Und ganz vielleicht antwortet Xavier mir ja, wenn ich ihm auf die Story eine Nachricht schicke.

Ganz nach dem Motto *Augen zu und durch* drücke ich auf sein Bild und augenblicklich wird mir seine Story angezeigt. Mein Herz stolpert für einen Moment, als Xavier mir entgegenblickt. Er sieht älter aus und trägt scheinbar nun einen Dreitagebart. Seine Haare sind kürzer und eine Nuance heller als damals. Xavier sieht zufrieden aus und strahlt regelrecht in die Kamera. Wer wohl das Bild von ihm geknipst hat?

Ein kleiner Stich fährt mir durch das Herz. Wie kann er so glücklich sein, während ich ständig an ihn denken muss? Wenn ich hier sitze und mich allein fühle? Ihn mir herbeisehne oder hoffe, dass er sich bald melden wird.

Die Zeit läuft ab und das nächste Bild von ihm wird angezeigt. Er schaut zur Seite und das, was er sieht, scheint ihn noch glücklicher zu machen. Sein linker Arm ist ausgestreckt und sein Lächeln ist breit. Schmachtend sehe ich ihn an.

Wie sehr habe ich ihn vermisst. Seine Hände, die meinen Körper zum Beben bringen, seine Lippen, die mich küssen und alles um mich herum vergessen lassen, und seine Stimme, die mich immer nach einem stressigen Tag besänftigt hat. Ob ich sie jemals wieder hören werde, wie sie meinen Namen sagt?

Vielleicht hat Xavier sich beruhigt und wir können weitermachen wie damals. Seinen Bildern nach zu urteilen geht es ihm nun besser. Und vielleicht hat er mir mittlerweile verziehen, dass ich nicht so bin, wie er immer gedacht hat. Ich habe ihm schon längst vergeben, dass er einfach gegangen und mich im Stich gelassen hat. Zumindest ein kleines bisschen.

Ich will auf das Bild eine Nachricht senden, als die Story in dem Moment weitergeht.

Ungläubig starre ich auf mein Handy. Tränen sammeln sich in meinen Augen und ich merke, wie mir jegliche Farbe aus dem Gesicht weicht. Alles gerät aus den Fugen, meine Hoffnungen verschwinden und meine tiefsten Ängste werden wahr. Die Zeit scheint stillzustehen, so auch mein Herz, welches in zehntausend Stücke zerfetzt wird. Ich kann meinen Blick nicht davon abwenden, es ist wie ein Unfall. Man will nicht hinschauen, kann aber auch nicht weggucken.

Dieses Mal sehe ich, was seine Aufmerksamkeit in dem vorherigen Bild erregt hat. Eine wunderschöne dunkelhäutige Frau mit dunklen langen Haaren steht vor ihm, strahlt Xavier an, wie er sie. Seine hellen Hände liegen auf ihren Wangen. Der Kontrast der beiden ist stark und zugleich faszinierend. Die Liebe zwischen ihnen ist zum Greifen nahe. Der Fotograf hat ganze Arbeit geleistet, um diesen Moment einzufangen.

Die zehn Sekunden sind um und es wechselt in das Finale seiner Story. Nun steht er hinter der Frau und hat seine Arme um sie geschlungen. Sie strahlen pures Glück aus und ich könnte kotzen. Es gibt genau solche Schnappschüsse auch von Xavier und mir und nie hat er sie bei sich auf dem Profil gepostet. Nur ich war so dumm, dies zu tun.

Er hat mich wirklich schnell ausgetauscht. Ich betrachte das Paar genauer. Bei ihr sind nur die relevanten Stellen mit Stoff bedeckt. Xavier dagegen trägt wie zuvor auf den Bildern seinen liebsten Anzug. Geschockt bleibe ich bei seinen Händen hängen. Sie liegen auf dem Bauch der Frau, was nicht unbedingt etwas Ungewöhnliches wäre, würde dieser nicht komplett ohne Kleidung und deutlich gerundet sein.

Kräftig schlucke ich einen Schrei hinunter, der mir die Kehle hinaufsteigen will. Die Tränen laufen nun endgültig über und rollen über meine Wangen.

In dem Moment wird mir klar, dass es ein *Xavier und Alexa* nie wieder geben wird. Er hat mich ausgetauscht und ganz vergessen. Habe ich eben gedacht, dass mein Herz in tausend Stücke zerfetzt wurde, ist es nun unwiderruflich zerstört worden. Nun ist klar, wieso er sich nicht mehr gemeldet hat und wieso er alles von mir abblockt. Xavier hat sich ein neues Leben aufgebaut und mich, seine Frau, dabei komplett rausgestrichen. Es tut verdammt weh, das zu erfahren.

Ich kann nicht weiter auf das vernichtende Bild schauen, welches ich mit dem Finger angehalten habe und schließe schnell Instagram. Statt mein Handy wegzulegen, suche ich den Kontakt meiner Abteilungsleiterin raus und rufe sie an. Das Freizeichen ertönt und ich zwinge mich dazu, nicht gleich in Tränen auszubrechen.

»Hey Alexa, was gibt's?«, meldet sich Thea mit fröhlicher Stimme.

»Ich muss mich leider für den Rest des Tages krankmelden. Mir geht es nicht gut.«

»Was hast du? Vorhin ging es dir doch noch gut.«

In meinem Kopf gehe ich durch, welche Ausrede ich nehmen könnte. Ich möchte ihr nur ungern erzählen, dass ich wegen Xavier nicht zur Arbeit kommen kann. Dass er mir erneut das Herz gebrochen hat und ich damit nicht klar komme. Genau aus diesem Grund hat sie mich vor vier Monaten nach unten degradiert. Hat mir die niederere Arbeit gegeben und mich auf keinen wichtigen Auftrag mehr geschickt. Dabei bin ich die beste Fotografin in der Firma. Oder besser gesagt, ich war es. Nun verdiene ich mein Geld mit Ablichten von Schminke und Dekoartikeln, die auf den letzten Seiten des O'Hara Magazins gezeigt werden, statt mit den Fotos von Prominenten, welche die vorderen Seiten oder sogar das Cover zieren.

»Alexa, bist du noch dran?« Ungeduld schwingt in ihrer Stimme mit.

»Sorry ... ähm ... ja klar«, stottere ich peinlich berührt. Wie konnte ich nur vergessen, dass ich meine Abteilungsleiterin noch am Telefon habe und sie auf eine Antwort von mir wartet?

»Was hast du denn nun?«

»Ich glaube, mein Mittagessen war nicht mehr gut. Mir ist schlecht und mein Bauch schmerzt ganz fürchterlich.« Die Symptome stimmen sogar, nur liegt es nicht an meinem Essen, welches vorzüglich war, sondern an Xavier. Somit ist meine kleine Notlüge nicht komplett geschwindelt.

»Oh, dann ist es wirklich besser, wenn du nach Hause gehst. Ich dachte schon, dein Mann hat etwas mit deinem Kranksein zu tun.«

Ich schließe die Augen, atme tief durch und bemühe mich wirklich, sie nicht anzufahren, als ich sage: »Es dreht sich nicht alles nur um Xavier.«

»Bist du dir da sicher? Deine meisten Fehltage sind schließlich wegen ihm. Aber es wurde Zeit, dass du ihn dir aus dem Kopf schlägst, ehe du deinen Job noch komplett verlierst.«

Ich wusste, dass Thea mich nicht leiden kann und sie meist nur vortäuscht, als würde sie sich um mich sorgen. Aber das ist wirklich die Höhe. Sie weiß genau, dass ich in den letzten sechs Monaten einiges durchgemacht habe und nicht alles mit Xavier zu tun hatte.

»Keine Sorge, Thea, ich werde meinen Job schon nicht aufs Spiel setzen.« So schnell wirst du mich nicht los, Bitch!

»Dann werde ich es dir wohl mal glauben. Wäre aber schön, wenn du morgen zur Arbeit erscheinen könntest, schließlich erledigt sich deine Arbeit nicht von selbst.«

»Ich werde sehen, wie es mir morgen geht und dir rechtzeitig Bescheid geben.« Das mit der Arbeit lasse ich unkommentiert. Sie weiß, dass selbst der Praktikant meine Aufgaben übernehmen könnte. Was erneut einmal beweist, dass ich mit meinem Fotografiestudium überqualifiziert bin.

»Dann sehen wir uns morgen.« Thea legt ohne eine weitere Verabschiedung auf. Die Anspannung verlässt meinen Körper, die sich beim Gespräch mit ihr aufgetan hat. Es hat mich sämtliche Kraft gekostet, nicht durchzudrehen oder in Tränen auszubrechen. Ihr ist bewusst, dass Xavier ein wunder Punkt bei mir ist und dennoch hat sie genau das angesprochen.

Xavier. Immer wieder spielt er eine Rolle in meinem Leben. Wieso? Wieso musste ich ihn damals kennen lernen und mich Hals über Kopf in ihn verlieben? Warum konnte ich nicht immun gegen sein gutes Aussehen und seinen Charme sein?

Unbändige Wut steigt in mir hoch. Er ist schuld. Alles ist seine verdammte Schuld. Ohne ihn wäre ich nicht so am Ende.

Die Emotion verleiht mir die Kraft, meinen Arm zu heben und die Kellnerin ein weiteres Mal herbeizuwinken. Mitleidig sieht mich diese an, doch ich ignoriere es und bitte stattdessen um die Rechnung. Sie nickt und tippt etwas in ihr Tablet ein. Kurz darauf reicht sie mir die Quittung und ich zahle. Mit den Worten »Ich wünsche Ihnen noch einen schönen Tag«, verschwindet die Bedienung zum nächsten Gast.

Schönen Tag, dass ich nicht lache. Sie hat doch gesehen, wie ich ausschaue, wie soll er da noch schön werden. Er ist hinüber und daran wird sich nichts ändern. Ich stehe von meinem Platz auf, stecke mein Handy in die hintere Hosentasche, schultere meinen Rucksack und verschwinde vom Pier. Die fröhlichen Menschen um mich herum ignoriere ich. Ansonsten würde sich der Stachel in meinem Herzen nur tiefer bohren und mir endgültig den Rest für heute geben.

Mechanisch laufe ich zum Auto, welches noch bei der Arbeit steht, und fahre anschließend nach Hause.

***

Meine Finger zittern, als ich versuche, den Schlüssel in den Zylinder zu stecken. Alles auf diesem Grundstück erinnert mich daran, dass es nicht nur mir gehört. Dass nicht nur ich entschieden habe, wie das Haus errichtet werden sollte, sondern es eine gemeinsame Entscheidung mit Xavier gewesen ist. So auch diese beschissene rote Tür, die er unbedingt haben wollte und ich nicht auf bekomme.

Endlich schaffe ich es und schließe auf. Nur langsam öffne ich die Tür und gehe hinein. Auch hier erinnert mich alles an meinen Mann. Die Farben der Wände, die Möbel, einfach alles haben wir gemeinsam ausgewählt. Mein Augenmerk fällt auf das Bild an der rechten Wand im Flur.

Xavier hat mich dort von hinten im Arm, wie er es auch auf dem Foto mit der Frau getan hat. Wir waren glücklich zu dem Zeitpunkt. Wir hatten Hoffnungen und große Ziele für unsere gemeinsame Zukunft. Tja, und nun stehe ich hier, allein und mit gebrochenem Herzen. Ich wende meinen Blick ab und verlasse schleunigst den Flur. Doch egal, wo ich in diesem Haus hinschaue hängen Bilder von uns, die zeigen, wie sehr wir uns lieben.

Zum ersten Mal verfluche ich meine Leidenschaft. Ohne sie würde es diese Bilder nicht geben. Ohne sie würde ich nicht daran erinnert werden, was ich verloren habe.

Die Wut kocht erneut hoch und ich stürme schreiend zur Kommode im Wohnzimmer. Mit einem Arm fege ich die dort draufstehenden Bilderrahmen hinunter. Nur bedingt befriedigt es mich, die Scherben dort liegen zu sehen. Mit voller Wucht reiße ich die

Kommode nach vorne. Scheppernd landen sie auf dem Echtholzboden. »Wie konntest du mir das antun? Wie?« Mein Schrei gleicht dem eines verletzten Tieres. Ich greife nach einem Bild an der Wand und reiße es hinunter. »Ich hasse dich dafür, was du mit mir anstellst.« Glassplitter fliegen durch das Wohnzimmer, als ich auch diesen Rahmen auf den Boden befördere.

Ein Bild nach dem anderen folgt diesem, bis keines mehr im Wohnzimmer hängt. Ich blicke mich im Raum um, das Chaos beherrscht diesen nun und dennoch sieht es leer und ungewohnt nackig ohne die Fotos aus.

Die Wut verlässt mich und mein Körper fängt an zu beben. Laut schluchze ich auf. Der Muskel in meiner Brust schmerzt zutiefst und ich weiß nicht, wie ich damit umgehen soll. Ich habe gedacht, dass dieser nicht mehr existiert, dass mein Herz pulverisiert und somit für immer gestorben ist. Scheinbar habe ich mich geirrt. Kann man eigentlich am gebrochenen Herzen sterben? Zumindest fühlt es sich so an, als könnte man es.

Abrupt lasse ich mich neben der umgestoßenen Kommode auf die Knie sinken und vergrabe meinen Kopf in meinen Händen. Es tut weh. So verdammt weh.

Wir waren seit meinem fünfzehnten Lebensjahr zusammen. Wir haben alles miteinander geteilt. Den ersten Kuss, das erste Mal, die Schulabschlüsse, verdammt sogar eine gemeinsame Hochzeit. Ist all das nicht wert gewesen zu kämpfen? Wie konnte er uns das nur antun?

Ich löse eine Hand von meinem Gesicht und will eines unserer gemeinsamen Fotos aufheben, als ich aus dem Augenwinkel den weißen zusammengefalteten Brief erspähe. Er muss aus der Schublade gefallen sein, als ich die Kommode umgestoßen habe. Ich greife nach ihm.

Es ist das Letzte, was Xavier mir hinterlassen hat, als er gegangen ist. Das Letzte, was mir damals genauso das Herz gebrochen hat, wie diese blöde Instagram-Story heute. Um mich selbst noch ein bisschen zu quälen, falte ich den Brief auseinander. An manchen Stellen ist die Tinte verwischt. Spuren von meinem ersten Zusammenbruch damals. Meine Augen gleiten über die Zeilen. Immer wieder versperren mir die Tränen die Sicht und ich wische sie mit dem Handrücken weg. Aber egal, ob ich es erkennen kann oder nicht, ich weiß, was da steht. Zu oft habe ich den Brief gelesen, sodass ich ihn mittlerweile auswendig kann.

Liebe Alexa,

der Frauenarzt hat angerufen und wollte sich nach deinem Befinden erkundigen, nachdem du fluchtartig die Praxis verlassen hast und er dich nicht erreichen konnte. Ich habe eins und eins zusammengezählt und plötzlich ergab alles einen Sinn. Erst dein merkwürdiges Verhalten am Telefon und dann dieser Anruf. Es hat wieder nicht funktioniert. Du bist nicht schwanger, wie wir so sehr gehofft haben. Und so langsam kann ich nicht mehr. Es tut mir leid, Alexa, aber ich brauche ein wenig Zeit und Abstand, um nachzudenken. Bitte gib mir diese und melde dich nicht. Ich werde es bald tun. Ich liebe dich, das weißt du, aber ich bin mir nicht mehr sicher, ob das auch für die Zukunft ausreichen wird.

Xavier

Beim letzten Satz schreie ich laut auf. »Von wegen du liebst mich. Nicht einmal eine Chance hast du mir gegeben. Hast mich ausgetauscht gegen eine andere.«

Wie konnte ich nur so dumm sein und auf ihn warten? Hätte ich nicht als seine Frau wissen müssen, dass es nur leere Worte sind? Dass er mich nur auf das Abstellgleis gestellt hat, falls er niemand anderes für seine Zukunft findet. Zu wissen, dass ich auf ihn gewartet habe, während er eine andere gefickt hat, rammt den Dolch noch weiter in meine Brust und lässt mich kurz laut aufschreien.

Aber was habe ich eigentlich die ganze Zeit geglaubt? Dass wirklich alles gut werden wird? Scheiße, wie dumm kann man sein. Es war doch klar, dass Xavier nie zu mir zurückkommen würde. In seinen Augen bin ich doch nur die defekte Frau, die es nicht wert ist, geliebt zu werden. Spätestens nachdem er sich nie bei mir gemeldet hat, hätte mir bewusst sein müssen, dass er mich nicht so liebt, wie ich ihn.

Dabei verstehe ich nicht wieso. Ich bin doch noch dieselbe Frau wie früher. Oder etwa nicht?

Ich lasse den Brief zu Boden gleiten und lege meinen Kopf in den Nacken. Mein Blick auf die Decke geheftet laufen mir Tränen die Schläfe hinunter.

»Warum hast du kein Erbarmen mit mir? Wieso? Was muss ich noch alles ertragen? Du wirst mir nicht antworten. Hast du nie getan, aber siehst du denn nicht, dass ich am Abgrund stehe?«

Abgrund? Nein, da darf ich nie mehr hin. Dieses Mal würde ich nicht herauskommen. Er würde mich verschlingen und restlos zerstören. So weit darf es nicht kommen.

Ich krame mein Handy aus der hinteren Hosentasche und erledige das einzig Richtige. Ich schreibe ein einfaches SOS in den WhatsApp-Gruppenchat.

KAPITEL 3

Freundschaft ist …

… wenn man alles stehen und liegen lässt, sobald ein SOS einer Freundin eintrifft. So ist es zumindest bei uns. Egal, in welcher Lebenslage wir uns befinden, schreibt eine die drei Buchstaben in die Gruppe, machen wir uns unverzüglich auf den Weg zu derjenigen. Denn wir wissen, dass etwas Schlimmes passiert sein muss und man dringend die Hilfe der zwei Freundinnen braucht. Niemand von uns dreien würde das SOS ausnutzen. Es ist heilig und wirklich nur für den absoluten Notfall gedacht. So einen wie bei mir gerade.

Noch immer sitze ich auf dem Boden zwischen den Scherbenhaufen, der genauso gut mein Leben darstellen könnte, und neben der Kommode, die das Chaos komplettiert. Ich weiß nicht mehr weiter. Ich will um keinen Preis erneut in das Tief fallen und doch droht die Schwärze, mich hineinziehen zu wollen. Der Kampf dagegen ist mühsam und es wäre ein Leichtes, mich diesem zu beugen und hinzugeben. Mir ist klar, dass ich dann alles verlieren werde, was mir noch übriggeblieben ist.

Die Tränen laufen ungehindert meine Wangen hinunter. Mir fehlt die Kraft, sie aufzuhalten.

Eine gefühlte Ewigkeit vergeht, als endlich die Haustür aufgeschlossen wird. Nachdem Xavier gegangen ist, haben Piper und Tara jeweils einen Schlüssel von mir gekriegt.

»Alexa?« Zeitgleich höre ich Pipers und Taras Stimme nach mir rufen. Erstickt schluchze ich auf. Sie sind beide gekommen und sie werden mir helfen. Die Schritte werden lauter, bis sie verstummen. Danach nehme ich einen Windhauch wahr.

»Was ist passiert, Babygirl?« Ich merke, wie eine meiner besten Freundinnen neben mir in die Hocke geht und die andere mir ihre Hände auf die Schultern legt und mich leicht an ihre Beine drückt. »Ist jemand eingebrochen?«, ergänzt Tara Pipers Frage. Mein Körper fängt an, stärker zu beben. Ich schüttle mit dem Kopf. »N ... Nein«, krächze ich mit rauer Stimme.

»Was ist denn los? Wieso weinst du und sitzt zwischen all dem Chaos?« Pipers Sorge um mich vernehme ich deutlich. Sie greift nach einem der Fotos und schaut es sich an.

»Xavier, er ...« Weiter komme ich nicht, kann einfach nicht laut aussprechen, was ich erfahren habe.

»Was hat dieses Arschloch dieses Mal getan?« Wut schwingt in Taras Stimme mit. Ihr Griff an meinen Schultern wird fester. »Ist er hier aufgetaucht und hat dieses Chaos veranstaltet?«

Ein weiterer Schluchzer durchfährt meinen Körper.

»Du musst mit uns sprechen, wenn wir verstehen sollen, was los ist.«

»Er ... er ...« Ein Kloß sitzt tief in meinem Hals. Es geht nicht. Wenn ich es laut ausspreche, dann falle ich. Stürze ab und werde nie wieder aus dem schwarzen Loch herauskommen. Verzweifelt drücke ich meine Fingernägel in meine Handinnenflächen und heiße den süßen Schmerz willkommen. Wieso kann ich nicht stärker sein? Ich hasse es, schwach zu sein.

»Was ist mit ihm?«, drängt Tara. Eigentlich ist sie die geduldigere von uns dreien, aber, wenn es darum geht, dass eine von uns verletzt wurde, kann sie zur echten Löwenmama mutieren.

Piper neben mir hebt den Brief vor mir auf. Sie weiß, was dort drinsteht, hat ihn ebenfalls schon öfters gelesen. Ihr Blick gleitet über ihre Schulter nach oben zu Tara. Sie nickt ihr zu. Warum verstehe ich nicht so ganz, es ist kein Wort zwischen ihnen gefallen und doch haben sie irgendwie miteinander kommuniziert. Wenn ich mich recht erinnere, ist es bei meinem ersten Zusammenbruch genauso gewesen.

»Wie wäre es, wenn wir dir erstmal aufhelfen und von den Glassplittern befreien, danach können wir noch immer weitersehen?« Taras Stimme klingt weich und einfühlsam.

Ich nicke und nehme die Hand entgegen, die sie mir reicht. Sie zieht mich auf die Beine. Piper neben mir erhebt sich. Ich merke, wie sie mich mustert, ehe sie ihre Hände auf meine Wangen legt und mich eindringlich ansieht.

»Egal, was passiert ist, wir kriegen es gemeinsam hin, ja?« Sie gibt mir einen kurzen Kuss auf die Stirn und lässt dann ihre Hände sinken. »Und nun komm, wir packen dich erstmal in die Wanne. Danach sieht die Welt ganz anders aus.«

»O … Okay.«

Gemeinsam trotten wir nach oben ins an das Schlafzimmer angrenzende Badezimmer. Es ist groß und bietet zwei Waschbecken, einer Toilette, einer Badewanne sowie einer Dusche genügend Platz. Etwas, was Xavier sich unbedingt gewünscht hat, denn er hat es gehasst, wenn ich Stunden in der Wanne verbracht habe und er sich nicht nach dem Sport gleich abduschen konnte. Ebenso die Tatsache, dass ich beim Zähneputzen das Waschbecken bekleckert habe und für ihn zu unfähig war, es zu putzen.

»Denk nicht so viel nach, Babygirl«, übertönt Piper das Rauschen des in die Badewanne laufenden Wassers. Es ist leichter gesagt als getan. Xavier aus dem Kopf zu bekommen ist schwer, wenn einen alles in diesem Haus an ihn erinnert. Ich bilde mir ein, selbst seinen herben Duft hier noch riechen zu können, dabei müsste dieser schon längst verschwunden sein.

Tara streicht mir eine Träne von der Wange. »Vergeude keine Träne um jemanden, der deiner Liebe unwürdig ist. Zeige ihm lieber, dass es in deinem Leben mehr gibt als nur ihn.« Ich kann sie kaum verstehen, so leise spricht sie. In ihren Augen erkenne ich eine tiefe Traurigkeit.

»Ich versuchs.« Versprechen möchte ich lieber nichts, wenn ich selbst unschlüssig bin, ob ich es einhalten kann.

»Das reicht fürs Erste.« Sie zwinkert mir zu. »Und nun runter mit der Kleidung und ab ins warme Wasser. Es wird wie Balsam für dein geschundenes Herz sein.«

***

Das Bad hat wirklich gutgetan. Mein Kopf ist freier als zuvor und die Schwärze, die mich in den Abgrund ziehen wollte, hat sich ein wenig gelichtet. Sie zerrt nur noch gelegentlich an mir. Dennoch schmerzt es in meiner Brust und ich habe das Gefühl, keine Luft mehr zu bekommen. Daran hat auch das wohltuende Pfirsichvanillebad keine Abhilfe geschaffen.

Eingehüllt in meinen Bademantel schlurfe ich ins Schlafzimmer und suche mir Unterwäsche aus der Kommode. Dass die oberen beiden Schubladen noch mit seiner Kleidung gefüllt sind, ignoriere ich dabei. Sie hat damals nicht in seine Reisetasche gepasst, als er für immer verschwunden ist. Für mich war sie bis heute ein Zeichen, dass er heimkehren wird. Ich meine, wer lässt bitte über die Hälfte seiner Sachen bei seiner Frau, wenn er doch weiß, dass er niemals zurückkommen wird? Xavier. Der größte Depp überhaupt.

Ich merke, wie sich eine Träne löst, dabei dachte ich, dass ich alle geweint habe und keine mehr übrig habe. Wütend wische ich sie weg, zerre meine Unterwäsche heraus und ziehe sie mir über. Eine Jogginghose, ein T-Shirt und ein Hoodie sind schnell aus dem Schrank geholt und ebenfalls angezogen.

Zügig verlasse ich das Schlafzimmer. Ich hasse diesen Raum mittlerweile. Er ist voller Hoffnungen und Erinnerungen.

Vor meinen Augen taucht das Bild auf, wie wir das Bett eingeweiht haben, kaum, dass wir es aufgebaut haben. Xavier und ich waren glücklich und haben viel gelacht, während ich eine schlechte Handlangerin abgegeben habe und er die meiste Arbeit hatte. Die Matratze hatte nicht einmal ein Laken, als wir uns küssend auf diese haben fallen lassen. Es war schwer, die Finger von einander zu lassen. Das war es immer für uns, egal wo wir gewesen sind. Bis heute habe ich gedacht, dass es echte Liebe sein muss, wenn man so vernarrt ineinander ist. Tja, scheinbar habe ich mich geirrt, denn Xavier hat es mir ja nur zu gut bewiesen, dass dem keinesfalls so ist.

»Babygirl?«, ruft Piper von unten nach mir und holt mich aus meinen Gedanken.

»Ja?« Langsam gehe ich die Treppe nach unten.

»Wo hast du den harten Stoff versteckt? Mit Wein kommen wir bestimmt nicht weit.«

Lächelnd schüttle ich den Kopf über meine beste Freundin. Im ersten Moment fühlt es sich unangenehm im Gesicht an. Es kommt mir so vor, als wären Jahre vergangen, in denen meine Lippen sich zu keinem Lachen mehr verzogen haben.

Im Wohnzimmer entdecke ich Piper kopfüber in einem meiner Schränke, während ich aus der Küche Geklapper höre, wo Tara bestimmt nach dem Alkohol sucht.

»Da wirst du ihn nicht finden. Er ist im Abstellraum. Du weißt doch, dass Xav-« Ruckartig kommt Piper aus dem Möbelstück hervor, sieht mich mit einer hochgezogenen Augenbraue mahnend an und schwingt ihren Zeigefinger vor sich herum. »Na na na, wir werden diesen Namen nicht aussprechen. Er ist tabu.«

»Hä warum? Bisher war es auch kein Problem, den Namen meines Mannes zu erwähnen.«

»Jetzt nicht mehr. Wir mögen ihn nicht mehr. Er ist kacke. So richtig Scheiße.«

»Oooookay. Und was soll ich stattdessen sagen? Mann?«

»Auf keinen Fall! Wie wäre es mit ...« Sie legt ihren Zeigefinger ans Kinn und schaut übertrieben nach oben, um mir zu verdeutlichen, dass ihr bestimmt gleich was einfallen wird.

»Arschloch«, sagt Tara hinter mir. Mit der Hand auf dem Herz drehe ich mich zu ihr um. »Erschreck mich nicht so.«

Sie scannt mich ab, anscheinend ist sie auf der Suche nach einem Hinweis zu meinem Befinden. Mitleid tritt in ihre grünen Augen. Sie weiß, wie es in mir aussieht, versteht mich, auch, wenn ich ein Lächeln im Gesicht habe. So war es schon immer bei ihr. Wir sind ein offenes Buch für Tara. Sie kann einfach in uns hineinsehen.

»Okay, dann nehmen wir eben das schlichte Arschloch, wobei ich eher für verlogener Wichser wäre.«

Ich zucke bei Pipers Worten zusammen. Sie hat recht, er ist ein verlogener Wichser, aber sie kann es noch gar nicht wissen. Oder doch? Hat sie die Instagram-Story eventuell schon gesehen und weiß, was Sache ist?

»Oh, oh, schau mich nicht so böse an, Tara. Ich kann doch nicht ahnen, dass er -«

»Psssst ... Mach es nicht noch schlimmer.«

Doch es ist zu spät. Die Wunden, die durch die kurzfristige Witzelei mit einem Pflaster abgedeckt gewesen sind, reißen auf. Die verhasste Flüssigkeit tritt in meine Augen. Mehrmals blinzele ich hintereinander, um das Überlaufen zu verhindern. Aber alle Bemühungen sind umsonst.

»Das wollte ich nicht. Komm her.« Piper und Tara nehmen mich in ihre Mitte und umschlingen mich fest mit ihren Armen. »Sollen wir darüber sprechen, was passiert ist und danach geben wir uns die Kante?«

»Ja«, schniefe ich in Taras Halsbeuge.

»Okay, dann hole ich mal das gute Zeug aus der Abstellkammer.« Ich merke, wie Tara Piper zunickt. »Du weißt, dass Piper nicht so gut mit der Situation umgehen kann und es nicht böse meinte. Manchmal kann sie ein kleiner Gefühlstrampel sein.«

»Ich glaube, sie hat nur Angst, dass es wie damals wird und sie mich dieses Mal endgültig verliert.«

»Es wäre das Schlimmste für sie, wenn sie jemals einen von uns verlieren würde. Versprich mir, dass du anrufst, solltest du das Bedürfnis haben, dich zu verletzen. Du kannst auch jederzeit zu mir kommen. Meine und auch Pipers Tür steht immer für dich offen. Das weißt du.«

Ich nicke. »Tue ich.«

»Dann ist gut. Und nun lass uns Piper nicht länger warten.« Tara drückt mir noch einen kurzen Kuss auf die Stirn, ehe sie die Umarmung löst. Ich kann froh sein, solch beste Freunde in meinem Leben zu haben. Ich wüsste nicht, ob ich noch auf der Welt wäre, wenn ich sie nicht haben würde.

Tara und auch Piper haben mich davor bewahrt, mich weiter zu verletzten. Ich bin in einem Abgrund gewesen, den ich nie wieder betreten möchte. Die Schwärze, die einen einnimmt und nur noch der äußerliche Schmerz den innerlichen überdecken kann. Seitdem habe ich alle Rasierklingen aus meinem Haus verbannt. Nur die Narben an meinen Innenseiten der

Oberschenkel erinnern mich an die düstere Phase meines Lebens. Die an meinen Handgelenken waren zum Glück nur oberflächlich und haben keine Narben hinterlassen. Das verdanke ich nur meinen Freundinnen und ihrem perfekten Timing.

Die Gedanken an das dunkle Kapitel meines Lebens schüttle ich schnell ab. Ich werde nicht zulassen, dass es so weit kommen wird. Egal, was Xavier getan hat, diese Macht darf ich ihm kein zweites Mal über mich geben. Nie wieder!

»Komm, es wird Zeit, dass wir einen Schnaps trinken.« Ich bin dankbar für Taras Ablenkung und nehme ihre Hand, die sie mir hinhält. Gemeinsam gehen wir ins Esszimmer, wo Piper mit einer Batterie an Alkoholflaschen vor sich sitzt.

»Ich habe keine Ahnung, wonach euch ist. Und das ist alles, was du zu bieten hattest.« Entschuldigend lächelt sie zu uns und zuckt mit den Schultern.

»O Mann, das wird ein langer Tag.«

Ich schmunzle bei Taras Kommentar, was mir aber schnell vergeht, sobald ich sitze und mich beide abwartend anschauen. Ich nehme mir den Vodka und ein Glas, welches ich mit hochgezogener Braue anschaue.

»Hab keine Schnapsgläser gefunden und da passt mehr rein.«

Leicht belustigt über meine beste Freundin schütte ich den Alkohol bis zur Hälfte des Glases rein und nehme einen kräftigen Schluck. Es brennt in der Kehle und die Speiseröhre hinunter, weswegen ich zu husten anfange.

»Erzähl uns alles, Babygirl. Was hat dich so aus der Fassung gebracht?«

Und genau das tue ich. Ich berichte ihnen alles.

»Fuck! Das hat er nicht getan?«, stößt Tara ungläubig aus, nachdem ich mit meinem Plädoyer fertig bin.

»Doch. Seht selbst nach.«

Tara holt ihr Handy hervor. Es dauert keine Sekunde, als sie Piper die Instagram-Story vor die Nase hält. Aber so, dass ich nicht erneut einen Blick drauf werfen muss. Ich bin ihr dankbar dafür.

»Moment ... halt ... Stopp ... mach mal zurück.« Piper beugt sich näher ans Smartphone. Ihre Nase berührt beinahe den Bildschirm. Tara wischt mit dem Finger über das Glas.

Pipers Gesicht verzieht sich zu einer wütenden Fratze. »Dieser miese kleine Ficker. Ich werde ihm seine mickrigen Bälle abreißen und gekocht zu essen servieren.«

Erstaunt über den Ausbruch sehe ich sie mit geweiteten Augen an. Ich weiß, dass sie ihn hasst, aber so extrem nur wegen eines Bildes zu reagieren, ist selbst für Piper unnormal.

»Dieser Bastard ist sowas von fertig. Ich werde ihn kalt machen für das, was er dir angetan hat.«

»Jetzt übertreib mal nicht. Klar, Alexa ist unsere beste Freundin, aber jemanden umbringen geht nun wirklich zu weit.«

»Der Hurenbock ist zu weit gegangen, nicht ich, Tara. Ich habe meine Nudel nicht in eine andere gesteckt, während ich abends brav ins Bett zu meiner Frau gekrabbelt bin.«

»Wie kommst du darauf, dass Xav-«

»Nicht den Namen nennen, schon vergessen?« Mahnend hebt Piper den Zeigefinger. »Wie ich darauf komme? Schau dir diesen Bauch genauer an. Der Nabel ist schon rausgeploppt und die Frau sieht aus, als würde sie jeden Moment platzen. Soweit ich weiß, dauert es länger als sechs Monate, bis ein Baby zur Welt kommt und dieses Kind wird es bald oder spätestens in einem Monat tun. Ergo, er hat sein Würstchen ins verbotene Glas gesteckt, während unsere liebe Freundin gehofft und gebangt hat, dass sie schwanger wird.« Piper redet sich in Rage und mit jedem weiteren Wort bricht meine Welt ein Stück mehr über mir ein.

»Du willst mir ernsthaft weismachen, dass Xav ... Pardon, dass dieses Arschloch Alexa betrogen und dann mit einem beschissenen Brief abgespeist hat, nur, damit er mit seinem Fehltritt zusammen sein kann?«

»Doch, genau das will ich damit sagen. Er hat die perfekte Ausrede für seinen Abgang gefunden und unsere Freundin damit beinahe umgebracht.«

Ich schaue von einer zur anderen, greife mir mein Glas und kippe den kompletten Inhalt in mich hinein. Die neue Erkenntnis muss ich erst einmal verdauen. Nie hätte ich damit gerechnet, dass Xavier zu so etwas fähig gewesen wäre. Das stellt mein komplettes Weltbild auf den Kopf. Erneut greife ich nach einem Glas, dieses Mal das von Tara, und schütte auch den Alkohol in mich hinein.

Doch entgegen meinen Erwartungen fange ich nicht an zu weinen, sondern eine unbändige Wut brodelt in mir auf. Er hat mich hintergangen, mir ein schlechtes Gewissen wegen meiner Unzulänglichkeit gemacht und mich so weit getrieben, dass ich mir und meinem Körper Schaden zugefügt habe.

Ich hätte mich beinahe umgebracht und wofür? Für einen Mann, den ich scheinbar die letzten vierzehn Jahre nicht wirklich gekannt habe?

Dumm, so unfassbar dumm bin ich. Glaube an die verdammte Liebe und mache mir falsche Hoffnungen. Und das für einen Mann, der meiner unwürdig ist. Der mich hintergangen und nach Strich und Faden verarscht hat. Es wird Zeit, dass Schluss damit ist.

Abrupt stehe ich vom Stuhl auf, der scheppernd umkippt. Das leichte Schwanken ignoriere ich und laufe ins Wohnzimmer, nehme mein Handy vom Couchtisch, wo Tara es vorhin abgelegt hat.

»Was hast du vor?«

»Alexa, triff bitte keine voreiligen Schlüsse. Wir wissen nicht mit Sicherheit, ob Piper recht hat.« Beide brüllen mir aus dem Esszimmer aus zu.

Sonst mag ich Taras Vernunft, aber gerade scheiße ich drauf. Einmal will ich mich auch nicht an die Spielregeln halten. Einmal will ich diejenige sein, welche die Fäden in den Händen hält. Ich gehe zurück zu meinen Freundinnen und setze mich auf meinen Stuhl. Via Face Scan entriegle ich mein Smartphone und rufe den Internetbrowser auf.

»Du machst mir ein bisschen Angst, Alexa.«

»Keine Sorge, ich mache nur das, wozu ihr mir schon seit sechs Monaten ratet. Ich schließe mit dem Kapitel Arschloch ab.«

»Das wird auch verdammt noch mal Zeit«, jubelt Piper und gießt Alkohol in unsere Gläser. »Lasst uns drauf anstoßen, dass du dich endlich von dem Pisser abnabelst.«

»Moment, nicht so schnell. Ist wirklich alles bei dir in Ordnung, Alexa? Du rufst jetzt nicht Mr. Arschloch an, um deine Gefühle bei ihm abzuladen?« Misstrauisch sieht mich meine Freundin an.

»Es ist alles bestens.« Ich klinge gleichgültiger als gedacht. Tara glaubt mir nicht, das sehe ich ihr an, doch sie lässt es vorerst auf sich beruhen. Ich weiß, dass sie mich in ein paar Tagen darauf noch einmal ansprechen wird, dafür kenne ich sie zu gut. Für den Moment bin ich ihr aber dankbar, dass sie es nicht tut.

Ich scrolle weiter nach unten bis mir die Überschrift Anwaltskanzlei Willson & Partner ins Auge springt. Es ist die gleiche Kanzlei, die eine Kollegin genommen hat, als sie sich von ihrem Mann hat scheiden lassen. In höchsten Tönen wurde er überall gelobt. Und ich will den Besten der Besten, denn mein Ziel ist es, Xavier nackig zu machen. Ihm all meine Schmerzen und Ängste heimzuzahlen.

Kalter Atem trifft auf die Haut in meinem Nacken. Ich zucke zusammen. Bei meiner Suche habe ich nicht mitbekommen, wie meine Freundinnen aufgestanden und sich hinter mich gestellt haben, um ebenfalls auf meinen Bildschirm zu schauen.

»Bist du dir wirklich sicher, dass du diesen Schritt gehen möchtest?«, säuselt mir das Engelchen Tara leise ins Ohr.

»Wird Zeit, dass du ihm zeigst, wo es lang geht.« Teufelchen Piper klingt dagegen aggressiv.

»Ja. Nie in meinem Leben war ich mir sicherer.« Und das stimmt. Ich will die Scheidung. Will endlich nach vorne schauen können und das geht nur, wenn ich meine Vergangenheit hinter mir lasse.

KAPITEL 4

Zeit heilt …

… alle Wunden. Am Arsch. Selbst nach fünf Tagen fühle ich mich scheiße. Nix von meinen inneren Wunden ist zusammengewachsen. Mein Herz ist noch immer zersprungen. Es schmerzt unsagbar. Mit jedem Tag wird es schlimmer statt besser. Vielleicht liegt es daran, dass mir mehr und mehr bewusst wird, was geschehen ist. Ich realisiere langsam, dass ich zuvor in einer Blase aus unerbittlicher Hoffnung gelebt habe. Eine Hoffnung, die mein Mann schon vor einigen Monaten nicht mehr hatte. Tja, nur ich war völlig ahnungslos.

Ich starre auf den Fernseher mir gegenüber an der Wand. Zum wiederholten Male schaue ich meine Lieblingsserie *The Witcher* und beobachte, wie Geralt von Riva gegen ein Monster kämpft. Zu gerne würde ich seinen unerschrockenen Mut besitzen. Mich so wie er in einen Kampf stürzen und mit dem Schwert zeigen, dass ich nicht so leicht kleinzukriegen bin. Nur leider befürchte ich, dass ich mich selbst mit der Waffe verletzen würde, statt damit meinen Gegner zu besiegen. Zumal ich mir vor Angst in die Hose scheißen würde, wenn ein Monster plötzlich vor mir steht.

Völlig versunken in das Geschehen erschrecke ich mich, als mein Handy vor mir auf dem Tisch vibriert. Das kann eigentlich nur eine von meinen Mädels sein. Ich schnappe mir mein Smartphone und gehe ran.

»Keine Sorge, ich habe mich nicht umgebracht, ich lebe noch. Meine Gedanken sind rein und weit weg vom Bösen. Ich schaue wie eben dem heißen Kerl beim Abmurksen von schrecklichen Kreaturen zu und schmachte ihn an. Er sieht wirklich heiß aus. Und ja, mir geht's noch immer scheiße, aber das wird schon wieder«, leiere ich hinunter, bevor die Fragen überhaupt auf mich einprasseln können.

Seit dem Tag, an dem ich minimal zusammengebrochen bin, sind sie sehr besorgt um mich. Gefühlt jede Stunde ruft entweder Tara oder Piper an, um sich zu erkundigen, wie es mir geht. Aber mal ehrlich, was erwarten sie von mir? Dass ich über meinen Mann hinweg bin und das schon nach so weniger Zeit? Verdammt, ich habe diesen Mistkerl geliebt. Ich habe mir eine Zukunft mit ihm ausgemalt und ihm alles von mir gegeben. Das zu vergessen ist keineswegs leicht. Auch für das Herz nicht.

Die Person am anderen Ende der Leitung räuspert sich. Oh, mein Gott. Bitte, bitte, bitte lass es ...

»Mrs. Ellis, entschuldigen Sie die Störung.«

... und wie er es ist. Mr. Willson, mein Anwalt. Und ich habe ihm eben meine Seele vor die Füße geworfen. Es kann doch nur ein schlechter Scherz vom Universum sein, oder? Was soll er nun von mir denken? Dass ich eine durchgeknallte Frau bin und es kein Wunder ist, dass mein Mann abgehauen ist? Shit.

»Ich wollte Ihnen eigentlich nur mitteilen, dass die Scheidungspapiere heute an Ihren Mann rausgegangen sind.« Die Verlegenheit ist ihm deutlich anzuhören. Peinlich berührt schließe ich meine Augen. »Ähm ... Danke.« Geistreich, wirklich geistreich, Alexa. Da hätte ich auch besser den Mund halten können, als diesen Schwachsinn zu sagen.

»Nichts zu danken, das ist mein Job. Falls Sie noch irgendwelche Fragen haben, scheuen Sie sich nicht, mich anzurufen. Scheidungen sind immer etwas Schweres, vor allem für die Verlassenen. Ich hoffe, dass es Ihnen bald besser gehen wird, sobald alles vorbei ist.«

»Das hoffe ich auch, Danke«, murmele ich mehr zu mir selbst als zu dem Anwalt. Ich tue es wirklich. Doch leider weiß ich aus Erfahrung, dass meine Wünsche unerfüllt bleiben.

»Ich werde mich wieder bei Ihnen melden, sobald ich etwas von der Gegenseite gehört habe. Halten Sie einfach den Kopf oben, Mrs. Ellis. Und noch viel Spaß beim Zuschauen, wie jemand Kreaturen abmurkst.«

Bei seinem letzten Satz lache ich laut auf, bin ihm aber gleichzeitig auch dankbar, dass er den Rest meines Gesagten unkommentiert lässt.

»Den werde ich haben, Mr. Willson. Ich wünsche Ihnen ein schönes Wochenende.« Ich lege auf und lehne mich zurück in die Kissen des Sofas. Das Handy lasse ich neben mir auf das Polster fallen. Für einen Moment schließe ich die Augen und atme tief durch. Eine einzelne Träne rollt über meine Wange. Ich habe nicht bemerkt, wie sie sich in mein Auge geschlichen hat.

Nun ist es offiziell, ich werde mich scheiden lassen. Xavier wird in wenigen Tagen die Papiere erhalten und dann? Wird er sich bei mir melden? Oder hat er mich schon längst abgeschrieben und unterschreibt einfach? Tausend solcher Fragen geistern durch meinen Kopf. Diese Unwissenheit, was passieren wird, treibt mich in den Wahnsinn. Ich stehe vom Sofa auf und laufe vor dem Couchtisch hin und her. Mein Blick gleitet durch den Raum. Ohne die Bilder an der Wand und den Rahmen auf den Kommoden sieht es leer und kalt aus. Und zum ersten Mal wird mir richtig bewusst, was ich eigentlich getan habe.

Sobald Xavier die Papiere in seinen Händen hält, gibt es kein Zurück mehr. Nie wieder wird es Fotos von mir und ihm geben. Keine neuen Schnappschüsse, welche die Wände zieren. Es würde so sein, als hätten wir die verdammte Stopptaste auf der Fernbedienung gedrückt und somit unsere gemeinsame Zeit angehalten. Nur, dass der Film trotzdem weiterläuft, aber eben ohne den jeweils anderen.

Hektisch atme ich ein und aus. Was habe ich nur getan? Wie konnte ich zulassen, dass ein paar Zettel alles ruinieren werden? Alles, was wir gemeinsam aufgebaut haben, wird unwichtig sein. Xavier wird mich hassen. Dabei will ich doch nur geliebt werden. Sobald die Scheidung durch ist, werden wir nur noch Menschen sein, die eine gemeinsame Vergangenheit verbindet. Eine, die von dunklen Zeiten überschattet wurde. Eine weitere Träne bahnt sich ihren Weg hervor.

Wie angewurzelt bleibe ich stehen. Nein, das schaffe ich nicht. Unmöglich werde ich diejenige sein, die alles aufgibt. Ihn aufgibt. Vielleicht habe ich nur überreagiert und diese schwangere Frau bei Instagram ist keineswegs seine neue. Aber hätte er sie dann so verliebt angeschaut, wie er es damals bei mir getan hat? Nein. Alle Zeichen sprechen dafür, dass er mich abgeschrieben hat. Dass ich unwichtig für ihn bin und er mich vergessen hat. Ich zerre an meinen Haaren, um den inneren Schmerz zu übertünchen. Mein Blick geht von einer Seite des Raumes zur anderen. Wie kann ich in dem Haus wohnen, welches wir gemeinsam gebaut haben? Es sollte für uns und unsere Zukunft sein. Nicht nur für mich allein. Xavier sollte hier sein. Bei mir. Mich in den Arm nehmen und mir versichern, dass alles wieder gut wird. Aber das wird nie wieder passieren. Xavier hat mich im Stich gelassen.

Ich habe das Gefühl, die Wände kommen näher. Zerquetschen mich bald, wenn ich nicht schleunigst verschwinde. Aber ich bin regungslos. Meine Beine ignorieren meinen Tatendrang. Mein Atem wird noch schneller wie ohnehin schon. Das Herz in meiner Brust springt mir beinahe aus der Brust. Schwarze Punkte bilden sich in meinem Sichtfeld. Mir ist klar, dass mich eine Panikattacke fest im Griff hat und mich droht zu verschlingen. Aber ich habe keine Ahnung, wie ich dort hinauskommen soll. Ich brauche Hilfe. Und zwar ganz schnell.

Mit enormer Kraft hebe ich mein rechtes Bein und setze es ein Stück weiter vorne wieder ab. Das linke ziehe ich nach. Ich schaffe es. Ich werde kämpfen. Kalter Schweiß bricht aus und läuft mir über den Rücken. Nur noch zwei Schritte und ich kann Hilfe holen. Alle Kraft mobilisierend trete ich einen weiteren nach vorne. Die Schwärze nimmt immer mehr von meiner Sicht ein. Wie durch einen Tunnel fixiere ich mein Ziel. Strecke meinen Arm nach diesem aus. Ich merke den viel zu schnellen Puls im Hals. In den Ohren rauscht es. Ein Schmerz breitet sich im Kopf aus.

Nein! Ich bin so kurz davor. Ich kann unmöglich schlapp machen. Aber mein Körper will was anderes als mein Verstand. Meine Beine sacken unter mir weg. Die Kraft hat mich verlassen. Ich schließe die Augen und überlasse mich ganz dem Fallen.

Der Weg nach unten ist nicht weit. Mit den Knien voran lande ich auf dem Boden, mein Oberkörper wird vom Sofa abgefangen, mit dem Kopf knutsche ich das Zierkissen. Es braucht einen Moment, bis ich realisiere, dass mein Genick keinen Bruch erlitten hat. Der Schmerz in meinen Knien vergeht schnell und ich öffne meine Augen einen Spalt. Das Smartphone liegt nur wenige Zentimeter von meinem Gesicht entfernt. Doch jeglicher Befehl an den Körper, nach dem Handy zu greifen, verläuft im Sande. Die Panikattacke raubt mir die letzte Energie. Ich bin müde und wie gerne würde ich mich der Dunkelheit hingeben, aber ich darf es um keinen Preis zulassen. Ich muss dagegen ankämpfen. Einmal stark sein und über mich hinauswachsen.

Vor Wut und Verzweiflung schreie ich laut auf, spanne die Muskeln im Arm an und endlich kriege ich ihn angehoben. Es fühlt sich an, als würde er wem Fremdem gehören. In den Händen kribbelt es unangenehm und die Fingerspitzen sind taub. Mit Ach und Krach greife ich nach meinem Handy und schiebe es näher zu mir, so dass ich aufs Display schauen kann. Kraftlos lasse ich den Arm auf das Möbelstück sinken, halte den Daumen auf den Fingerabdruckscanner und entriegle mein Smartphone. Mein Sichtfenster ist nur noch Stecknadelkopf groß. Mir verbleibt wenig Zeit und die Schwärze wird mich vollkommen eingenommen haben. Mehrmals blinzle ich, versuche mir mehr Sekunden zu verschaffen. Doch ich scheitere.

Schnell drücke auf die Anruf-App. Die Namen sind nur verschwommen lesbar. Nein, das darf nicht wahr sein, ich bin so weit gekommen. War stark und habe gekämpft. Kurz bevor meine Sicht komplett verschwunden ist, wähle ich irgendeinen Kontakt aus. Meine Hand fällt zur Seite. Ich höre noch, wie jemand meinen Namen ruft. Und dann stiehlt sich auch das letzte bisschen Kontrolle über meinen Körper fort. Ich falle und werde von der unbekannten sowie gleichzeitig allzu bekannten Schwärze eingehüllt.

***

»Babygirl?«

»Alexa?«

Die Stimmen meiner Freundinnen dringen durch den Nebel in meinem Kopf. Nur langsam vergeht die Taubheit in meinen Gliedern. Was ist passiert? Wieso klingen Tara und Piper panisch und was wollen sie überhaupt hier?

»Scheiße, Alexa!« Ein stechender Schmerz fährt mir bei Taras Ausruf durch den Kopf. »Piper komm her, du musst mir helfen.«

Ich höre näherkommende Schritte, dicht gefolgt von weiteren. Der Versuch, meine Augen zu öffnen, scheitert. Die Lider sind schwer wie Blei und lassen sich keinen Millimeter nach oben bewegen. Ich fühle mich matt und erschlagen. Jegliche Kraft hat mich verlassen. Es ist schon eine enorme Anstrengung, überhaupt nur zu atmen.

Nach und nach wird mir bewusst, was geschehen ist. Wie lange lag ich? Wen habe ich überhaupt angerufen? Habe ich eine von beiden erreicht oder war es doch jemand anderer, der ihnen dann Bescheid gegeben hat? Abermals bin ich froh, dass ich ihnen einen Schlüssel vom Haus gegeben habe. Wer weiß, wie lange ich noch bewusstlos gelegen hätte.

Hände packen mich an den Fußgelenken und weitere greifen um meinen Oberkörper. Ich merke, wie ich den Halt unter mir verliere und hochgehoben werde. Vorsichtig legen Piper und Tara mich auf das Sofa. Eine der beiden hebt meinen Kopf an und packt ein Kissen unter diesen. Ich bin ihnen sowas von dankbar, dass sie immer für mich da sind. Ich habe keine Ahnung, wie ich das jemals wieder gutmachen kann.

Seit dem Tag, an dem Xavier mich verlassen hat, bin ich ein Wrack, um das sie sich ständig kümmern müssen. Dabei war ich doch bis vor fünf Tagen wieder ganz stabil. Hatte mich und meinen Körper unter Kontrolle.

»Babygirl?« Leicht werde ich an den Schultern gerüttelt. »Komm wach auf, du hattest lang genug deinen Schönheitsschlaf.«

»Piper, das ist nicht zum Spaßen. Weißt du, welchen Schrecken ich hatte, als sie angerufen und kein Wort gesagt hat? Ich dachte, sie hätte -«

»Denk nicht sowas. Du weißt, dass Alexa sich im Griff hat. Niemals würde sie wieder so eine Scheiße abziehen und sich umbringen wollen. Sie ist nur ein wenig aus der Bahn geraten.«

»Das nennst du aus der Bahn geraten? Piper, sie lag bewusstlos in ihrem Haus. Was wäre, wenn sie nur meine Mailbox erreicht hätte?«

»Du zerbrichst dir immer viel zu sehr deinen Kopf. Sobald Dornröschen aus ihrem Schönheitsschlaf erwacht ist, werden wir erfahren, was los ist. Bestimmt war es nichts Schlimmes.«

»Dein Wort in Gottes Ohren. Sollte es aber anders sein, dann bringe ich Xavier höchstpersönlich um. Durch ihn ist unsere Freundin zum Zombie mutiert und er schert sich kein bisschen darum. Es wird Zeit, dass sie mit dem Saftsack abschließt, denn nur so kann sie nach vorne schauen.«

»Das wird sie, gib ihr nur etwas Zeit, Tara. Sie liebt ihn seit ihrer Jugend, so etwas vergeht nicht von einem auf den nächsten Tag.«

Leider. Zu gerne würde ich ihn vergessen können. Doch wie Piper es gesagt hat, es wird bestimmt noch lange dauern, bis es so weit ist. Bis dahin muss ich mich damit abfinden, dass ich ein Wrack bin. Ein Wrack, das ständig die Kontrolle über sich und seinen Körper verliert. Dabei hasse ich dieses Gefühl des Kontrollverlustes. Es gibt nichts Schlimmeres.

»Das ist doch scheiße. Wieso gibt es kein Medikament für sowas? Alles Mögliche erfindet die Pharmaindustrie, aber an einer Entliebungspille scheitern sie?« Tara klingt aufgebracht. Dabei ist sie doch die Vernünftige, die immer einen kühlen Kopf bewahrt.

Bringe ich sie mit meinen momentanen Problemen so sehr aus der Fassung? Das möchte ich nicht. Ich will ihr keine Sorgen bereiten. Warum kann ich keinen Schlussstrich unter dem Kapitel Xavier schließen und normal sein?

Zu gerne würde ich sie in den Arm nehmen, aber ich bin zu kraftlos. Es wird noch ein wenig dauern, bis ich wieder Herr über meinen Körper bin, das weiß ich aufgrund von früheren Panikattacken. Also kann ich nur weiterhin liegen und den beiden lauschen. Wenigstens ist es etwas, was mich davon abhält, zurück in die Dunkelheit zu driften. Wobei es das Einfachste wäre. Keine Gefühle, keine Schmerzen und keine Gedanken. Einfach nur herrliche Ruhe.

Nein. Stopp. An sowas darf ich keineswegs denken. Ich muss vorwärts blicken. Das Licht in der Dunkelheit sehen und mich an diesem entlanghangeln. Ich bin es den beiden und auch mir schuldig.

Doch wie soll ich das schaffen? Solange ich Xavier nicht vergessen kann, kenne ich keinen Ausweg, wie ich wieder die alte Alexa werde. Wer bin ich überhaupt ohne meinen Mann? Meine Jugend und auch mein Erwachsenwerden sind durch ihn mitgeprägt worden. Er war neben meinen Freundinnen die einzige Konstante in meinem Leben.

Eine Hand streicht über meine Stirn. »Pssst, Alexa. Alles wird wieder gut, kein Grund zu weinen.«

Auch ich bemerke nun, dass ich weine. Die Feuchtigkeit hat heimlich meine Wangen benetzt.

»Was denkst du, hat sie so aus der Fassung gebracht?«

»Ich habe keine Ahnung, Piper. Ehrlich. Aber ich hoffe, dass sie es bald überwinden wird.«

»Das hoffe ich auch. Ihr Leben muss sich unbedingt bessern, ansonsten geht sie daran kaputt. Erst die schreckliche Nachricht vom Arzt, dann der Weggang von Xavier und jetzt noch die Botschaft, das alles ist zu viel für sie. Alexa braucht jemanden, der ihr Halt gibt und sie aus tiefstem Herzen liebt. Etwas, das sie zwar von zuhause nie kennengelernt hat, aber umso mehr benötigt.«

»Ich weiß. Und ich dachte wirklich, Xavier wäre dieser Jemand gewesen.«

Das dachte ich auch, Tara. Aber scheinbar haben wir uns alle in ihm getäuscht. Er wollte nur jemanden haben, der seine Träume und Wünsche erfüllt. Sobald das nicht der Fall ist, wirft er denjenigen wie eine faule Frucht weg. Und dieses Mal war ich dieses Stück Obst, welches anfing zu gammeln.

»Er war keinesfalls der Richtige für sie. Alles, was für ihn zählt, war, dass er perfekt ist. Alexa ist nur nettes Beiwerk gewesen, das ihm zu seinem Status verhelfen sollte. Wieso sollte sie ihre Hobbys aufgeben, während er seine behalten hat? Zu wissen, dass sie erfolgreicher ist, missfiel ihm. Er konnte damit zu keiner Sekunde umgehen.«

»Sie hat es aufgegeben, um gemeinsam mit ihm eine Familie zu gründen. Für nichts anderes.«

»Das glaubst du wirklich? Schau dir doch nur das lächerlich perfekte Haus mit weißem Gartenzaun in dieser versnobten Gegend an, in der sie lebt. Alexa wollte sowas nie. Sie wollte in unserer Nähe bleiben. Eine hübsche Wohnung besitzen und ihren Hobbys nachgehen. Sie liebte das Fotografieren und was ist jetzt? Sie hat alles verloren und das nur wegen eines egoistischen Arschlochs.«

Hat sie recht? Habe ich wirklich all meine Wünsche hintangestellt? Ist es vielleicht ein fremdes Leben, welches ich lebe? Meine Synapsen im Kopf springen an. Welche Dinge habe ich noch getan, um Xavier zu gefallen?

Ich habe meinen Job vernachlässigt, sogar für ihn auf meine Karriere verzichtet. Mit einundzwanzig Jahren geheiratet, weil er gemeint hat, dass es das perfekte Alter wäre, um dies zu tun. Zuerst hat es sich schlüssig für mich angehört. Wir waren bereits sechs Jahre zusammen und es war der nächstlogische Schritt in unserer Beziehung, aber wenn ich jetzt darüber nachdenke, war ich zu dem Zeitpunkt noch gar nicht bereit dafür. Ich wollte noch so viel erleben, wurde aber von Xavier ausgebremst. Er wollte Kinder, also haben wir es versucht. Keine Frage, ich habe auch welche gewollt, aber so früh?

Mehr und mehr Dinge fallen mir ein, die ich für ihn getan habe. Aber warum?

War ich so blind, dass ich kein eigener Mensch mehr gewesen bin?

»Hat es dir nun die Sprache verschlagen, Tara? Du willst immer das Gute in den Menschen sehen, aber es gibt abgefuckte Wichser, die nur an sich denken. Xavier gehört zu ihnen. Was ist deine Vermutung, warum er sich nicht mehr gemeldet und sich wen anderes genommen hat?«

»Ich habe keinen Plan, Piper. Vielleicht hat er seine Gründe gehabt?«

»Ja, sein Grund war, dass er seinen Schwanz nicht in der Hose lassen konnte und eine andere geschwängert hat. Er hat den leichten Weg genommen und die nächstbeste Gelegenheit genutzt, um Alexa seinen Fehltritt weiterhin verschweigen zu können.«

Mit diesen Worten schürt Piper meinen Hass auf Xavier. Sie hat recht. Er hat mich hingehalten, mir falsche Hoffnungen gemacht und mich zur Krönung noch betrogen. Und ich Idiotin weine ihm noch nach. Damit ist ab sofort Schluss. Ich werde ihn hinter mir lassen, so wie es angedacht war. Ich werde mir ein eigenes Leben aufbauen und die Scheidung wird der erste Schritt dazu sein. Ich werde mich auf Spaß einlassen und nicht mehr zulassen, dass mich Panikattacken heimsuchen. Ab sofort werde ich über mich bestimmen und niemand anderes!

Mein Körper erwacht zum Leben. Die Fesseln um mich herum zerspringen und die Kraft kehrt zurück. Piper hat mir den nötigen Arschtritt verpasst, ohne dass es ihr wahrscheinlich bewusst ist. Ich bin ihr dennoch dankbar dafür.

Ruckartig öffne ich meine Augen. Tara sitzt neben mir und sieht besorgt zu mir hinunter. Piper kniet auf dem Boden und strahlt mich an. »Endlich ist die Prinzessin erwacht.« Sie klatscht wie ein kleines Mädchen freudig in ihre Hände. »Wurde auch Zeit, du hast echt was verpasst.«

Ich behalte es lieber für mich, dass ich alles mitbekommen habe, nachher nehme ich ihr noch den ganzen Spaß. Stöhnend richte ich mich auf.

»Bleib ruhig noch liegen.« Es schmeichelt mir, dass Tara besorgt ist, aber ich muss mich hinsetzen, ansonsten kommt mein Kreislauf nie in Schwung. »Nein, ist schon gut.«

Piper steht vom Boden auf und lässt sich neben mich auf das Sofa fallen. Ihr Arm legt sich mir um die Schultern. »Geht's dir wieder besser?«

»Ja.«

»Magst du uns erzählen, was mit dir los gewesen ist?« Tara blickt mich sorgenvoll an.

Ich nicke und berichte ihnen dann, was vorgefallen ist.

Mitleidig betrachtet mich Tara. »So kann es nicht weitergehen, Alexa. Wir müssen eine Lösung für dich finden.«

»Ich weiß, aber welche? Wie schaffe ich es, dass ich wieder zu mir selbst finde und all das hinter mir lasse?«

»Die Lösung ist ganz einfach.« Piper springt vom Sofa hoch. »Pack deine Sachen und zieh zu mir.« Ungläubig blicke ich meine Freundin an.

»Gehen die Pferde mit dir durch, Piper? Alexa kann doch nicht zu dir ziehen.«

»Wieso nicht? Er war nie da, ergo es erinnert sie dort kein bisschen an den Penner. Was wiederum bedeutet, dass sie zu sich selbst finden kann. Problem gelöst.«

»Aber das wäre doch keine Lösung, sondern nur ein provisorischer Übergang. Oder soll sie auf Dauer bei dir wohnen?«

»Das wäre eine Möglichkeit. Wir werden eine supercoole WG sein. Viel Spaß haben und -«

»Wie wäre es, wenn wir erstmal Alexa fragen, was sie will, bevor du dir weiterhin ausmalst, wie cool das sein würde«, provoziert Tara Piper.

»Schön. So machen wir das.« Die Köpfe meiner beiden Freundinnen drehen sich ruckartig in meine Richtung.

»Das möchtest du, Alexa?« Voller ehrlicher Zuneigung schauen mich meine beiden besten Freundinnen abwartend an.

»Wenn es das ist, was du wirklich willst, dann tue es. Aber entscheide dich nicht für etwas, was andere von dir erwarten«, ergänzt Tara Pipers Frage.

KAPITEL 5

Nichts geht über …

… eine ordentliche Portion Eis. Eingemummelt unter meiner Decke liege ich im Bett, schaue zum wiederholten Male meine Lieblingsserie und löffle das gefrorene Zeugs aus meinem *Ben & Jerry's* Becher. Seit zwei Wochen verläuft jeder verdammte Tag gleich: Arbeiten, Serie gucken, Eis in mich hineinschaufeln, schlafen. Super Tagesablauf, aber zu nichts anderem kann ich mich aufraffen. Es ist wie ein Sog, gegen den ich keinerlei Macht besitze.

Mein schlechtes Gewissen gegenüber Piper steigt ins Unermessliche. Da ziehe ich zu ihr und was ist? Meine Zeit verbringe ich in meinem Zimmer. Allein. Und wenn sie und Tara mir Gesellschaft leisten, hören sie sich mein Geheule und Gejammer an. Nie im Leben kann ich all das, was sie für mich aufbringen, wiedergutmachen. Wie auch?

Sie will kein Geld von mir haben, obwohl ich Strom und Wasser verbrauche und einkaufen darf ich ebenfalls nicht. Sie ist der Meinung, dass es mich überfordern würde, wenn ich zig Geschäfte aufsuchen müsste, nur um all ihr Zeugs zu finden. Dabei weiß sie, dass es für mich kein Problem wäre.

Selbstverständlich würde ich meinen Anteil dazugeben. Gefrustet schiebe ich mir einen weiteren Löffel Eis in den Mund und stöhne auf.

Tara und Piper sind mein Anker, keine Frage. Ohne sie wüsste ich nicht, was ich tun soll. Würde wahrscheinlich noch in meinem Haus sitzen und ausrasten, weil mich alles an meinen Ex erinnert. Allein der Gedanke an ihn treibt mir Tränen in die Augen. Ich will es nicht, aber mir fehlt die Macht, etwas dagegen zu unternehmen. Es passiert einfach. Die ganze Situation ist doch zum Kotzen und ich habe keine Ahnung, wie ich aus diesem Strudel wieder herauskommen soll.

Wütend wische ich mir über das Gesicht, nehme noch einen Löffel voll Eis und richte meinen Blick auf den Fernseher. Beobachte den Kampf, der sich dort abspielt, und versinke in den Moment.

Spitz schreie ich auf, als die Tür mit voller Wucht aufgerissen wird und meine beiden Freundinnen freudig hereinspazieren. Meine Hand mit dem Löffel im Griff legt sich auf mein wild pochendes Herz.

»Verdammt, habt ihr schon einmal was von Anklopfen gehört, bevor ihr so reingestürmt kommt?« Nur mit Mühe gelingt es mir, meine Atmung unter Kontrolle zu kriegen.

»Warum?« Schelmisch grinst Piper mich an. »Haben wir dich etwa bei etwas gestört?« Ihre Augenbrauen wackeln.

»Was? Nein. Wobei auch?« So ganz verstehe ich ihre Anspielungen nicht. Sie weiß doch, wie mein Tagesablauf ist. Sie verdreht ihre Augen und Tara hinter ihr fängt an zu kichern. »Wer weiß, vielleicht warst du ja gerade dabei, dich zu befummeln oder so.« Piper zuckt mit den Achseln. Meine Augen weiten sich, was Tara nun endgültig zum Lachen bringt.

»Ich habe mich nicht befummelt. Warum sollte ich auch?«

»Naja, du schmachtest ständig diesen Kerl an.« Sie zeigt auf den Fernseher. »Und als Frau hat man nun mal Bedürfnisse, die befriedigt werden müssen.«

Ich merke, wie mir die Hitze ins Gesicht steigt. Wahrscheinlich sehe ich aus wie eine Tomate.

»Schau mal einer an, da wird sie auch noch rot. Süße, es braucht dir keineswegs peinlich sein, wenn du den Kerl nun mal heiß findest, wieso nicht ein wenig an sich spielen?«

»Gott Piper -«

»Nur Piper reicht mir vollkommen.« Sie zwinkert.

»Tara hilf mir. Was stimmt nicht mit ihr? Als wenn ich hier unter meiner Decke liege und mich befriedigen würde.«

Tara hebt unschuldig ihre Hände hoch. »Klärt das allein, ich halte mich da raus.«

Okay, dann eben Strategieänderung.

»Was wolltet ihr von mir? Es muss ja etwas ganz Dringendes sein, wenn ihr keine Zeit zum Anklopfen hattet.«

Tara sieht mich entschuldigend an, während Piper sagt: »Na dich aus deinem Bett jagen, damit wir uns vergnügen können. Selbstverständlich nicht so, wie du eben getan hattest.« Erneut zwinkert sie mir zu.

»Das soll heißen? Wir schauen uns einen Film im Wohnzimmer an?« Die Hoffnung stirbt bekanntlich zuletzt.

»Auf gar keinen Fall. Tara und ich haben beschlossen, dass Schluss mit Trauern ist und du wieder unter Leute musst.«

»Ey, du hast das entschieden. Ich bin nur mitgekommen, um eingreifen zu können, falls es eskaliert zwischen euch«, protestiert Tara.

»Ach ist ja auch egal, wer was getan hat, Hauptsache ist, du verlässt endlich mal diesen muffigen Raum und hast Spaß.«

»Ich habe durchaus Spaß und ich mag dieses Zimmer gerne, wieso also sollte ich es verlassen?«

»Boah, beweg einfach deinen süßen Knackarsch aus den Federn, zieh dir etwas mega Scharfes an und lass uns die Nacht zum Tag machen.«

»Mir ist nicht nach Party, Piper.«

»Dir ist nie nach Feiern und was hat es dir gebracht? Nichts, außer, dass du den erstbesten Jungen aus der High School geheiratet und dabei übersehen hast, wie viele Sahneschnitten es noch auf der Welt gibt.«

»Ich habe nicht den Erstbesten geheiratet. Ich habe mich damals in Xavier verliebt und ihn dann geliebt. Was ist falsch daran?« Wut flammt in mir auf. Wie kann sie sowas sagen?

Sie weiß, dass ich Xavier wirklich verehrt habe und es fortwährend tue. Kein anderer Mann wäre je in Frage gekommen, es hat immer nur ihn für mich gegeben.

Und ich bin wahrlich nicht mit geschlossenen Augen durch die Weltgeschichte gelaufen. Ich habe einige hübsche Männer gesehen und vor meiner Linse gehabt, aber keiner hat mein Herz so zum Schlagen gebracht, wie mein Mann. Da hätte auch keine sinnlose Party geholfen. Zumal ich auf einigen Studentenpartys mit meinen Freundinnen war.

»Dass du dich abschottest und in deinem Selbstmitleid ertrinkst. Mensch Alexa, es gibt so viele Männer da draußen, die nur auf dich warten. Vergiss den Schwachmaten und öffne deine hübschen Äuglein. Amüsiere dich, lerne neue Menschen kennen und lebe endlich wieder.« Sie hat ja recht. Herrgott nochmal. Aber ihre Worte schmerzen.

Meine Schultern sacken zusammen. Sind ihre Sorgen begründet, dass sie keinen anderen Ausweg mehr sehen, als mich zu einer Party zu schleifen?

Stecke ich bereits abermals in meinem Tief drin, ohne es bemerkt zu haben? Ich will das nicht. Möchte niemals wieder so sein wie vor ein paar Monaten. Aber würde eine Party da wirklich helfen?

»Lass uns darüber nachdenken. Es wird dir gefallen. Bestimmt. Und ein wenig Ablenkung würde dir sicher ganz gut tun.« Zaghaft lächelt Tara mich an.

»Genau, es wird der Spaß deines Lebens. Wir drei, gute Musik und eine Tanzfläche, die wir erobern werden. Das hört sich doch mega verlockend an?«

»Sollte es dir nicht gefallen, fahren wir nach Hause und schauen uns einen Film an.«

»Also wie sieht es aus? Bist du mit dabei, Babygirl?« Abwartend betrachten mich die beiden. Mein innerer Widerstand fängt an zu bröckeln. Haben sie vielleicht recht und es würde mir guttun? Ein wenig Spaß würde ja nicht schaden, oder?

»Komm aus deinem Schneckenhaus heraus und zeig den Leuten, wie hübsch du bist. Trau dich was und verlasse deine Komfortzone.«

»Ähm … Piper, du weißt schon, dass wenn Schnecken aus ihrem Haus kommen, sie nackt und keinesfalls hübsch sind?«

»Pssst. Vermassle mir nicht meine Überredungskünste. Es wäre bestimmt unbemerkt geblieben, wenn du deinen Mund gehalten hättest.«

»Soll sie etwa nackt zur Party? Denn genau das hast du ihr gerade gesagt.«

»Habe ich nicht!«

»Hast du doch!«

Mein Blick wandert von einer zur anderen.

»Nein!«

»Doch!«

Piper hebt theatralisch die Hände in die Luft. »Egal, kommen wir zurück zum eigentlichen Punkt. Wann stehst du aus dem Bett auf, damit wir dich herrichten können, Alexa?«

»Ähm … Was?« Oh. Piper spricht zu mir. Schade, dass der kleine Schlagabtausch schon zu Ende ist.

»Aufstehen. Jetzt!« Eindeutig ist Piper nun übergeschnappt. Aber ich folge ihrer herrischen Bitte und verlasse das Bett. Sofort fehlt mir die Wärme meiner Decke, die mich eingehüllt hat.

Piper betrachtet mich von oben nach unten. Ihre Augen weiten sich, der Schock ist ihr ins Gesicht geschrieben. Tara ist da feinfühliger und verbirgt ihre Meinung über meine Erscheinung hinter einem Pokerface.

»Heiliger Strohsack, das wird 'ne Menge Arbeit sein, dich ausgehfertig zu machen.« Piper tritt einen Schritt an mich heran und zupft an meiner Kleidung. »Was hast du da eigentlich an? Ist das ein Shirt von

Xavier? Und was ist das? Das kann man schon gar nicht mehr Jogginghose nennen. Zieh das bloß aus, damit ich das verbrennen kann.«

Augenverdrehend schüttle ich den Kopf. »Nun übertreib mal nicht. Die Sachen sind eben etwas älter und haben ihre besten Tage hinter sich, aber sie sind bequem und …«

»Und sie erinnern dich an Xavier. Ja, ja, ich habe schon verstanden. Noch ein Grund, wieso wir sie verbrennen sollten.«

Panik steigt in mir auf. Das ist doch ein Scherz, oder? »Das ist das Einzige, was ich noch von ihm habe.« Meine Unterlippe fängt an zu zittern und meine Stimme ist dünn.

Das Shirt und die Jogginghose waren das Einzige, welches ich heimlich einstecken konnte, als Tara, Piper und ich meine Sachen gepackt haben. Keine einzige Kleinigkeit durfte ich von meinem Ex mitnehmen, aber ich konnte nicht anders. Ich brauchte ein wenig von ihm.

Taras Augen wirken glasig, als würde sie den Tränen nahe sein. Piper hingegen kaut auf der Innenseite ihrer Wange. Sie scheint sehr angepisst zu sein. »Glaubst du, dieser Penner hat etwas von dir mitgenommen? Nein! Er hat dich betrogen, dich verlassen und für immer abgeschrieben. Xavier verschwendet keinen einzigen Gedanken an dich und du? Du sitzt Tag ein, Tag aus in diesen schäbigen Klamotten und trauerst diesem Typen hinterher. Dabei ist er keine Träne wert. Viel mehr hat er verdient, dass du ihn vergisst, ihm zeigst, dass du ohne ihn leben kannst. Dass er für dich genauso wenig die große Liebe war wie du für ihn. Spring wieder auf den Sattel und suche dir wen anderes, um ihm zu zeigen, dass er dich kein bisschen getroffen hat.«

Mit jedem Wort entzündet Piper eine Flamme der Wut in mir, bis es zum Inferno wird. Sie hat recht. Sowas von recht.

Wieso lasse ich mich gehen, während er mit der Neuen einen auf heile Familie spielt? Fotos postet und keine Gedanken an mich verschwendet? Ich hasse ihn dafür, was er mir antut. Ich hasse ihn dafür, was für eine Person ich durch ihn geworden bin. Und verdammt, ich hasse ihn dafür, dass ich abhängig von ihm bin.

Damit ist nun endgültig Schluss. Ich muss abschließen mit der Scheiße und nach vorne schauen. Und wenn eine Party mir dabei helfen wird, werde ich auf diese gehen. Ich werde mit Tara und Piper feiern und die ganze Nacht tanzen. Ich werde mich nicht um die Konsequenzen scheren, sondern einfach leben.

Scheinbar habe ich genau diesen Arschtritt von ihr gebraucht, denn ohne groß darüber nachzudenken ziehe ich mich vor meinen Freundinnen aus. Mir ist es egal, dass sie meine Narben an den Oberschenkeln oder meine kleine Babybauchrolle vom zu vielen Eis sehen können. Das Einzige, was zählt, ist, dass ich mich dieser Sachen entledige und sie in den Müll werfe. Ich brauche einen klaren Schlussstrich und dieser beginnt heute. Genau jetzt!

Zielsicher stolziere ich mit der Kleidung in der Hand aus meinem Zimmer in die Küche, öffne den Mülleimer und werfe sie voller Wut hinein.

»Hat sie das gerade wirklich getan?«, höre ich Tara leise zu Piper sagen.

»Ich glaube, wir haben sie überzeugen können.«

Ich drehe mich um und kann Tara noch stolz lächeln sehen.

»Bis wann muss ich fertig sein?«

»Ähm …« Piper schaut auf ihre Smartwatch am Handgelenk. »Wir geben dir ’ne halbe Stunde fürs Bad, danach brezeln wir dich auf. So wie früher.«

Ich nicke und laufe umgehend ins Bad. Es wird Zeit, dass ich den Frust, die Trauer und das verdammte Selbstmitleid von mir wasche.

Nach der Dusche kehre ich zurück in mein Zimmer. Tara und Piper sind tief in meinem Schrank vergraben und diskutieren darüber, was ich anziehen könnte.

Tara hält triumphierend eine schwarze Bluse hoch. »Die ist es. Ein wenig aufreizend, aber doch noch zurückhaltend. Der Ausschnitt ist perfekt für eine Party und wäre zu tief für ein Geschäftsessen. Warum hat sie sowas eigentlich in ihrem Schrank?«

»Ich weiß es nicht. Aber ich wäre ja eher für diese Kombi.« Piper betrachtet ihre gefundene Kleidung: Eine kurze Ledershorts und ein ebenfalls dunkles Top mit Spaghettiträgern.

»Nein, das ist zu billig für unsere Alexa«, greift Tara sofort ein.

»Quatsch. Sie würde heiß aussehen und alle Männer würden ihr sabbernd hinterherstarren.«

»Und genau das braucht sie nicht. Sie soll sich amüsieren und keine notgeilen Männer abwehren.«

»Wieso? Die Männer würden ihr vielleicht die notwendige Ablenkung verschaffen.«

»Piper, Alexa ist noch nicht so weit. Lass uns lieber die Bluse mit der Shorts kombinieren, dazu zieht sie die Wildleder-Heels an und perfekt ist das Outfit.«

»Perfekt für eine Nonne.«

Ich kann mir genau vorstellen, wie Piper dabei ihre Augen theatralisch verdreht. Sie mag es gerne aufzufallen und hat auch keine Probleme damit, von irgendwelchen Kerlen angeschmachtet zu werden. Aber zu mir würde es keinesfalls passen, ich würde mich den ganzen Abend unwohl fühlen.

»Selbst für Nonnen wäre die Shorts schon zu kurz und die Bluse zu offenherzig. Also perfekt für Alexa.«

»Wenn du meinst. Wegen mir könnte sie ruhig mehr Haut zeigen.«

Ich räuspere mich, um endlich ihre Aufmerksamkeit auf mich zu lenken. Beide drehen sie sich um und lächeln mich an. Nur in den Bademantel gehüllt erwidere ich es. Nach diesem Arschtritt und der Dusche fühle ich mich bereit, meine Komfortzone zu verlassen. Und wer weiß, vielleicht kann ich mich heute Abend wirklich amüsieren und dabei Xavier für eine Nacht vergessen.

Eine weitere Stunde später stehe ich vor dem Spiegel und kann nicht fassen, was ich dort sehe. Ich blicke einer anderen Frau ins Gesicht. Piper hat mir ein Make-up verpasst, welches ich niemals hinbekommen hätte. Meine Augenringe sind fort, die rotunterlaufenden Augen strahlen nun in einem Glanz, welchen ich schon lange nicht mehr in ihnen gesehen habe. Meine Lippen ziert ein pfirsichfarbener Mattlipgloss und lässt sie voll sowie sinnlich aussehen. Selbst eine leichte natürlich wirkende Röte hat sie auf meine Wangen gezaubert. O mein Gott, ich könnte heulen vor Freude, verbiete es mir aber, da es nur das Kunstwerk ruinieren würde.

Sanft streiche ich über den lockeren Fischgrätenzopf auf meiner Schulter, den Tara mir geflochten hat. Mit dem Outfit, der Frisur und dem Make-up sehe ich wie das blühende Leben aus, welches definitiv bereit für eine Party ist.

Ich drehe mich um und nehme meine Freundinnen fest in den Arm.

»Danke, danke, danke«, hauche ich und bemühe mich erneut, die Tränen zurückzuhalten. Sie haben aus mir nicht nur eine wunderschöne Frau gezaubert, sondern mich auch von meinen Gedanken abgelenkt. Keine Sekunde ist Xavier in meinem Kopf rumgegeistert. Und ich merke, dass es mir sehr gutgetan hat und ich genau das gebraucht habe.

»Lasst uns auf den Abend anstoßen.«

***

»Yippie.« Piper vollführt einen Freudentanz über das Lied, welches angestimmt wird. Er ist unrhythmisch und wirklich schlecht, aber das scheint meiner Freundin nicht den Spaß an den Bewegungen zu nehmen. Abermals lache ich heute. Noch immer fühlt es sich befreiend an, so als würden sich die Fesseln von mir lösen. Mit jedem weiteren Tanz, mit jedem weiteren Drink und mit jedem weiteren Lachen wird eine weitere Kette gesprengt und ich werde lockerer.

Was würde ich nur ohne die beiden Mädels machen? Ich muss ehrlich zu mir selbst sein, wenn sie nicht gewesen wären, dann wäre ich wiederholt in dieses Tief gerutscht. Und wahrscheinlich wäre ich da nie mehr herausgekommen. Ich bin Piper dankbar dafür, dass sie mir die Augen geöffnet und hartnäckig geblieben ist.

Ich setze die Desperados-Flasche an meine Lippen und nehme einen kräftigen Schluck. Schließe meine Augen, genieße das Gefühl, welches durch meinen Körper strömt, und spüre die Musik, welche mich zum Tanzen verführt. Langsam beginne ich, meine Hüften zu kreisen, versuche, mich dem Rhythmus anzupassen und lasse mich fallen. Allein von den Beats getrieben tanze ich.

Meine Gedanken lösen sich in Luft auf und alles wird mir egal. Wie ich in dem Moment für andere aussehen mag oder ob ich mich bewegen kann. Ich fühle mich frei und verdammt sexy und nur das zählt für mich. Nichts anderes.

Eine Hand legt sich auf meine Schulter. Ich öffne die Augen und sehe direkt in die strahlenden von Tara.

»Willst du noch was?« Sie hält ihre Flasche in die Höhe.

»Gerne. Magst du auch eine Runde Tequila mitnehmen?«

Tara nickt und verschwindet anschließend in der Menge der Tanzenden. Kurz blicke ich mich nach Piper um und entdecke sie unweit von mir entfernt mit einem Typen tanzen. Auch sie scheint sich mächtig zu amüsieren, was mich erfreut. Die letzten Tage hat sie sich wegen mir zurückgenommen und damit soll nun Schluss sein. Meine Freundinnen sollen ihr eigenes Leben zurückerhalten und ich meins.

Tara kommt mit dem Alkohol wieder und hält mir meine Getränke vor die Nase. Ich nehme sie ihr ab. Gemeinsam stoßen wir mit dem Tequila an und kippen ihn anschließend in uns hinein. Da wir keine Hand für Salz und Zitrone frei haben, verzichten wir ganz darauf. Schnell nehme ich einen großen Schluck Desperados, um das Brennen ein wenig abzumildern. Tara schüttelt sich, lacht dann aber laut auf.

»O mein Gott, ist das widerlich. Wie kannst du das nur lieben?«

»Tequila liebt man nicht, man vergöttert ihn.« Wir beide lachen auf.

Ein anderes Lied wird angestimmt. Der Bass ist tief, so dass der Boden unter meinen Füßen zu vibrieren anfängt. Ich lege meinen Kopf in den Nacken, breite meine Arme nach oben aus und heiße den Song willkommen.

»Ich setze 'ne Runde aus. Elektro ist nicht so meins«, schreit Tara mir ins Ohr. Ich nicke als Bestätigung. Schon immer war sie diejenige von uns, die lieber Musik aus den Neunzigern hört. Piper ist ein Chamäleon und passt sich der Stimmung an. Mich hingegen faszinieren die schnelleren Beats und animieren mich zum Tanzen. Umso weniger Text, welcher gesungen wird, desto besser.

Vier Songs, ein weiteres Desperados und ein Tequila später ist meine Stimmung an ihrem Höhepunkt. Ich fühle mich so frei wie ein Vogel. Mein Kopf ist genau richtig beschwipst, um nicht mehr grübeln zu können, aber doch noch vollen Überblick über die Situation zu haben. Ich habe keine Ahnung, wie lange wir bereits schon hier sind, aber so schnell will ich nicht weg. Ich habe so viel Spaß wie seit Ewigkeiten nicht mehr.

Piper und Tara gesellen sich wieder zu mir und gemeinsam lachen und tanzen wir zu einem Song, der mir unbekannt ist. Tara zeigt uns, wie wir uns dazu bewegen müssen. Es sieht zwar affig aus, aber es ist befreiend. Wir bewegen unsere Arme nach und nach im Takt nach vorne, drehen die Handflächen nach oben, anschließend kreuzen wir die Arme und legen die Hände auf die Schultern. Es folgt der Griff an den Kopf und mit dem nächsten Takt werden die Hände überkreuzt auf die Hüften gelegt. Als ich danach meinen Arsch berühren, diesen ordentlich kreisen und anschließend hüpfen soll, ist es zu viel für mich und ich breche in einen Lachflash aus. Die Musik ist grausig und doch bewegen sich alle um uns herum im selben Rhythmus. Die meisten scheinen zu wissen, wie der Tanz geht. Ich bemühe mich, mich wieder einigermaßen im Griff zu haben und steige erneut ein. Das Ganze erinnert mich an einen Flashmob. Die Stimmung ist ansteckend und so schwinge ich meine Hüften von links nach rechts, vollführe die lächerlichen Moves und habe den Spaß meines Lebens.

Als das Lied endlich zu Ende ist, bin ich vollkommen außer Atem. Das Grinsen ist fest auf meine Lippen getackert und Taras und Pipers Strahlen nach zu beurteilen, sehe ich überglücklich aus. Tatsächlich fühle ich mich auch so.

Durch das Rumgehopse drückt meine Blase, weswegen ich meinen Freundinnen Bescheid gebe, dass ich diese Runde aussetze. Schnell husche ich zu den

Toiletten, aber weit komme ich nicht. Mit voller Wucht renne ich gegen etwas. Gläser scheppern zu Boden. Ein Fluch wird ausgestoßen und keine Sekunde später werde ich von etwas aufgefangen. Es ging so verdammt schnell, dass es einen Augenblick dauert, bis mein Gehirn realisiert, was soeben geschehen ist. Mit weitaufgerissenen Augen schaue ich in ein mir nur allzu bekanntes Gesicht.

O heilige Scheiße! Das muss ein schlechter Scherz vom Universum sein.

KAPITEL 6

Da ahnt man …

… nichts Böses und bumst ausgerechnet seinen heimlichen Schwarm an, den man noch vor einigen Stunden beim Sex mit dieser blöden Hexe im Fernsehen beobachtet hat. Mehrmals hintereinander blinzele ich. Kann nicht fassen, in welch einer Situation ich gelandet bin. Nur mit äußerster Mühe kann ich mir ein mädchenhaftes Kreischen verkneifen. Es ändert aber nichts daran, dass ich meine Augen für keinen Moment von ihm lassen kann und ihn anstarre. Bestimmt denkt er, ich bin total verrückt und ein krasser Fan von ihm, weswegen es Absicht war, dass ich in ihn gerannt bin. Ich schwöre, so war es aber nicht. Es war wirklich ein Versehen und mal ehrlich, nie im Leben hätte ich damit gerechnet, ihn hier in Seattle in einem Club zu sehen.

Nur langsam fällt die Starre von mir ab. Mehr als ein gestammeltes »Danke« bekomme ich nicht über meine Lippe. Zu gerne würde ich noch länger in seinen Armen bleiben, seinen herben Duft riechen und ihn anschmachten, aber das würde auf Dauer nur peinlich werden, weswegen ich mich schweren Herzens aufrichte und einen Schritt nach hinten trete, um eine gewisse Distanz zwischen uns zu schaffen.

Schmunzelnd gleitet sein Blick auf mir von oben nach unten und wieder zurück. Mir wird heiß, mein Puls schnellt in die Höhe und meine Pupillen weiten sich. O mein Gott. Henry Cavill checkt mich ab. Ich bin kurz davor zu hyperventilieren. Er kommt mir näher, reicht mir seine Hand und ich stehe nur da und sauge alles von ihm auf.

Sein kantiges Gesicht, seine gerade Nase ... Halt. Wo sind die leichten Hügel auf seinem Riechkolben hin? Und wieso wirkt er an sich schmaler und eher drahtiger? Entweder haben die Maskenbildner wunderbare Arbeit geleistet, dass er in den Filmen kräftiger und muskulöser wirkt oder der Mann vor mir ist nicht der Schauspieler von *The Witcher*.

Er will etwas sagen, aber in dem Moment rastet die Menge auf der Tanzfläche aus und übertönt ihn. Entschuldigend zucke ich mit den Achseln, denn es ist absolut unmöglich, ihn zu verstehen.

Die Leute werden leiser und er setzt erneut zum Sprechen an, als er von einem weiteren Kerl unterbrochen wird.

»Ey, hier steckst du, Jackson und ich warten schon, dass du endlich mit den Drinks kommst.« Kurz schaut er zu mir rüber und verdreht die Augen. »War ja klar, dass du etwas Interessanteres gefunden hast, Neal. Heiß.«

Geschockt über seine Unverfrorenheit öffnet sich mein Mund. Hat er mich wirklich gerade *heiß* genannt? Niemand hat das je zu mir gesagt und damals habe ich definitiv um Längen besser ausgesehen. Jünger und knackiger. Und ich war seelisch unversehrt.

Die beiden Männer unterhalten sich und blicken immer wieder zu mir. Ich fühle mich wie das fünfte Rad am Wagen und total unwohl in dieser Situation. Ohne sie weiter zu beachten, flüchte ich zu den Toiletten. Dort stütze ich mich auf dem Waschbecken ab und atme tief durch. Was zur Hölle war das eben? Sowas kann auch nur mir passieren. Piper wäre wahrscheinlich die Coolness in Person gewesen und hätte spielend leicht mit der Situation umgehen können. Wohingegen sich Tara bestimmt tausendmal entschuldigt und ihm neue Drinks spendiert hätte. Und was mache ich? Zuerst falsche Hoffnungen, dass es Henry Cavill ist, und danach kriege ich meinen Mund keinen Millimeter auf. Erbärmlich. Ich bin sowas von bedauernswert.

Es braucht eine kleine Ewigkeit, bis sich mein Puls normalisiert hat und ich wieder klar denken kann. Eine der fünf Türen hinter mir öffnet sich und ich kann endlich meine Blase erleichtern.

Die Stimmen zweier Frauen dringen in meine Kabine, was es mir gleich erschwert zu pinkeln. Es hemmt mich, wenn jemand mit im Raum ist. Verdammt, wieso bin ich nur so uncool und kann mich keinen Abend lang gehen lassen? Damals auf dem College war es doch auch ein Leichtes, Party zu machen oder war ich da ebenfalls so eine Langweilerin? Beizeiten muss ich Piper und Tara darüber ausquetschen.

Eine gefühlte Stunde später bin ich fertig und wasche mir die Hände. Mein Blick gleitet zu meinem Spiegelbild. Ich sehe so anders aus und doch gefällt es mir. Die Mascara ist ein wenig unter meinen Augen verschmiert und das Make-up hat schon bessere Zeiten gesehen. Ich zupfe mir eins der Tücher aus dem Spender und richte mich her. Zufrieden nicke ich mir zu.

Schnell entdecke ich meine Mädels auf der Tanzfläche und stoße zu ihnen.

»Da bist du ja endlich.« Piper schwingt ihren Arm um meine Hüfte. »Wo warst du so lange?«

Tara kommt neugierig näher und ich erzähle ihnen von meinem kleinen Zusammenstoß.

»Du verarschst mich, oder? Henry Cavill, der Schauspieler ist hier?«

»Nein. Ich dachte, er wäre es, aber letzten Endes habe ich mich vertan. Er sieht ihm nur so verdammt ähnlich.«

»Egal, hast du dich an ihn rangeschmissen, Babygirl?« Piper zwinkert mir verschwörerisch zu. Lachend schüttle ich mit dem Kopf. »Nein.«

»Woah, wieso nicht? Er sieht deinem Sexobjekt verdammt ähnlich und du lässt ihn dir sausen?«

»Piper, sie hat Spaß, reicht das nicht für einen Abend? Sie muss sich doch zusätzlich keinen Kerl aufreißen. Lass ihr Zeit.«

»Wie viel denn noch? So kommt sie nie über den Schwachmaten hinweg.« Ein Stich fährt mir durchs Herz und ein kleiner Klumpen bildet sich in meinem Magen, als Piper meinen Ex mit ins Spiel bringt.

»Piper!« Tara nickt in meine Richtung. Zerknirscht verzieht Piper ihr Gesicht. »Sorry, das wollte ich nicht sagen.«

»Schon gut.« Nix ist gut. Innerhalb von drei Sekunden hat sie es geschafft, dass meine Laune in den Keller rast. Dabei wollte ich mich ablenken und keinen Gedanken an den Arsch verschwenden müssen. Vielleicht hat sie recht und ich hätte eine Runde flirten sollen. Es gibt doch keinen besseren Egoboost, als von einem hübschen Mann begehrt zu werden.

»Außerdem, nicht jeder will mit einem wildfremden Mann sofort ins Bett springen. Einige benötigen etwas Zeit, um mit der Person warm zu werden. Und andere müssen sich erst verlieben. Vielleicht ist Alexa so eine Person.«

»Ach Quark, man braucht niemanden lieben, um heiße Stunden miteinander zu haben. Auch Alexa nicht.«

»Woher willst du es wissen? Soweit ich weiß, hat sie so etwas noch nie ausprobiert.«

»Ja, weil sie immer -« Meine Freundin bemerkt ihren Fehler und stoppt mitten im Satz. Ja, weil ich immer Xavier an meiner Seite hatte. Sie braucht es nicht auszusprechen. Ich weiß auch so, was sie sagen wollte.

»Da ist auch nichts falsch dran. Nicht jeder fickt durch die Gegend«, übergeht Tara das Malheur von Piper und gibt mir somit die Chance, keinen weiteren Gedanken daran zu verschwenden.

»Das sagt auch keiner, aber wie will sie wissen, dass es nichts für sie ist, wenn sie es nicht ausprobiert? Vielleicht gefällt es ihr ja.« Piper hebt ihre Schultern und legt leicht ihren Kopf zur Seite. »Und wenn das Exemplar absolut heiß ist, dann lässt man sich sowas doch keineswegs durch die Lappen gehen. Außerdem wird der bestimmt gut im Bett sein.«

»Da spricht wohl wer aus Erfahrung, Miss Oberflächlich.« Sie streckt Piper die Zunge heraus und richtet sich dann an mich: »Man muss auf keinen

Fall alles ausprobiert haben, um zu wissen, was man mag. Entweder es verlangt dich danach oder nicht, aber sich deswegen unter Druck zu setzen, ist Quatsch.«

»Hör nicht auf die prüde Pute, lass dich gehen und lebe dein Leben, schließlich hast du nur eins.«

Augenverdrehend schüttle ich den Kopf über die beiden. Sie sind wie Yin und Yang. Wie Tag und Nacht. Wie Engelchen und Teufelchen. Und genau aus diesem Grund liebe ich sie. Ohne die unterschiedlichen Arten wären wir keine Einheit.

»Habt ihr genug über mich geredet? Schön, dann können wir ja weiterfeiern.«

Auch wenn meine Laune eine kurze Talfahrt eingelegt hatte, bin ich durch den Schlagabtausch wieder gut gelaunt. Beide grinsen mich an und nehmen mich in den Arm, ehe wir mit dem Tanzen beginnen.

Ab und zu schaue ich mich nach dem Typen von vorhin um. Ich weiß nicht wieso, aber ein innerer Zwang bringt mich dazu. Vielleicht sind es auch Pipers Worte gewesen, die mich dazu treiben. Denn sie hat recht, ich habe nur ein Leben und muss dieses auskosten und dieser Kerl kann mir bestimmt dabei behilflich sein.

Piper, die kurz zur Bar gegangen ist, kommt mit einem Tablett voller Getränke auf uns zu. Triumphierend hält sie es ein Stück weit nach oben. Tara und ich laufen ihr entgegen, damit sie nicht mit der kostbaren Ware mitten auf die volle Tanzfläche muss. Vor den Stufen, die hinabgehen, bleibt sie stehen, stellt das Tablett auf einen runden Stehtisch und wartet auf uns.

»Der Barkeeper war dieses Mal sehr spendabel zu mir.« Sie zwinkert uns zu. Lachend nehmen wir uns jeder einen Kurzen und prosten uns zu, ehe die Flüssigkeit in unseren Mündern landet. Einen nach dem nächsten kippen wir, bis das komplette Tablett leer ist.

Eine Leichtigkeit befällt mich und merke, wie ich mehr und mehr betrunken werde. Erneut gleitet mein Blick über die Menschen. Vielleicht entdecke ich ihn ja von der erhöhten Position. Und tatsächlich, ich kann ihn nicht weit von uns mit zwei weiteren Typen erspähen. Der eine davon ist derjenige, der mich heiß genannt hat und der andere ist bestimmt dieser Jackson, der ebenfalls auf die Drinks gewartet hat. Gierig verschlinge ich das Objekt meiner Begierde mit den Augen. Irgendwie kommt mir sein wunderschönes Gesicht bekannt vor. Nur woher? Habe ich ihn schon mal irgendwo gesehen? In meinem Kopf fängt es an zu rattern, aber durch den Alkohol ist mein kompletter Verstand benebelt.

Er dreht seinen Kopf und ich habe das Gefühl, dass er zu mir rüber schaut. Schnell will ich mich abwenden, werde aber von seinem Nicken abgehalten. Meint er wirklich mich oder bilde ich es mir nur ein? Ich luschere kurz über meine Schulter nach hinten, ob dort vielleicht jemand zurückgrüßt, aber niemand scheint sich von ihm angesprochen zu fühlen. Außer mir.

Mutig durch die ganzen Tequila-Shots lächle ich ihn an. Er erwidert es. Heiliger Strohsack, er meint wirklich mich. Äußerlich reiße ich mich zusammen, innerlich sieht es aber ganz anders aus. Dort raste ich vollkommen aus und kreische. So ganz verstehe ich mein Verhalten aber nicht. Der Typ bringt mich durcheinander. Wollte ich nicht erstmal Abstand zu Männern nehmen?

Ach egal, heute möchte ich meinen Spaß, egal, welche Konsequenzen folgen. Und niemand kann es mir verübeln, wenn ich begehrt werden will, schließlich wurde ich von meinem Mann betrogen, hingehalten, verarscht und verlassen. Genau in der Reihenfolge. Jetzt ist es an der Zeit, sich wieder wie eine Frau zu fühlen, die attraktiv genug ist, um angeflirtet zu werden.

Ich greife nach meinem Desperados und kapsele mich von Tara und Piper ab. Die beiden sind sowieso dabei, über irgendwas zu diskutieren. Wahrscheinlich fällt ihnen nicht einmal auf, wenn ich mich vom ihnen entferne.

Je näher ich der Gruppe Männer komme, desto mehr steigt die Aufregung in mir. Es kribbelt in meinem Bauch und die Leichtigkeit nimmt zu. Mit jedem Schritt werde ich mutiger. Ich werde ihn mir schnappen und wenn es nur zum Flirten ist.

Okay, nun befällt mich doch ein mulmiges Gefühl. Ich musste nie flirten. Xavier hat damals die Initiative ergriffen und mir unmissverständlich klargemacht, was er von mir wollte. Da war keine Flirterei notwendig. Und nun? Nun bin ich endlich mutig und befinde mich in einem Dilemma. Mist.

Für einen Rückzieher ist es zu spät, ich stehe vor ihm und das Einzige, was ich gerade schaffe, ist unsicher zu lächeln. Doch er nimmt keine Notiz von mir. Anscheinend hat er nicht bemerkt, dass ich zu ihm rüber gegangen bin. Sein Blick ruht auf seinem Kumpel, der irgendwas von einem Fall erzählt, an dem er sich die Zähne ausbeißt.

Plötzlich fällt es mir wie Schuppen von den Augen und ich weiß, wieso er mir so bekannt vorkommt. Er ist der Kerl vom Pier, den ich unendliche Male fotografiert habe. Innerlich schlage ich mir vor die Stirn. Wie konnte mir das nicht gleich einfallen? Der Typ ziert meinen Laptop! Ich habe diesen besonderen Moment eingefangen, als er triumphierend gelächelt hat. Jeden verdammten Tag erinnert mich dieses Bild daran, was ich mir vorgenommen habe. Nach vorne schauen und niemals wieder das vernachlässigen, was ich so sehr liebe: das Fotografieren.

O mein Gott, er ist mein verdammtes Mahnmal.

Neugierde rauscht durch meine Adern. Scheinbar hatte ich recht mit meiner Vermutung, er sei Anwalt, warum sonst sollte sein Freund mit ihm über sowas sprechen? Kurz lausche ich dem Gespräch, ehe ich all meinen Mut zusammennehme und mich räuspere. Die Blicke der drei Männer schwenken zu mir. Belustigung steht in den Augen meines Gegenübers. »Hab mich schon gefragt, wann du dich endlich traust.«

»Also eine ganz Schüchterne, die du dir da ausgesucht hast, Neal«, wirft der andere ein. Leichte Wärme breitet sich in meinem Gesicht aus. Unbehaglich zupfe ich am Saum meiner Bluse. Ungern stehe ich im Mittelpunkt, aber genau das habe ich mit meiner Aktion erreicht.

»Vergrault sie nicht sofort mit eurer Art.« Der besagte Neal, der gleichzeitig mein Objekt der Begierde ist, wendet sich mir nun vollkommen zu. »Ignorier die dummen Sprüche, die haben keine Ahnung von echten Ladys.« Er zwinkert mir zu und ein leichtes Grinsen schleicht sich auf meine Lippen. »Okay.«

Peinliche Stille legt sich über den Tisch, jeder betrachtet jemand anderen in der kleinen Runde. Aber alle schweigen. In was für eine doofe Situation bin ich da nur reingeschlittert? Ich hätte auf Tara hören sollen. Das hätte mir diese Peinlichkeit erspart. Mein Griff um den Flaschenhals wird fester. Bestimmt denken sie, dass ich einen Vollknall habe. Komme zu ihnen an den Tisch und sage nichts. O Gott. Tief atme ich ein uns aus, sammle mich nochmal und fange dann an zu sprechen.

»Ich … Ich wollte.« Ein Kloß bildet sich in meinem Hals, weswegen ich einen Schluck meines Tequila-Bieres nehme. »Ich wollte mich wegen vorhin nochmals entschuldigen. Es war keine Absicht, dass ich in dich gerannt bin. Selbstverständlich komme ich für die Getränke auf, die dabei zu Bruch gegangen sind«, plappere ich mit viel zu hoher Stimme drauflos. Als dann alle Augenpaare auf mir ruhen, spüre ich, wie ich drohe, zurück in alte Muster zu fallen. Ich stehe kurz davor, die Flucht anzutreten. Mit aller Kraft versuche ich, mich daran zu hindern. Einmal will ich stark sein. Einmal will ich kein Angsthase sein.

»Wow, erst spricht sie gar nicht und dann so viel auf einmal.« Der mir gegenüber fängt laut an zu lachen. Ich versteife mich, verliere den Kampf gegen mich selbst und haue ab. Fliehe vor weiterem Spott und Peinlichkeiten.

Weit schaffe ich es nicht, da schlingt sich eine Hand um meinen Oberarm und hält mich davon ab, weiter zu laufen. Ich drehe mich zu der Person hinter mir um. Habe aber nicht mit ihm gerechnet.

»Sorry für meinen Spruch, es war scherzhaft gemeint. Ich war nur so erstaunt, dass so viel aus deinem hübschen Mund kam. Komm mit zurück, bevor Neal mich einen Kopf kürzer macht. Ich verspreche dir auch, dass ich mich zurückhalten werde.«

Meine Pupillen weiten sich und ich bin nur zu einem Nicken imstande. Gemeinsam treten wir den Rückweg an. Wir kommen an Tara vorbei, die an der Bar lehnt und mich stumm fragt, ob alles okay ist. Ich signalisiere ihr mit dem Daumen hoch, dass es das ist.

***

Eine Stunde später stehe ich nur noch mit Neal allein am Tisch. Jackson und Kyle haben sich dezent vom Acker gemacht, als sie scheinbar bemerkt haben, dass deren Freund und ich nur noch Augen für uns haben. Zu meinem Glück hat er das Zepter des Gesprächs in die Hand genommen. Ich lache laut auf, als er eine Anekdote über Kyle von sich gibt.

Neal ist so ganz anders, als ich ihn mir vorgestellt habe. Witzig und kein bisschen zugeknöpft, wie ich zuerst vermutet habe. Im Laufe des Gesprächs ist mir auch aufgefallen, wie locker er im Gegensatz zu dem Tag am Pier ist. Keine Spur von einem angespannten Kiefer oder fokussierten Blick. So lässig gefällt er mir deutlich besser.

»Hast du mir überhaupt zugehört?« Vorsichtig stößt er mit seinem Glas an meine bereits neue Flasche Desperados an. Ich schüttle leicht meinen Kopf und konzentriere mich wieder auf meinen Gesprächspartner.

»Sorry, war gerade in Gedanken.«

»Habe ich fast nicht mitbekommen.« Er zwinkert mir zu. »Ich hatte gefragt, ob du Lust hättest, mit mir ’ne Runde zu tanzen.«

»Ja, klar.«

Neal hält mir seine Hand hin. Ich lege meine hinein. Gemeinsam bahnen wir uns einen Weg zur Tanzfläche. Zuerst weiß ich nicht, wie ich mich verhalten soll. Tanzen wir alleine oder zusammen? Neal übernimmt die Führung, hebt meine Arme hoch und legt sie sich auf die Schultern. Automatisch komme ich ihm näher. Spüre seinen Atem in meinem Gesicht. Mit leicht in den Nacken gelegtem Kopf schaue ich zu ihm hoch. Sein Lächeln löst ein Kribbeln in meinem Bauch aus. Wir fangen an, leicht hin und her zu schwenken. Tasten uns an den Rhythmus des Liedes langsam heran. Erst steif, dann lockerer finden wir in den Takt. Für keine Sekunde wenden wir unsere Blicke voneinander ab. Sie werden mit jedem Takt intensiver. Seine Hand auf meinem Rücken streicht zart über den Stoff und verschafft mir auf dem ganzen Körper Gänsehaut.

Der nächste Song löst den vorherigen ab. Er nimmt an Schnelligkeit zu. Unser bisheriger Rhythmus passt nicht mehr, ist zu zahm für die heißen Beats.

Ich nehme meine Arme von ihm und lasse mich mit der Musik fallen. Drehe mich im Kreis, tanze, lache und genieße freudestrahlend diesen Moment. Neal schließt sich mir an. Gemeinsam lassen wir uns treiben und singen die wenigen Passagen mit. Sie laden einen quasi dazu ein.

Plötzlich packt er mich an den Hüften und zieht mich zu sich zurück. Mein Rücken prallt an seine Brust, mein Arsch berührt seine Mitte. Hitze steigt in mir auf. Dennoch halte ich nicht inne, presse mich sogar noch näher an ihn heran. Seine Finger gleiten über meine Seiten.

Außer Xavier hat mich kein Mann jemals so berührt und ich stelle fest, es gefällt mir. Ich mag es, wie Neal mich ein wenig dirigiert und mir gleichzeitig Freiraum lässt. Ich reibe meinen Hintern an ihm. An meinem Nacken spüre ich seinen schnellen Atem. Kühle trifft auf Hitze und entfacht ein Verlangen in mir. Ich reize ihn mehr, lege meine Arme wieder um seinen Hals. Zu voller Länge ist mein Körper an ihn geschmiegt. Seine Lippen berühren den Übergang von Hals und Schulter. Leicht beißt er in meine Haut. Ein Ziehen geht durch meinen Körper. In meiner Mitte pulsiert es. Mein Puls schnellt in die Höhe, mein Atem wird schwerfälliger. Seine Hände legen sich auf meinen Bauch, gleiten höher. Vorfreudig drücke ich ein bisschen meinen Rücken durch. Weiterhin bewegen wir uns zur Musik. An meinem Hintern spüre ich, wie sich etwas bei ihm regt. Bei dem Gedanken, dass ich das verursacht habe, beiße ich mir auf die Unterlippe.

Noch nie habe ich mich begehrter als in dem Moment gefühlt. Obwohl Xavier und ich miteinander harmoniert haben, war so ein aufreizender Tanz nie Bestandteil unserer Vergangenheit. Dafür war er sich immer zu schade. Was habe ich nur alles wegen diesem Idioten verpasst? Mit meinen neunundzwanzig Jahren habe ich wie eine Oma gelebt. Damit ist jetzt Schluss. Ich will öfters dieses Kribbeln spüren, den Reiz, etwas Heißes zu tun, ohne an Konsequenzen zu denken. Endlich leben und all meine

Sorgen vergessen. Ausgerechnet ein völlig Fremder lässt mich alles vergessen. Und ich will mehr davon. Will mich lebendig und jung fühlen. Dem Alter entsprechend.

Küssend wandert er meinen Hals bis zum Ohr hinauf. »Fuck, Alexa, was tust du nur mit mir?« Er drückt seine Mitte fester an mich, stöhnt in mein Ohr, als ich meine Fingernägel in seinen Nacken kralle. Zu wissen, dass ich ihn so errege, ist ein berauschendes Gefühl. Seine rechte Hand gleitet höher und kommt unter meiner Brust zu liegen, die andere streicht zart hinunter und bahnt sich einen Weg unter meine Bluse. Automatisch ziehe ich meinen Bauch ein Stück ein, als seine Finger auf meine Haut treffen.

»Ganz ruhig, ich werde nichts machen, was du nicht willst«, haucht er in mein Ohr und knabbert anschließend an meinem Hals. Stöhnend nicke ich. Wenn er so fortfährt, werde ich noch auf der Tanzfläche kommen. Zu lange ist es her, dass mich ein Mann berührt hat. Mein Körper verlangt nach mehr Aufmerksamkeit. Ich drehe mich in Neals Armen um und schmiege mich wieder an ihn. Für einen Augenblick schauen wir uns mit lodernden Iriden an, ehe ich meine Lippen auf seine drücke. Scheiß auf die Konsequenzen. Scheiß auf morgen. Nur das Hier und Jetzt zählt.

Neal öffnet seine Lippen für mich. Meine Zunge gleitet in seinen Mund und trifft auf seine. Heiß tanzen sie miteinander. Seine Hand, die nun unter meiner Bluse auf meinem Rücken liegt, presst mich ein Stück näher an ihn. Mit einem festen Griff packt er mich am Nacken, hält mich an Ort und Stelle.

Das Tanzen haben wir eingestellt, zu sehr sind wir damit beschäftigt, uns gegenseitig zu verschlingen. Verzweifelt zerre ich an seinen Haaren. Weiß nicht, wohin mit meiner ganzen Energie, die mich durchströmt. Jedes einzelne Haar auf meinem Körper richtet sich vor angestauter Lust auf. Es kribbelt bis in die Fußspitzen. Ich kann kaum atmen. Mehr, ich brauche mehr. Mehr von dem Gefühl. Mehr von Neal. Mehr von allem.

Zu meiner Enttäuschung löst Neal sich von mir. Bringt ein wenig Abstand zwischen unsere Lippen. Frustriert stöhne ich auf, was ihn wissend lächeln lässt. Durch lustverschleierte Augen sehe ich ihn fragend an. Verstehe nicht, wieso er einfach so aufhört, dabei schien es ihm doch auch gefallen zu haben.

»Lass uns von hier verschwinden, Alexa. Komm mit zu mir.«

KAPITEL 7

Wenn ein …

… Traum zu Ende geht und die Realität auf einen einprasselt. Dieses Gefühl ist scheiße und niemand will es, doch es bleibt nach einer Partynacht keineswegs aus.

Ich drehe mich auf den Rücken. Eine Hand legt sich auf meinen Bauch. Moment. Irgendetwas stimmt hier ganz gewaltig nicht. Wo bin ich? Und wer liegt neben mir? Der Geruch von der Person ist eindeutig von einem Fremden. Shit, was habe ich nur getan?

Meine Augen weiterhin geschlossen, spule ich in Gedanken alles vom Vorabend ab, bis zu der Stelle, wie ich in diesem Bett gelandet bin. Auf eine Art bin ich stolz auf mich, aber … was ist nur los mit mir?

Ich liebe Xavier und bin dennoch mit einem anderen Mann ins Bett gegangen. Habe mich ihm hingegeben und keine Sekunde an morgen gedacht. Ich horche in mich hinein, versuche, meine Gefühle zu ordnen, die bei weitem anders sind als erwartet. Das schlechte Gewissen meinem Mann gegenüber bleibt aus, so als wäre es das Normalste auf der Welt. Ich bin noch verheiratet. Sollte ich nicht wenigstens einen Funken Reue verspüren?

Neal bewegt sich neben mir, sein Arm rutscht von meinem Bauch hinunter. Für einen kurzen Moment versteife ich mich. Ist er aufgewacht? Ich vernehme seinen gleichmäßigen Atem. Er schläft also noch. Zum Glück, so kann ich das peinliche Erwachen am Morgen danach umgehen.

Das ist etwas, von dem Piper mir nur zu oft erzählt hat. Unbehagliches Schweigen, unbeholfenes Verhalten und schließlich die notgedrungene Einladung zum Frühstück, weil er sich schuldig fühlt, dich ohne etwas zu essen rauszuschmeißen.

Vorsichtig rutsche ich an die Bettkante und stehe auf. Meine Kleidung ist komplett auf dem Boden und der Treppe verteilt. Ein Teil nach dem anderen hebe ich auf und tapse auf Zehenspitzen die Metalltreppe nach unten, die von der Galerie, die das Schlafzimmer darstellt, zum Wohnzimmer führt.

Gestern war ich schon über das Loft erstaunt, es aber nun im Hellen zu bestaunen, verschlägt mir schlichtweg den Atem. Er muss eine Menge Geld als Anwalt verdienen, wenn er sich so etwas leisten kann. Zumal der Ausblick auf die Elliot Bay, den Pier und das Riesenrad phänomenal ist. Das ist wie ein Sechser im Lotto. Dafür beneide ich ihn echt.

Wenn ich könnte, würde ich Stunden hier verharren und alles genauestens begutachten, aber es ist nicht mein Zuhause. Ich reiße meinen Blick von der Aussicht hinter der Glasfront los und ziehe so geräuschlos wie möglich meine Kleidung an. Nur meine Schuhe behalte ich in den Händen, damit ich mich auf leisen Sohlen davonstehlen kann. Ich möchte ungern, dass Neal von meiner Flucht etwas mitbekommt.

Ein weiterer Vorteil eines Lofts, es besitzt kaum Türen, wodurch ich schnell den Ausgang finde. Ich hebe meine Handtasche vorne an der Garderobe auf. Ein letztes Mal schaue ich über die Schulter, verlasse seine Wohnung und schließe die Metalltür hinter mir.

Bedauern erfasst mich. Gerne hätte ich ihn beim Schlafen beobachtet, ihn mit der Kamera eingefangen und für immer auf meiner Festplatte gespeichert. Er ist etwas Besonderes für mich, auch, wenn er es nicht weiß. Doch mit seiner unbeschwerten Art hat er mich dazu gebracht, alles um mich herum zu vergessen, auch meinen Mann. Etwas, das ich selbst schon so lange Zeit versuche und immer wieder dran gescheitert bin. Er jedoch kriegt es spielend leicht hin. Vielleicht sollte ich öfters auf Piper hören und mich ablenken.

Eine weitere Stahltreppe am Haus führt nach unten auf die Straße. Ich ziehe mir meine Schuhe über und rufe mir mit Handzeichen ein Taxi herbei, welches gerade auf mich zukommt.

Viel Zeit für weitere Gedanken bleibt mir nicht, denn die Fahrt zu Pipers Wohnung dauert keine sechs Minuten. Währenddessen hat der Fahrer mich vollgequatscht und mir von seiner Familie erzählt. Er hat anscheinend ein Problem mit dem neuen Freund seiner Schwester. Als wenn mich das interessieren würde. Dennoch hat er mich erfolgreich davon abhalten können, dass ich mir meinen Kopf zerbrechen kann.

Freundlich verabschiede ich mich von ihm und steige aus dem Auto. Auf dem Bordstein stehend, blicke ich nach oben zu der fünften von sieben Etagen. Piper scheint zu schlafen, denn die Rollos in ihrem Schlafzimmer sind noch unten.

In meiner Handtasche suche ich nach der Schlüsselkarte für die Eingangstür des Gebäudes, halte sie vor den Scanner und stöckle anschließend in den Hausflur. Zu meinem Glück befindet sich der Fahrstuhl im Erdgeschoss. Ich kann sogleich einsteigen und hochfahren. Bei der Wohnungstür gebe ich den Zahlencode von Piper ein und öffne diese. Absolute Stille und Dunkelheit empfangen mich. Um meine Freundin nicht zu wecken, ziehe ich mir fix die Stöckelschuhe aus und schleiche ins Wohnzimmer, von dem aus ich in mein Zimmer gelange. Aber soweit schaffe ich es erst gar nicht.

Klick. Die Stehlampe hinter dem Lesesessel geht an. Erschrocken zucke ich zurück und starre entgeistert meine beste Freundin an, die in ihrem Schlafanzug auf dem Sessel sitzt und mich mit einem undefinierbaren Blick betrachtet.

»Babygirl, wo kommst du so spät her?« Sie schaut auf ihre imaginäre Uhr am Handgelenk. »Pardon. Ich korrigiere mich. Wo kommst du so früh her?«

Sie zieht eine Augenbraue hoch. So wie sie da thront, erinnert sie mich an meine damalige Englischlehrerin aus der High School. Es fehlt nur noch die Brille, die ein wenig runtergerutscht ist und der perfektionierte strenge Ausdruck in ihrem Gesicht.

»Ich habe bei wem die Nacht verbracht«, stammle ich völlig überrumpelt. Noch nie hat es Piper interessiert, was ich mache, also wieso ausgerechnet jetzt?

Jubelnd springt meine Freundin aus dem Möbelstück und vollführt ihren mehr als lächerlichen Freudentanz. »Ich wusste es, ich wusste es. Tara schuldet mir 50 Mäuse.« Sie vollzieht irgendwelche komischen Bewegungen mit ihren Armen vor ihrem Körper. Plötzlich hält sie inne und dreht sich zu mir. »Bitte sag mir, dass ihr sauber wart.« Piper eilt auf mich zu und nimmt meine Hand in ihre. »Safety first und so. Wehe ich muss mit dir zum Folterknecht, nur, weil ihr das glitschige Ding vergessen habt.« Panik steht in ihren Augen geschrieben. »Bitte«, fleht sie nun beinahe schon.

»Piper, was hast du genommen?« Ich habe sichtlich Mühe, nicht in Gelächter auszubrechen. Bestimmt ist es nur wieder einer ihrer Scherze oder Aussetzer, wie Tara und ich es gerne nennen.

»Sag, dass ihr verhütet habt. Wir hatten gemeinsam Sexualkunde, da muss was bei dir hängen geblieben sein. Ich weiß, du hattest einen Mann und ihr wolltet wunderschöne süße Babys, aber nicht mit jemand Fremdem. Du kriegst eher Tripper, Chlamydien, Pilze oder im schlimmsten Fall Aids statt einen Schreihals.« Sie lässt meine Hand los und rennt aufgeregt an mir vorbei. »Wo ist mein Handy, ich muss den Frauenarzt nach ’nem Termin fragen.«

Jetzt ist es endgültig mit meiner Fassung vorbei. Ich pruste los, breche in einen Lachflash aus. Tränen steigen mir in die Augen und ich kann mich gerade noch so auf meinen Beinen halten. Piper ist durchgeknallt, das wusste ich schon immer, aber das schießt wirklich den Vogel ab. O Gott, nur noch ein klein wenig und ich pinkle mir vor Lachen in die Hosen.

»Das ist nicht witzig, wirklich, wirklich, aber wirklich nicht. Damit spaßt man nicht. Es ist purer Ernst.« Entsetzt schaut sie mich an. Ich bin unentschlossen, wer von uns beiden den anderen eher in eine Klapse stecken will. Sie mich, weil ich die Situation urkomisch finde oder ich sie, weil etwas in ihrem Kopf durchgebrannt sein muss.

»Beruhige dich, wir …« Ein erneuter Lachanfall bricht aus mir heraus. »Wir haben ein Kondom benutzt. Sogar mehrere.«

Ihre Augen werden groß. »Man braucht keine mehreren übereinander zu ziehen, eins hätte gereicht.« Wieder pruste ich los. Die spinnt doch total, oder? Zu hundertpro verarscht sie mich. Zieht mich damit auf, dass ich einen One-Night-Stand hatte, und will mich in Panik versetzen. Selbst wenn ich zuvor keinen anderen Mann als Xavier zwischen meinen Beinen hatte, kenne ich durchaus das kleine Einmaleins des einmaligen Miteinander-Schlafens.

»Erde an Alexa.« Piper wedelt mit ihren Händen vor meinem Gesicht herum. »Wo bist du nur mit deinen Gedanken?«

Schelmisch grinse ich sie an.

»O mein Gott, deine Augen sind auf mich gerichtet aber du hast an den Sex mit dem Typen gedacht. Gib es zu. Du hast es innerlich vor deinen Glubschis wie einen Film gesehen.«

Wieso ist Tara in solchen Momenten nie anwesend? Niemals wird sie mir glauben, wenn ich ihr hiervon erzähle.

»Wie lange bist du schon wach, Piper?«, frage ich mehr aus Spaß, als dass es mich wirklich interessieren würde.

»Ich hatte noch keinen Schlaf. Tara und ich haben dich im Club gesucht, aber du warst nirgends aufzufinden. Ich konnte mich wohl kaum ins Bett legen, während ich keinen Schimmer hatte, wo du bist. Die ganze Zeit habe ich mir Sorgen gemacht, dass dir etwas zugestoßen sein könnte. Dabei wusste ich ja nicht, dass jemand in dich stößt.«

Okay, das erklärt auch, wieso sie so durchgeknallt ist. Sie ist einfach übermüdet. Mein Blick wandert durchs Wohnzimmer und bleibt an sechs blau-silbernen Dosen mit roter Schrift hängen. *Red Bull.*

»Hast du die alle heute Nacht getrunken?« Ich zeige auf meinen Fund.

Eifrig nickt sie. »Ohne hätte ich nie so lange durchgehalten.«

»Jetzt, wo ich ja da bin und du weißt, dass ich noch lebe, könntest du schlafen gehen. Was hältst du von dem Vorschlag?«

»Gute Idee. Es ist sogar eine sehr gute Idee. Schließlich müssen wir in vier Stunden zu einem Termin.«

»Ähm, Piper, wir haben Sonntag, hast du nicht normalerweise frei?«

»Ja, schon, aber Monique De Ville hat kurz, bevor du hier aufgekreuzt bist, angerufen und mir von Terminänderungen erzählt. Eine Kollegin, die für die Fotos zuständig ist, hat sich wohl krankgemeldet. Weswegen alle Termine, bei denen sie eingeplant ist, auf die komplette Woche aufgeteilt wurden, damit es mit dem Ersatz klappt. Ach so, du sollst übrigens für sie einspringen und mit mir zum Kunden fahren. Anordnung von der Chefin De Ville höchstpersönlich. Aber das erzähle ich dir alles nachher in Ruhe, jetzt muss ich wirklich dringend in mein Bett. Gute Nacht, Babygirl.«

Verdattert schaue ich meiner Freundin hinterher, wie sie in ihr Zimmer verschwindet. Hat sie mir wirklich gerade gesagt, dass ich mit zu einem Kunden soll? Ich, die sonst nur für leblose Produkte wie Make-up und sowas zuständig ist?

Heiliger Bimbam, wie soll ich jetzt noch die Zeit bis dahin überbrücken? Schlafen wie Piper werde ich keinesfalls können, dafür bin ich zu aufgeregt.

***

»Alexa!« Etwas rüttelt an meiner Schulter. »Du musst aufwachen, wir müssen gleich los.« Langsam sacken Pipers Worte in mein schlafendes Hirn. Es dauert einen Moment, bis ich deren Bedeutung verstehe. Ruckartig öffne ich meine Augen.

»Wird auch Zeit, Dornröschen, ich hatte schon Sorge, dass du ins Koma gefallen bist und erst ein Prinz auf seinem weißen Schimmel angeritten kommen muss.«

Ich strecke mich und falle beinahe von ... Wieso liege ich auf dem Sofa statt auf meinem Bett? Ach ja, ich wollte mit einem Film die Zeit überbrücken, bis ich mich fertig für den Termin machen muss. Tja, hat wohl super funktioniert. Ironie off.

»Sieh zu, du musst unter die Dusche und dir schicke Sachen anziehen. In einer halben Stunde müssen wir bei NH Inc. sein.«

»Ich stehe ja schon auf«, maule ich. Ich bin nicht unbedingt ein Mensch, der nach dem Wachwerden vor purer Energie übersprudelt. Ganz im Gegenteil, ich benötige ein bisschen, bis ich klar im Kopf werde und mein Körper betriebsbereit ist.

Langsam hieve ich mich von der Couch und schlurfe in mein Zimmer. Dort suche ich mir arbeitstaugliche Kleidung aus meinem Schrank und verschwinde anschließend im Bad. Eine Generalüberholung später stehe ich topfit vor meiner Freundin. Sie mustert mich von oben nach unten.

»Schick, schick, Babygirl.«

Auch ich sehe nun an mir herunter. Ich trage eine schlichte schwarze Jeans, dazu ein weißes Shirt und darüber meine Lieblingslederjacke. Es sind Kleidungsstücke, die lange unbenutzt im Schrank gehangen haben, da ich dem engen Zeugs eher das Weite, Schlabbrige bevorzugt habe. Aber damit ist nun Schluss, so wie mit vielem Anderen auch.

Neal hat mir vor Augen geführt, dass ich durchaus attraktiv bin. Wieso das hinter weiten Strickpullis verstecken?

»Hast du deine Kamera dabei oder müssen wir zuerst noch in die Firma?«

Während ich in meine Bikerboots schlüpfe, zeige ich auf meinen Rucksack. »Wir haben keine Zeit mehr, also nehme ich meine private. Die schießt sowieso bessere Fotos von lebenden Objekten.«

»Okay, dann lass uns los.«

Gemeinsam verlassen wir die Wohnung und fahren mit dem Fahrstuhl in die Tiefgarage.

»Du oder ich?« Fragend blickt Piper über die Schulter zu mir nach hinten.

»Du.« Seit ich bei meiner Freundin wohne, komme ich nur noch wenig in den Genuss meines SUVs. Ich wäre gerne gefahren, da Piper aber weiß, wo wir hinmüssen, wäre es Quatsch, wenn ich hinter dem Steuer sitzen würde. Ich steige auf der Beifahrerseite ein und schnalle mich an, während Piper bereits ausparkt.

Ich hole mein Handy aus der Jackentasche und scrolle mich durch meine Social Media Accounts. Kurz schaue ich auch bei Xavier rein, aber seit der Story ist nichts Neues bei ihm passiert. Keine hübschen Fotos, auf denen er stolz ein Ultraschallbild in die Kamera hält. Kein weiterer Schnappschuss, wie seine ach so perfekte Frau stolz ihre Hand inklusive Verlobungsring hinhält. Ich wechsele von Instagram zu Facebook, aber auch da gibt es kein neues Kontingent, welches mich länger als zwei Sekunden fesselt. Dennoch wische ich munter weiter nach unten und ignoriere die Umgebung, in der wir uns mittlerweile befinden. Erst als wir parken, hebe ich meinen Kopf und betrachte die Gegend.

Wir befinden uns auf einem Parkplatz mitten auf einem Gebäude. Links von uns ist der Pier, rechts stehen verschieden große Hochhäuser dicht bei dicht und vor uns ist die rote Backsteinwand eines weiteren Hauses. Aus dieser Ecke bin ich vorhin erst geflohen. Mist. Ich kann mich nicht mehr daran erinnern, wie das Gebäude genau ausgesehen hat.

Piper schnappt sich ihre Handtasche vom Rücksitz und steigt aus. »Kommst du?«

Ich steige ebenfalls aus dem Fahrzeug, folge meiner Freundin eine Treppe vom Gebäude hinunter und zum Eingang des Backsteingebäudes. In großer Schrift prangt der Firmenname von NH Inc. auf der Mauer über der Tür. Das Logo ist schlicht gehalten, was mir sehr gut gefällt.

»Kurzes Briefing. Der Inhaber ist ein absoluter Hottie und falls er fragt, ja, du bist die Freundin, die ich ihm ständig andrehen will. Die Marketingfirma hat er vor knapp zwei Jahren gegründet und seit Tag eins ist sie in die Höhe geschossen. Mehrere Promis reißen sich um ihn. Genauso lange, wie es das Unternehmen gibt, arbeiten wir mit ihm zusammen, also sei nett und knipse ein paar hübsche Fotos.«

Ich nicke und versuche mir die Informationen abzuspeichern, falls ich sie noch benötigen sollte. Erst als ich das Gesagte in meinem Kopf wiederhole, fällt mir auf, was sie wegen mir gesagt hat. Als ich meine Freundin deswegen ansprechen will, reißt sie die Tür auf und marschiert erhobenen Hauptes und mit wiegenden Hüften hinein. Kopfschüttelnd folge ich ihr mit Abstand. Sie winkt der überaus attraktiven blonden Frau hinter dem Empfangstresen zu und stolziert weiter. Ich werde aufgehalten.

»Kann ich Ihnen helfen?«, spricht mich die Dame an.

»Ich gehöre zu ihr.« Ich zeige in die Richtung, in die Piper gegangen ist, ziehe mit der anderen Hand meinen Presseausweis vom O'Hara Magazin aus der Tasche und halte ihn ihr hin.

»Oh entschuldigen Sie, ich hatte keine Kenntnis davon, dass Piper eine Kollegin mitnimmt. Gehen Sie einfach den Gang entlang und am Ende rechts, da ist das Studio, in dem das Interview stattfindet.«

»Danke.« Freundlich lächle ich sie an und mache mich dann auf den Weg zum besagten Raum. Mehrere Türen gehen vom Flur ab und in einige luschere ich im Vorbeigehen hinein. Dafür, dass ich bisher nichts von dem Kunden wusste und auch sonst nie etwas von ihm gehört habe, ist er sehr professionell ausgestattet. Wenn Piper recht hat und das Unternehmen wirklich so erfolgreich ist, muss es das auch sein. Komisch ist nur, dass Xavier nie NH Inc. erwähnt hat. Obwohl er in der gleichen Branche tätig ist, hat er kein Wort über diesen Konkurrenten verloren.

»Ah … da ist ja mein Hübscher. Wo warst du die letzten zwei Wochen? Ich habe unsere gemeinsamen Termine echt vermisst, oder bist du mit einer Kollegin fremdgegangen?«

Ich folge Pipers Stimme und betrete einen Raum, der mein Studio beim Magazinals kleine Kammer hinstellt. Dabei ist es keineswegs klein. Mit geweiteten Augen drehe ich mich um meine eigene Achse, sauge jedes Detail und jedes Equipment in mich auf. Und damit soll ich gleich arbeiten?

Innerlich raste ich aus. Hüpfe und kreische wie ein kleines Mädchen. Äußerlich versuche ich mich im Zaum zu halten. Davon habe ich schon immer mal geträumt, so einen Luxus benutzen zu dürfen. Ich gehe weiter ins Studio hinein. Aus dem Augenwinkel sehe ich Piper, wie sie mit einem Mann spricht. Leider hat er mir den Rücken zugewandt, aber in dem Moment habe ich eh nur Augen für die Räumlichkeiten.

»Solltest du nicht in Begleitung erscheinen? Oder ist auch diese Kollegin krank geworden?«

Wie angewurzelt bleibe ich stehen. Die tiefe Baritonstimme kommt mir bekannt vor. Hat sie doch gestern Nacht mehrmals unanständige Dinge zu mir gesagt. Ich habe ihn in einer Anwaltskanzlei vermutet. Aber in einer Marketingfirma? Niemals. Eigentlich habe ich gedacht, dass ich mit meinem ersten Eindruck richtig gelegen habe. Tja Alexa, du hast dich geirrt!

»Bin ich auch. Ich habe sogar wen ganz Besonderen für dich mit.«

Gleichzeitig drehen wir uns zueinander.

»Wo ist denn -« Sein Blick trifft auf meinen. »Alexa?« Überraschung steht in seinem Gesicht geschrieben.

»Neal.« Ich nicke ihm kurz zur Begrüßung zu.

»Was tust du denn hier?«

»Moment mal, ihr beide kennt euch?« Piper tritt einen Schritt nach vorne und schaut zwischen uns hin und her.

Synchron antworten wir beide: »Ja.«

Sie wendet sich Neal zu. »Dann fällt das Vorstellen meiner Freundin wohl flach.«

»Ja.« Verschmitzt grinst er mich an.

»Mr. Halden, das Model wäre nun bereit für das Shooting. Ist der Fotograf endlich da?«, schreit einer seiner Mitarbeiter durch das Studio und bewahrt mich damit vor einem unangenehmen Gespräch, denn Piper sehe ich an, dass sie vor Neugierde beinahe platzt.

Er lächelt mich entschuldigend an und läuft mit langen Schritten zu dem Angestellten, um vermutlich die letzten Details mit dem Model zu besprechen. Dieser Arsch, da lässt er mich einfach so stehen und das auch noch mit Piper. Er weiß genau, wie meine Freundin ist, schließlich scheinen sie sich schon länger zu kennen. Somit müsste ihm auch klar sein, dass sie mich gleich mit Fragen bombardieren wird.

»Julie, magst du bitte der Fotografin vom O'Hara Magazin das Equipment zeigen. Dann können wir endlich mit dem Shooting starten.«

Okay, ich revidiere meine innerliche Aussage, dass er ein Arsch ist. Mit dieser Aktion rettet er mir doch meinen Hintern.

Julie reicht mir die Hand und stellt sich vor. Ich tue es ihr gleich. Bevor ich allerdings mir ihr zu den Bildschirmen am hinteren Ende des Raumes gehen kann, hält Piper mich am Arm fest. »Du bist mir einige Antworten schuldig, Babygirl. Ich werde keineswegs lockerlassen.«

»Sowas würde ich nicht wagen zu denken.« Ich zwinkere ihr zu und gehe dann mit der Angestellten mit.

***

Genervt puste ich eine Haarsträhne aus meinem Gesicht. Wie konnte ich nur vergessen, wie anstrengend und lang solche Fotoshootings sein können? Dieses Model ist resistent gegen jegliche Art von Kritik. Egal, was ich vorschlage, es setzt es nie um, es versucht es nicht einmal. Hinter mir spüre ich die Augenpaare von Piper und Neal, die den Druck in mir noch mehr erhöhen.

Bereits seit vier Stunden versuchen wir, ordentliche Bilder zu schießen, aber es missglückt ständig. Viele der Aufnahmen sind verschwommen, der Gesichtsausdruck oder die Haltung katastrophal oder das Produkt, welches das Model präsentieren soll, ist falsch in Szene gesetzt.

Ich bin fertig, kurz davor zu verzweifeln und alles hinzuschmeißen. Gleichzeitig hat mich aber der Ehrgeiz gepackt, der Neal zeigen will, dass ich es draufhabe. Dass ich selbst unter erschwerten Bedingungen gute Ergebnisse liefern kann. Wäre er vielleicht ein anderer Kunde und nicht der Mann, mit dem ich letzte Nacht geschlafen habe, würde ich meine Sachen packen und gehen. Aber so? Aussichtlos.

Kalte Luft trifft auf meinen erhitzten Nacken. Hände legen sich auf meine Schultern und beginnen diese zu kneten. »Entspann dich, Alexa«, haucht die tiefe Stimme in mein Ohr. Erst versteife ich mich, werde aber mit jedem Kneten seiner Finger lockerer und lehne mich ein Stück nach hinten in seine Bewegungen. Wärme strömt durch meinen Körper und in meinem Bauch beginnt es zu kribbeln. »So ist es gut und nun visier dein Objekt an, lass dir Zeit und warte den passenden Moment ab, ehe du den Auslöser betätigst.«

Es ist schwer, ihm zu lauschen, wenn er mir so nah ist. Alles in mir verlangt nach etwas anderem als mich auf meine Arbeit zu konzentrieren. Zu meinem Bedauern lässt Neal von mir ab und mit ihm auch seine Wärme. Er ruft dem Model etwas zu, doch ich kriege nicht mit, was es sagt. Zu sehr bin ich auf mich und meine Kamera fokussiert. Innerlich zähle ich bis drei, rufe mich zur Kontenance und beobachte das Model durch mein kleines Sichtfenster der Kamera.

»Ich schaffe das … Ich schaffe das …« Immer wieder murmle ich das Mantra vor mich hin. Meine Atemzüge werden gleichmäßiger und dann sehe ich ihn, den perfekten Augenblick. Mit dem Finger betätige ich den Auslöser, kneife meine Augen zu und hoffe, dass das Foto etwas geworden ist.

Ein Jubelschrei ertönt, ich lasse meine Kamera sinken und blicke über meine Schulter nach hinten. Julie, Piper und auch Neal zeigen mir ein Daumen nach oben. Ich versuche cool zu bleiben, was wirklich schwer ist. Aber wie würde es aussehen, wenn eine professionelle Fotografin in einen Freudentanz ausbricht, weil sie eine perfekte Aufnahme geschossen hat?

Um mich davon abzulenken, packe ich in Ruhe meine Utensilien ein. Neben dem Bilder schießen habe ich mitbekommen, wie Piper zwischendurch das Studio verlassen hat, um mit dem Mandanten von NH Inc. ein Interview zu führen. Er ist der Designer der Herrenjeans, die angeblich neue Trends setzen wird.

Ich ignoriere Neal, dessen Blicke mir Löcher in den Rücken brennen. Dass er mir erst zum Entspannen verhelfen musste, ist mir peinlich und ich möchte ungern sehen, wie er vielleicht von mir enttäuscht ist. Mit sowas könnte ich nun nicht umgehen. Ich zögere das Zusammenpacken hinaus, lasse mir Zeit und blende alles um mich herum aus.

Es gefiel mir, wie er mich berührt hat. Zwanglos und sanft und dennoch fest genug, damit ich ein bisschen den Druck auf meinen Verspannungen spüre. Ebenso muss ich gestehen, dass allein seine Stimme ausreicht, damit mein Höschen feucht wird. Ich darf es keinesfalls zulassen, dass je ein Mann wieder diese Kontrolle über meinen Körper besitzt. Die Nacht war schön, keine Frage, aber eine Wiederholung ist ausgeschlossen. Es war eine einmalige Sache. Ein Gehenlassen von mir, sozusagen.

»Boah, ich höre deinen Kopf bis hierher rattern, Alexa. Schalte mal einen Gang runter.« Piper reißt mich aus meinen Gedanken. Ich schließe den Rucksack und drehe mich zu ihr. »Du hast es super gemacht. Julie war begeistert von deiner Arbeit und auch Neal wurde nicht müde zu betonen, dass er lange nicht so ruhig geblieben wäre wie du. Das Model war grottig und du gut! Also schalte deine Gedanken ab und komm her. Sieh dir das Foto an.« Hat sie recht und meine Arbeit war besser als ich denke? Langsam schlurfe ich zu ihr. Mein Gefühl sagt mir etwas anderes, aber ich kann mich auch irren und meine Erwartungen waren zu hoch. Ich stelle mich hinter Pipers Stuhl und blicke auf den Bildschirm. Julie klickt durch die Galerie. Von Neal ist keine Spur zu sehen. »Es sind einige gute Schnappschüsse dabei, mit ein wenig Bearbeitung kriegen wir diese auch vorzeigbar hin.«

Ich nicke der Angestellten zu. Sie hat recht, nicht jedes Bild ist grausig und zum ersten Mal spüre ich, wie die Last von meinen Schultern fällt. Ich kann es also noch. Kann meinen Beruf ausführen und dazu habe ich die Nerven bewahrt. Wenn meine Chefin davon erfährt, könnte ich eventuell meinen alten Job zurückerlangen und muss keine leblosen Dinge mehr fotografieren.

»Dann können wir ja endlich Schluss für heute machen.« Piper gähnt und streckt ihre Arme in die Luft. »Ich bin nämlich reif fürs Bett.«

Da kann ich ihr nur zustimmen. Der Tag war anstrengend und hat mich auf eine gute Art und Weise ausgelaugt.

»Wo ist Neal?« Piper sieht sich im Studio um.

»Sein nächster Termin ist schon da. Er wollte nur schnell den Mandanten in den Konferenzraum bringen, bevor er sich von euch verabschiedet.«

Wie auf Kommando betritt er den Raum. Bereits am Pier ist mir seine elegante Haltung aufgefallen. Der Anzug kleidet ihn extrem und er sieht verdammt sexy aus. Und das Gute ist, ich weiß sogar, wie er darunter aussieht.

»Sorry, ich habe leider keine Zeit mehr für euch, der nächste Mandant wartet schon.«

»Kein Problem, Alexa und ich sind sowieso fertig und wollten gehen. Meldest du dich wegen des Artikels?«

»Werde ich.«

»Perfekt, dann wünschen wir dir noch einen tollen Arbeitstag, mein Hübscher.« Piper zwinkert ihm zu und greift nach ihrer Jacke.

»Ach Alexa?«

»Ja?« Er reicht mir ein kleines weißes Kärtchen, auf dessen Rückseite mit blauer Tinte eine Nummer draufgeschrieben wurde. »Ich würde mich über einen Anruf von dir freuen.«

KAPITEL 8

Wer Freunde hat …

… braucht definitiv keine Feinde. Giftig schaue ich Piper an.

»Was?« Das schelmische Lächeln auf ihren Lippen erkenne ich selbst von der Seite.

»Was fragst du mich? Ich habe genau gesehen, wie du ganz schnell dein Handy in die Tasche gesteckt hast, als ich eingestiegen bin. Du hast bestimmt Tara geschrieben und auf den neusten Stand gebracht? Oder irre ich mich?«

»Wieso denkst du sowas? Ich habe nichts getan, ich war brav.« Bullshit. Es fehlt nur noch, dass sie sich einen beschissenen Heiligenschein über den Kopf hält, damit ich ihr diesen Quatsch abkaufe. Aber das tue ich nicht. Dafür kenne ich sie einfach zu gut und viel zu lang.

»Seit wann kannst du mir etwas verheimlichen? Ich sehe es dir an deiner knubbeligen Nasenspitze an, dass du mich verarschen willst. Gib es zu, du hast Tara geschrieben.«

Gespielt schockiert reißt sie die Augen auf. »Sowas würde ich doch nie machen.« Meinen Kommentar hinsichtlich ihrer Nase ignoriert sie gekonnt. Sie weiß genauso gut wie ich, dass diese weder knubbelig noch anderweitig verformt ist. Ihre ist beinahe zu perfekt für meinen Geschmack, aber sie passt eben hervorragend zu ihrem Gesicht und nur das zählt. »Ich bin deine Freundin, Alexa.«

»Und genau da ist der Haken.«

Ihr rechter Mundwinkel zuckt nach oben.

»Sag einfach, auf was ich mich gleich einstellen muss, wenn sie anruft.« Schwer atme ich aus. Ich wollte mich ausruhen. Und nun habe ich wegen so einer blöden Karte den Salat. Wie konnte mir Neal diese auch vor Piper geben? Ihm hätte klar sein müssen, dass sie mich damit aufziehen wird. Zumal er damit auch verraten hat, dass ... Ja was? Dass er eine Wiederholung will? Dass ich ihm gefalle? Oder dass er weitere Jobs für mich hat? Vielleicht hat Piper sogar gecheckt, dass er der Typ von heute Nacht war?

»Wann rufst du Neal an?«, unterbricht Piper meine Gedanken und katapultiert mich zurück in die Wirklichkeit. Nun erwarten mich abertausende von Fragen. Diese sechs Minuten Fahrt werden der pure Horror sein.

»Kein Plan, ob ich ihn überhaupt anrufe.« Und das entspricht sogar der Wahrheit. Er sieht gut aus, keine Frage. Er ist auch genau mein Typ und er war gestern mehr als zuvorkommend. Der Sex war perfekt, zumindest wie ich ihn beurteilen kann. Viele Vergleiche habe ich schließlich nicht.

»Er fand dich heiß, sonst hätte er dir seine Karte niemals gegeben.«

»Kann sein«, gebe ich knapp von mir und schaue aus dem Beifahrerfenster. Hoffentlich entgeht Piper, dass mich ihre Aussage keineswegs kalt lässt. Ich meine, welche Frau möchte nicht gerne hören, dass sie einem Mann gefällt? Und dann auch noch einem wie Neal Halden. Gutaussehend, erfolgreich und dazu noch sehr witzig und nett. Eine Kombi, die es zu selten beim männlichen Geschlecht gibt.

Wir stoppen und da bemerke ich, dass wir bereits in der Tiefgarage sind. Verwundert wende ich mich meiner Freundin zu. Diese wiederum lächelt mich nur an und steigt dann aus.

Ein Schauer läuft mir über den Rücken. Dieser Ausdruck in ihren Augen. O Mann, ich ahne Böses. Ich hätte es wissen müssen. Sie hat mich die Fahrt über beinahe komplett in Ruhe gelassen und das passt sonst nicht zu ihr. Ich steige ebenfalls aus und folge Piper in den Fahrstuhl.

»Spuck schon aus, was hast du angestellt?«

»Ach, wirst du gleich sehen.« Und wieder dieses diabolische Grinsen, wie Harley Quinn. Psycho und unheimlich.

Die Türen des Aufzugs öffnen sich und wir treten in den Flur. Ich lasse mich ein wenig nach hinten fallen. Inspiziere die Umgebung und setze bereits zum Sprint an, als sie an der Wohnungstür stehen bleibt und sich zu mir umdreht.

»Vergiss es. Ehe du die Stufen erreicht hast, bist du aus der Puste und brauchst ein Sauerstoffzelt. Erspare dir die Blamage und schwing deinen Knackarsch in die Wohnung.«

Mit herunterhängenden Schultern schlurfe ich langsam zu ihr. Wie recht sie doch hat. Ich bin viel zu unsportlich. Im Gegenteil zu ihr. Sie geht regelmäßig ins Fitnessstudio. Vielleicht sollte ich das auch tun, dann könnte ich das nächste Mal durchaus die Flucht ergreifen.

In der Wohnung ist alles ruhig und ich entspanne mich augenblicklich. Bestimmt habe ich mir nur was eingeredet. Was hätte Piper auch anrichten sollen, wenn sie neben mir auf dem Fahrersitz hockt und den Wagen steuert? Gar nichts, denn sonst hätte ich es mitbekommen.

Nun werde ich auch noch paranoid. Passt ja perfekt zu mir. Zu der defekten Ware gesellt sich eine weitere psychische Krankheit hinzu.

Ich kicke meine Boots von den Füßen und ziehe meine Lederjacke aus. »Bestellen wir heute was zu essen oder sollen wir kochen?« Ich krame mein Handy aus der Handtasche und will es mir in die hintere Hosentasche stecken, als ich eine Bewegung auf meiner linken Seite wahrnehme. Verdammt! Mein Körper versteift sich, langsam richte ich mich auf und wende mich zum Wohnzimmer. Mit glitzernden Augen steht Tara ihm Türrahmen. Mit einem breiten Lächeln im Gesicht. Ich trete einen Schritt nach hinten, aber ich stoße gegen Piper. Mist! Sie schiebt mich vorwärts in meine Hölle.

»Kein Entkommen, du erzählst uns alles!«, droht Tara und setzt sich auf das Sofa. Ich bevorzuge lieber den Sessel, der genügend Abstand zu ihr bietet. Piper dagegen verschwindet in die Küche.

»Brauchen wir Alkohol oder reicht Cola?«

»Ich nehme ein Wasser, bitte.«

»Beides«, rufe ich. Irgendwie habe ich das Gefühl, ich werde es brauchen.

Ich lehne mich zurück in das Polster und warte darauf, dass meine Freundin die ersten Fragen auf mich hageln lässt. Sie brennt vor Neugier, das sehe ich ihr an der Nasenspitze an. Ihr linkes Augenlid zuckt, ihr Bein fängt an zu wippen und schließlich platzt es aus ihr heraus.

»Piper hat mir gesagt, du bist die ganze Nacht weggeblieben. Bei wem warst du? Hattet ihr Sex? War er gut? Wie sah der Kerl aus? Und kaum, dass du einen Mann verführt hast, gibt dir ein anderer die Karte. Wirst du Neal anrufen? Ist er nicht sexy? Boah, du hast echt ein Glück, dass er ein Auge auf dich geworfen hat. Er ist wie ein Sechser im Lotto. Ernsthaft Alexa, wenn du den nicht anrufst, dann läuft etwas gewaltig falsch bei dir. Aber nun erzähl mir erst von deiner Außerhausübernachtung. Ich will alles wissen, bis ins kleinste Detail.« Tief holt sie Luft, pustet eine Strähne ihres Ponys beiseite und sieht mich auffordernd an. Mir versagt die Stimme. Sie hat so schnell gesprochen, dass ich die Hälfte bereits vergessen habe. Piper kommt mit den Getränken und stellt sie auf dem Tisch.

»Wenn ich mich richtig erinnere, hatte sie sogar mehrmals hintereinander Sex mit irgendeinem Typen. Mehr hat sie mir auch vorenthalten oder ich habe es vergessen, weil ich übermüdet war.«

»Piper, Ruhe. Alexa soll mir doch alles erzählen. Ich will all die schmutzigen Details hören.«

»Wieso? Bekommst du es zuhause nicht mehr ordentlich besorgt?« Piper zwinkert Tara zu.

»Mein Sexleben spielt hier keine Rolle. Viel lieber will ich wissen wie es mit ... Wie hieß der Typ eigentlich?«

»Neal«, sage ich kleinlaut und sinke weiter herunter im Sessel. Taras Kopf ruckt zu mir, ihre Augen sind weit aufgerissen und ein erstaunter Ausdruck liegt in ihrem Gesicht.

»Neal, wie Neal Halden, Neal?«

Auch Piper zählt eins und eins zusammen. Sie quiekt los. »Deswegen kanntet ihr euch. Heilige Scheiße, meine Freundin hat den heißen Mr. Halden flachgelegt. Weißt du eigentlich, wie viele Frauen hinter ihm her sind und du schleppst ihn einfach so ab. Ruf ihn an, sofort. Zeig ihm, dass du Interesse an ihm hast.«

Betend halte ich meine Hände vor den Brustkorb und habe meinen Blick gen Decke gerichtet. »Bitte lieber Herr, erlöse mich mit einer Kugel in den Kopf, damit das hier ein Ende hat.«

»Spinnerin, erzähl uns lieber, wie du das angestellt hast und was du nun vorhast.«

Damit sie endlich Ruhe geben, erzähle ich ihnen ein paar Details, aber keine allzu intimen, dafür bin ich bei weitem nicht bereit. Mein Sexleben war sonst nie Thema und plötzlich offen darüber zu sprechen, fühlt sich falsch an. Reicht schon, dass ich überhaupt etwas dazu äußere.

Gespannt saugen sie jedes meiner Wörter auf und zu meiner Verwunderung halten sie sogar die Klappe.

»Das mit der Karte hast du ja mitgekriegt, Piper. Und das war es auch schon.«

»Puh, irgendwie unspektakulär. Aber was nicht ist, kann ja noch werden. Also ruf ihn an und besorge dir ein zweites Sexdate.« Piper wackelt mit den Augenbrauen.

»Unspektakulär? Hallo? Ich hatte immerhin Sex. Du hast hier rumgesessen, eine Dose *Red Bull* nach der nächsten in dich gekippt und auf mich gewartet.«

»Touché, Babygirl, touché.«

»Können wir bitte über etwas anderes sprechen?« Flehend sehe ich meine beiden Freundinnen an.

»Eine Frage habe ich noch.« Ich nicke Tara zu. »Was hast du bezüglich Xavier gefühlt?«

Ich zucke zusammen. Die Frage überrascht mich, habe ich doch keineswegs mit dieser gerechnet.

»Wieso kommst du nun mit diesem Wichser um die Ecke? Sie hat endlich mal keinen Gedanken an ihn verschwendet, und nun? Super gemacht, Tara, wirklich ganz großes Kino.« Piper klatscht in die Hände und wendet sich anschließend an mich. »Du brauchst auf den Schwachsinn nicht antworten, vergiss den Wicht und halte dich an Neal. Er ist eh der bessere Fang, in allen Belangen.«

Tara würde mich nie zu einer Antwort zwingen. Komischerweise möchte ich es aber. Für einen Moment schließe ich meine Augen, gehe tief in mich und rufe die Gefühle dabei hoch, die ich bei dem Gedanken habe, Xavier fremdgegangen zu sein. Aber … da ist nichts. Weder Scham noch Schuldgefühle.

»Ehrlich gesagt, ich habe keine Ahnung, was ich fühle. Es ist etwas anderes, was ich eigentlich fühlen sollte. Ich habe mit jemandem Fremdem geschlafen, obwohl ich verheiratet bin und den Mann eigentlich noch liebe. Dennoch regt sich kein bisschen in mir. Kein Fünkchen Reue, einfach nichts, so als würde alles in mir drin wissen, dass Xavier Geschichte ist.« Ich zucke mit den Schultern.

»Mein Herz zieht sich kein bisschen zusammen. Wenn ich aber daran denke, was letzte Nacht passiert ist, dann sieht es anders aus. Alles kribbelt in meinem Bauch. Glücksgefühle durchströmen mich, keine negativen Schwingungen sind da, so als würde ich im Reinen mit allem sein. Ich weiß nicht, ob ihr verstehen könnt, was ich meine, denn es ist verdammt schwer zu beschreiben, was ich fühle. Es ist etwas, was ich zuvor in keinster Weise so gespürt habe, selbst bei Xavier war es anders.«

Stumm sitzen meine Freundinnen vor mir und scheinen in ihre eigenen Gedanken versunken zu sein. Ihre Blicke schweifen umher. Vermutlich versuchen sie zu verdauen, was ich gesagt habe. Wenn ich es selbst nicht einmal verstehe, wie sollen sie es dann?

***

Erschöpft liege ich in meinem Bett. Es ist erst halb sieben, aber mein Körper ist noch ausgelaugt von der kurzen Nacht davor. Ich bin froh, dass Tara und Piper mich mit Neal in Ruhe gelassen haben. Ebenfalls bin ich glücklich darüber, dass die Thematik Gefühle vorerst vom Tisch war. Tara hat mir nur zu verstehen gegeben, dass es ein gutes Zeichen ist, wenn ich kein schlechtes Gewissen meinem Mann gegenüber habe. Eine Tatsache erschreckt mich allerdings: Ich muss immerzu an Neal denken. Unser Treffen vorhin hat die Sehnsucht verschlimmert.

Ich wälze mich in meinem Bett hin und her. Meine Augen schließe ich, aber sofort sehe ich Neal hinter meinen geschlossenen Lidern.

Lust lodert in seinem Blick, als er meine Bluse Knopf für Knopf mit einer Engelsgeduld öffnet. Ihn reizt es, wie er mich damit quält. Als endlich das störende Stück Stoff weg ist, gleiten seine Finger über meine Haut, lösen an den Stellen Gänsehaut aus. Er geht tiefer, bis er an meinem Saum notgedrungen stoppen muss. Mit Daumen und Zeigefinger öffnet er die Shorts.

Schnell reiße ich meine Augen auf. So werde ich nie einschlafen können. Nicht mit dem leichten Pochen zwischen meinen Beinen, dem zu schnellem Herzschlag und den heißen Gedanken.

Ich stehe aus dem Bett auf, um mir etwas zu trinken zu holen und hoffentlich dabei abzukühlen. Aus Pipers Zimmer schallen die Geräusche des Fernsehers ins Wohnzimmer. Ich hebe die Flasche Wasser neben dem Tisch auf und will gehen, stoppe jedoch in der Bewegung. Eine kleine weiße Karte erregt meine Aufmerksa

keit. Ich schreite zum Tisch und begutachte das Teil. Ich habe sie vorhin dort liegen lassen, weil ich der Meinung war, dass ich sie eh nicht gebrauchen werde. Aber jetzt?

Ich nehme mir die Karte und schleiche zurück in mein Zimmer. Dort lasse ich mich auf mein Bett nieder und starre das Stück Papier an. Das Wasser ist vergessen. Ich drehe die Karte zwischen meinen Fingern.

Vielleicht sollte ich doch in Erwägung ziehen, ihn anzurufen. Nur kurz, um seine Stimme zu hören. Ich schüttle den Kopf über mich selbst und lege das Teil auf meinen Nachtschrank.

Wir hatten einen One-Night-Stand und bestimmt hat er mir nur aus Anstand die Karte gegeben, um sein schlechtes Gewissen zu beruhigen. Dabei braucht er keins haben. Ich wusste, worauf ich mich einlasse. Ergeben lasse ich mich nach hinten fallen. Abermals zerbreche ich mir den Kopf darüber, was wäre wenn.

»Mensch, Alexa. Genieß das Leben! Sei endlich normal.« Frustriert greife ich mir mein Kissen, platziere es über mein Gesicht und schreie. Als ich mit meinem kleinen Anfall fertig bin, lege ich es zurück und mich richtig hin. Es wird Zeit, dass ich ins Land der Träume abdrifte und ab morgen ein ganz normaler Tag ohne den Wahnsinn startet.

Doch kaum, dass mein Kopf das Bettzeug berührt und ich meine Lider schließe, ploppen eindeutige Bilder auf. Argh. Dieses Mal aber in seiner Firma, wie er mich massiert. Das ist doch zum Mäusemelken. Verschwinde aus meinem Kopf! Eine Nacht und es hat Zoom gemacht, oder was? Dass ich nicht lache. Wieder lacht mich die Visitenkarte an. Verhöhnt und verspottet mich. Meine Augen verengen sich. Wütend starre ich sie an.

»Ich werde stark bleiben ... Ich werde nicht nachgeben ... Sie hat keine Macht über mich ... Ach scheiß drauf, was soll schon passieren?« Schneller als der Blitz habe ich mein Handy sowie das Stück Papier in meinen Händen und wähle seine Nummer. Ehe ich auf den grünen Hörer drücke, halte ich inne.

»Verdammt, Alexa, was tust du da eigentlich? Ich kann ihn doch nicht einfach so anrufen. Vielleicht ist er noch arbeiten. Oder bereits im Bett. Mist.«

Die grüne Sprechblase mit dem Telefonhörer unten in der Leiste erregt meine Aufmerksamkeit. Ich rufe sie auf, öffne ein neues Chatfenster und gebe seine Nummer ein, ehe ich eine Nachricht abschicke.

Alexa:
Hey

Ich schaue auf mein Display und könnte mir am liebsten das Handy gegen die Stirn hauen. Wie dumm bin ich eigentlich?

Zu meiner Verwunderung steht unter seinem Kontakt, dass er schreibt. Gespannt starre ich auf die App und warte.

NEAL:
Hey

Ich schmunzele über seine ebenfalls einfallslose Nachricht. Plötzlich fällt mir ein, dass er auch nichts anderes erwidern hätte können, denn er hat keine Ahnung, wer ihm geschrieben hat. Mein WhatsApp-Bild ist eine Blume, die ich selbst bei einem Spaziergang vor Jahren abgelichtet habe.

Alexa:
Ich wollte mich für deine Geduld mit mir bedanken. Nicht jeder wäre so nachsichtig gewesen und hätte eine andere Fotografin vom Magazin gefordert.

Dieses Mal lese ich mein Geschriebenes nochmals, ehe ich Absenden drücke.

Neal:
Du hast klasse Arbeit abgeliefert. ;)
Das Model war einfach untauglich für das Shooting. Ich habe der Modelagentur schon Bescheid gegeben, dass sie mir dieses kein zweites Mal schicken brauchen.
Sind deine Schultern wieder entspannt? ;)

Röte kriecht in meine Wangen. Beinahe kann ich seine Hände auf meinem Körper spüren, wie sie leichten Druck ausüben, um meine Muskeln zu lockern. Schnell tippe ich eine Antwort.

Alexa:
Nicht wirklich, vielleicht muss ich einen Termin beim Massagesalon ausmachen. Die Haltung beim Fotografieren ist meinem Körper scheinbar fremd geworden. Meine Produkte sind sonst auf einer anderen Höhe angebracht.

Neal:
So, so ... du schreibst mir gerade einfach so, dass du dich von einem anderen Mann anfassen lassen willst, dabei ist es keine 24 Stunden her, da waren meine Hände auf deinem Körper. ;P Nicht fair, Alexa.
Für welche Aufnahmen bist du sonst im Magazin zuständig? Habe dich vorher noch nie bei einem Interview oder Shooting gesehen gehabt.

Immer wieder tippe und lösche ich den Text, den ich schreibe. Keiner gefällt mir.

Neal:
Hat es dir die Sprache verschlagen. Sorry, wenn ich dir zu nahegetreten bin. :(

Alexa:
Nein, nein.

Neal:
Vorhin warst du nicht so wortkarg. Was ist los, Alexa?

Alexa:
Okay, ich gebe es zu. Du hast mich gerade ein wenig überfordert mit dem Anfassen und so. Ich hatte keine Ahnung, was ich darauf erwidern soll.

Neal:
Wie wäre es mit: Keine Sorge, Neal. Ich werde eine Frau buchen, damit du dich besser fühlst. Oder … Ich verzichte gerne auf einen Profi, wenn du dafür meine Verspannungen löst.

Ich pruste los. Erst entschuldigt er sich bei mir, dass er zu forsch war, und nun das? Subtil ist eindeutig was anderes.

Neal:
Wieder muss ich mich entschuldigen. Sonst ist das keinesfalls meine Art. Wirklich nicht. Das musst du mir glauben. Bestimmt ist es der Schlafmangel, der das aus mir macht. Einen unsensiblen Vollhonk, der dir die Sprache verschlägt. Ich hoffe, du schreibst dennoch mit mir?

Erneut muss ich über ihn lachen. Was seit gestern scheinbar mein neues Hobby ist. In den letzten Monaten haben sich meine Mundwinkel nicht so oft nach oben bewegt, wie in den letzten vierundzwanzig Stunden und wer ist schuld? Neal. Schon im Club hat er mich ständig zum Lachen gebracht. Es war sehr angenehm, mit ihm zu reden gewesen.

Alexa:
Du brauchst dich nicht entschuldigen. Es kam nur keine Antwort, weil die Tränen in meinen Augen die Sicht auf die Buchstaben versperrt haben. Also ja, ich schreibe noch mit dir. ;)

Neal:
Wieso weinst du? War mein Anmachspruch so grottig?

Alexa:
HAHAHA :D Nein. Meine Augen waren nur wegen dem Lachen undicht. Keine Panik, du hast es mit den Sprüchen noch voll drauf. ;)

Neal:
Jetzt leckst du auch noch. Oh, Mann. Da habe ich aber einen Schaden angerichtet. Aber mein Flirt war dennoch schlecht. Du hast noch immer keine Antwort drauf gegeben. Also welchen hättest du gewählt? ;)

Alexa:
Gott, ich lecke doch nicht. O.o

Neal:
Dann stehst du schon mal nicht auf Frauen, ein Vorteil für mich. Daraus schließe ich, dass du eher die Antwort genommen hättest, dass ich dich massieren soll. Gute Entscheidung. Wann soll ich vorbeikommen?

Meine Augen weiten sich von Wort zu Wort. Wie kann er mich nur so falsch verstehen und mich dabei nach einem Treffen fragen? Innerlich raste ich vor Freude aus. Piper muss recht damit haben, dass er mich heiß findet, wenn er mich nach einem Date fragt. Dieses Wissen schmeichelt mir. Zum ersten Mal seit langem fühle ich mich trotz meines Makels begehrt. Xavier hat irgendwann die Lust auf mich verloren. Jedes Mal beim Sex ist er mir ausgewichen und hat den Augenkontakt vermieden. Sein Blick ruhte immer neben meinem Kopf, aber nicht auf meinem Körper. Es hat tiefe Wunden in mir hinterlassen, die aber dank Neal bereits dabei sind, sich zu schließen.

Alexa:
Bittest du mich gerade um ein Date?

Lieber gehe ich auf Nummer sicher und frage nochmal nach, als nachher dumm dazustehen und seine Nachricht falsch gedeutet zu haben. Es hätte ja auch genauso gut ein kleiner Scherz von ihm sein können, um mich aus der Reserve zu locken.

Angespannt liege ich da, halte mein Handy vor mein Gesicht und warte. Eine halbe Ewigkeit dauert es, bis die Häkchen endlich blau werden, und er beginnt zu schreiben. Aufregung befällt mich. Was ist, wenn er wirklich ein Date mit mir möchte? Bin ich dazu bereit, ihn wiederzusehen?

Neal:
Ist das nicht offensichtlich gewesen? Also was ist nun? Hast du Lust, dich mit mir am Samstag zu treffen?

KAPITEL 9

Gedanken, die …

… einen zweifeln lassen, sind wie Zecken, die sich in einem festbeißen. Sie saugen jede positive Energie aus einem heraus und lassen einen am Ende mit schlechten Gefühlen zurück. Niemand will Zweifel und doch sind sie von großer Bedeutung. Sie lassen uns vorsichtiger und achtsamer sein, hindern uns sogar davor, Gefahren einzugehen. Dennoch kann ich sie in keinster Art und Weise gebrauchen. Zumindest jetzt nicht.

War ich mir bis eben sicher, das Richtige getan zu haben, sitze ich nun mit dem Kopf in meinen Händen vergraben auf dem Bett und habe keine Ahnung, ob ich einen Fehler begangen habe. Neal zu einem Date zuzusagen ist ein Schritt in ein neues Leben. Wieso fühle ich mich dann so miserabel?

Ich fahre mir über das Gesicht. Er ist nett und überaus heiß, trotzdem bin ich skeptisch. Es ist zum Kotzen, egal, was ich mir vornehme, mein verdammter Verstand hindert mich daran, es auch wirklich durchzuziehen.

Einmal so cool wie Piper sein, das hätte was. Impulsiv handeln, ohne Gewissensbisse.

Ruckartig wird die Tür geöffnet. Erschrocken hebe ich meinen Kopf. Piper betritt mein Zimmer und sieht sich um. »Wo sind die Berge an Kleidung? Es gibt keine Anzeichen, die darauf hindeuten, dass du zu einem Date gehst.«

Wenn man an den Teufel denkt, taucht er plötzlich auf.

»Ich werde nicht hingehen.«

Piper verdreht die Augen. »Warum nicht?«

»Mein Gefühl sagt -«

»Deine komischen Gefühle sagen Blödsinn und das den ganzen lieben Tag lang. Die ganze Woche hast du so gestrahlt und nun? Schau dich mal an. Hängst wie ein Häufchen Elend auf deinem Bett rum. Wo ist die pure Freude hin?«

»Ich bin der reinste Sonnenschein, Piper, registrierst du das nicht?« Gezwungen lächle ich sie an, was mir ein erneutes Augenverdrehen einbringt.

»Alexa, ich meine es ernst. Schalte einfach deinen Kopf aus. Du bist zu jung, um als Single zu verrotten. Außerdem hast du einen Schritt nach vorne unternommen. Wieso gehst du wieder zwei zurück?«

»Weil ich mir unsicher bin, ob die Entscheidung richtig war. Wir kennen uns doch kaum und was ist, wenn ich anders bin, als er es sich vorgestellt hat?«

»Babygirl, dafür sind Dates doch da. Man checkt quasi ab, ob der jeweils andere etwas für einen ist.«

»Und was ist, wenn er es checkt, dass ich keine Frau für ihn bin? Dann habe ich mir umsonst Hoffnungen gemacht. So ersticke ich es gleich im Keim und -«

»Und wirst nie herausfinden, ob es vielleicht doch anders wäre. Neal ist ein Guter, Alexa. Er spielt keine

Spielchen mit Frauen, sagt ihnen immer, was Sache ist. Wenn er dich also sehen will, dann meint er es ernst. Er will dich kennenlernen. Hast wohl die Nacht Eindruck bei ihm hinterlassen.« Sie zwinkert mir zu.

»Eine Nacht kann man nicht mit sowas vergleichen. Wir waren betrunken, hatten Spaß und …«

»Und was?« Abwartend beäugt mich Piper. Ich zucke mit den Achseln.

»Ach, ich weiß auch nicht. Es ist eben was komplett anderes.«

»Quatsch. Sag, was du nach dem ›und‹ sagen wolltest. Gesteh dir ein, dass deine Argumente für'n Arsch sind. Dass es nur Ausreden sind, um deinen Kopf in den Sand zu stecken.«

Ich vergrabe mein Gesicht in meinen Händen. Wieso noch mal rede ich mit Piper über sowas, statt Tara anzurufen? Sie hätte meine Zweifel ernst genommen und sie verstanden.

»Alexa.« Piper kniet sich hin. »Was ist an einem Date so schlimm? Vielleicht gefällt es euch.«

»Ich habe keinen Plan, was ich anziehen soll. Neal mag nett sein, was ist aber, wenn er am Tage ganz anders ist? Piper, ich kann das nicht. Es … es …« Verzweifelt ziehe ich an einer braunen Haarsträhne, die sich aus meinem unordentlichen Dutt gelöst hat.

»Du hast Angst. Und das ist okay. So geht es jedem. Aber du musst endlich etwas wagen und selbst herausfinden, was ein Date bedeutet. Ich kann dir versichern, dass er kein Bad Boy ist. Natürlich lässt er auch seinen Charme spielen, aber er springt nicht mit jeder Zweiten ins Bett. Wenn er dich also um ein Date bittet, dann nur, weil du ihm wirklich gefällst.«

»Aber was ist, wenn er nachher genauso ist wie Xavier?« So. Nun ist es raus. Meine schlimmste Sorge ist ausgesprochen. Was ist, wenn ich mich in Neal verliebe und er mich genauso im Stich lässt. Ein zweites Mal würde ich es nicht überstehen.

Piper legt ihre Hände über meine und zwingt mich, diese von meinem Gesicht zu nehmen. Mit geschlossenen Lidern hebe ich meinen Kopf.

»Öffne sie, Babygirl.«

Ich schüttle den Kopf, habe Angst davor zu sehen, wie sie mich betrachtet. Das Mitleid in ihren Augen, das mir bestimmt begegnet, kann ich nicht ertragen. Es würde das Fass gänzlich zum Überlaufen bringen und ich vollends durchdrehen.

»Alexa, sieh mich bitte an.«

Erneut bewege ich meinen Kopf nach links und rechts.

»Neal und Xavier sind zwei komplett unterschiedliche Menschen. Nichts verbindet sie. Hörst du?«

»Das kann man vorher nie wissen. Wenn er erstmal von meinem Defekt hört, dann wird er ebenfalls verschwinden.« Nun öffne ich doch meine Lider. Feuchtigkeit sammelt sich in meinen Augen. »Ich schaffe es kein zweites Mal. Ich spüre, wenn ich mich auf dieses Date einlasse, dass ich einen Teil an ihn verlieren werde. Die eine Nacht ging mir schon unter die Haut. Was stellt dann ein ganzer Abend bei mir an?«

»Er wird bleiben, keine Sorge. Außerdem musst du ihm doch beim ersten Date solche persönlichen Dinge nicht anvertrauen. Geh mit ihm aus, sieh, wo es dich hinführt, und genieße es. Es bringt nichts, sich vorher den Kopf zu zermürben.«

»Es ist leichter gesagt als getan. Du musst auch nicht damit leben. Kein Mann möchte so eine Frau an seiner Seite haben.«

»Alexa. Schluss jetzt!«

Erstaunt blinzle ich meine Freundin an. Zum ersten Mal erhebt sie die Stimme mir gegenüber. Es ist ungewohnt, dass Piper den Part von Tara übernimmt. Mit strengem Blick betrachtet sie mich. »Du bist weder defekt noch abstoßend. Du bist viel mehr als das. Du bist hübsch, loyal und vor allem hast du dein Herz am rechten Fleck. Das sind Eigenschaften, die viel mehr wert sind.« Piper wischt mit ihrem Daumen die Tränen unter meinem Auge weg, die sich bei ihren Worten gelöst haben. »Wenn du nur sehen könntest, was wir anderen in dir sehen. Du würdest dann ganz bestimmt nicht mehr so einen Schwachsinn von dir geben. Aber nun ist Schluss damit, wir müssen dich schleunigst fertig machen, damit du rechtzeitig zu deinem Date kommst.«

Ruckartig hebe ich meinen Kopf. Pipers Hände rutschen von meinen Wangen.

»Aber was soll ich anziehen? Neal hat kein Wort darüber verloren, was wir unternehmen werden. Was mache ich nur?«

»Zuerst entspannen. Du gehst duschen und ich werde mich deinem Schrank widmen. Danach legen wir ein wenig Make-up auf, obwohl du es überhaupt nicht nötig hast.«

***

»Hat Neal keinerlei Tendenz gegeben, wo ihr hingeht?«

Ratlos schauen Piper und ich auf die Auswahl, die sie getroffen und auf mein Bett gelegt hat.

»Nein.«

»Shit.« Piper sieht auf die Smartwatch an ihrem Handgelenk. »Es ist nicht zu spät für einen Spaziergang mit anschließendem Picknick. Dennoch würde die Zeit auch für ein romantisches Essen in einem Restaurant sprechen. Aber ganz in der Nähe findet auch ein Konzert statt und ich habe gehört, dass Neal bei der Werbung mitgemischt hat. Wahrscheinlich hat er sogar Karten bekommen. Verdammter Mist, es könnte also sein, dass du genau das Richtige anziehst oder eben zu over- oder underdressed bist.«

Mein Puls beschleunigt sich und ich merke, wie die Panik langsam meine Wirbelsäule nach oben kriecht. Vielleicht sollte ich doch das Date absagen und mir stattdessen einen Film mit Piper anschauen.

»Oh nein, nein, nein, Alexa. Hör sofort auf damit. Das Klicken der Zahnräder in deinem Kopf vernehme ich bis hierher. Lasse es auf dich zukommen, okay?«

»Ich versuche es.« Und das tue ich wirklich. Es ist nur so unglaublich schwer, aus seinen alten Mustern herauszukommen. Egal, wie oft ich es mir vornehme.

»Wie wäre es, wenn du ihm 'ne Nachricht schickst? So wüsstest du, was ihr vorhabt und kannst dementsprechend die dazu passende Kleidung anziehen.« Mit der rechten Hand klatsche ich mir gegen die Stirn. Darauf hätten wir viel eher kommen können. Zwinkernd reicht sie mir mein Handy, welches sie vom Nachttisch nimmt. Ich nehme es ihr ab, entsperre das Display und schicke Neal eine WhatsApp.

Alexa:
Großes Problem. Ich brauche einen Tipp von dir. Wo geht's heute hin und was für Kleidung ist gewünscht?

Keine Sekunde später springt sein Status auf schreibt. Meine Freundin stellt sich dicht neben mich und schielt mit auf mein Handy.

Sie legt einen Finger auf das Display und wischt einmal kräftig nach unten.

»Interessant. Sieh sich einer diesen langen Chatverlauf an. Wieso hast du denn so einen Schiss vor diesem Date? Es ist doch nichts anderes als das, was ihr scheinbar schon die ganze Zeit macht. Nur eben von Angesicht zu Angesicht.«

Ein Lächeln schleicht sich auf meine Lippen. Abermals hat er mir geschrieben und es war so leicht, ihm zu antworten. Wobei es nur bei Oberflächlichkeiten geblieben ist.

Dennoch hat es mir gefallen, dass er sich regelmäßig gemeldet hat. Etwas, was Xavier vernachlässigt hat. Nachdem er gegangen war, wurde ich uninteressant für ihn.

Pipers »uhhhh« holt mich aus meinen Gedanken zurück. Auf der linken Seite des Chatfensters prangt eine neue Sprechblase.

Neal:
Habe einen Tisch beim Maximilien Restaurant reserviert. Hoffe, das ist okay für dich?

Alexa:
Und wie es das ist. :)

Erleichtert atme ich auf. Zwar war ich noch nie dort, doch durch das O'Hara Magazin weiß ich, dass es ein rustikaler Laden und ein Insidertipp von den meisten Geschäftsleuten ist.

»Geschmack hat der Kerl ja, das muss man ihm lassen. Das Essen dort ist vorzüglich und die Portionen ordentlich. Ich muss zugeben, ein wenig neidisch auf dich zu sein.«

»Wieso?« Verwirrt blicke ich zu ihr. Dazu hat sie allemal keinen Grund.

»Na, toller Mann, super Restaurant und bestimmt noch eine grandiose Nacht. Welche Frau wäre da nicht neidisch? Während du deinen Spaß hast, werde ich auf dem Sofa sitzen, deinen Eisvorrat plündern und mir in Liebesschnulzen die Dates mit Mr. Perfekt anschauen.«

»Wir können gerne tauschen.«

Piper lacht auf. »Als wenn Neal mit mir seine Zeit verbringen will. Würde er auf mich stehen, hätte er genügend Chancen gehabt, mich nach einer Verabredung zu fragen. Außerdem ist er nicht mein Typ.«

»Dann musst du dich wohl mit meinem Eis zufriedengeben. Dein Pech.«

Das Handy in meiner Hand vibriert erneut.

Neal:
Das freut mich. Dann bis gleich.

Mein Blick huscht zur Uhr auf dem Display. Beinahe rutscht mir mein Smartphone aus den Fingern. Mist. Mir verbleiben noch genau fünfundzwanzig Minuten, bis Neal mich abholt. Ich werfe mein Handy auf das Bett, renne hektisch ins Bad und fange an, mich zu schminken. Ich bin froh, dass ich so geistesgegenwärtig war und mir die Beine, Achseln und den Intimbereich bereits beim Duschen rasiert habe. Nun wäre mir keine Wahl geblieben, wie Chewbacca rumzulaufen und darauf zu hoffen, dass nach dem Essen nichts mehr zwischen uns gelaufen wäre. So aber steht dem nichts im Wege und ich brauche mich nur noch um mein Gesicht und meine Haare kümmern.

Ein leichtes, natürliches Make-up und eine Frisur später stehe ich in meinem Zimmer und betrachte drei Outfits. Die restlichen, die zuvor ebenfalls mit auf dem Bett gelegen haben, hat Piper bereits weggeräumt.

»Hose, Rock oder Kleid? Such dir einfach eins aus und zieh es an. Neal könnte jeden Moment klingeln.«

»Das setzt mich auch so gar nicht unter Druck, oder so. Nein.« Ich verdrehe die Augen.

»Sorry, but not sorry.«

Ich ignoriere meine Freundin und konzentriere mich auf die Kleidungsstücke. Eine Hose zum ersten Date, schreit doch quasi nach Friendzone. Ein Rock oder Kleid müsste es schon sein. Wobei ich glaube, dass ein Kleid zu overdressed sein könnte. Der Rock wäre also die geeignete Alternative. Ich greife nach dem schwarzen Stück Stoff, werde aber von Pipers »Nimm das Kleid« aufgehalten.

»Wieso nicht den Rock?«

»Er ist langweilig. Das Kleid wird dir perfekt stehen. Durch sein bis zu den Knien kurzes, beiges Tüllunterteil und dem weißen ärmellosen spitzenbesetzten Oberteil ist es verspielt genug für ein erstes Date und gleichzeitig nicht zu overdressed für ein rustikales Ambiente. Perfekt abgerundet wird es mit deinen weißen Ballerinas, dem schmalen hellbraunen Taillengürtel, deiner Jeansjacke und meiner hellbraunen Handtasche. Neal werden die Augen ausfallen!«

Statt dem Rock greife ich nun nach dem Kleid. Piper ist die Modebewusste von uns. Ich vertraue auf ihr Wort. Also ziehe ich mir das Outfit an und bestaune mich anschließend im Spiegel.

Oh, la, la. Ich sehe tatsächlich hinreißend aus. Es wirkt locker und keineswegs elegant.

Die Klingel ertönt und reißt mich von meinem Spiegelbild los. Mit vor Aufregung funkelnden Augen zieht Piper mich in ihre Arme. »Hab Spaß und genieße den Abend mit ihm.«

»Danke für alles, Piper.«, flüstere ich und drücke ihr ein Küsschen auf die Wange.

Sie zieht mich fester an sich, ehe sie die Umarmung löst und einen Schritt nach hinten geht. »So, nun aber husch, husch. Lass den armen Kerl nicht zu lange auf dich warten.«

»Aye, aye, Ma'am.« Ich knickse leicht, husche aus meinem Zimmer und anschließend aus der Wohnung.

»Scheiße, ist er heiß«, rutscht mir leise heraus, als ich Neal lässig an seinem Auto gelehnt vor dem Haus entdecke. Sein strahlendes Lächeln, mit welchem er mich betrachtet, löst ein freudiges Summen in mir aus. Kurz vor den Stufen nach unten bleibe ich stehen und sauge seinen Anblick in mich auf. Er trägt eine schwarze Jeans, dazu eine passende Lederjacke, die er offen über einem grauen Hemd trägt. Seine Haare sind nicht wie beim letzten Mal akkurat nach hinten gestylt, sondern sehen eher wie frisch aus dem Bett aus. Der Look lässt ihn sexy und verwegen aussehen.

Langsam eine Treppenstufe nach der nächsten schreite ich zu ihm. Sein Blick hält meinen die ganze Zeit gefangen. Kurz vor ihm bleibe ich stehen. Wie soll ich ihn begrüßen? Ein Kuss auf die Wange? Oder doch auf den Mund?

Er nimmt mir die Entscheidung ab. Er stemmt sich vom Wagen ab, beugt sich zu mir hervor und haucht mir einen federleichten Kuss auf die Wange.

»Du siehst atemberaubend aus, Alexa.« Seine gewisperten Worte jagen einen Schauer meinen Rücken hinunter. Auf meinen Wangen spüre ich die Hitze aufsteigen. Verlegen lächle ich.

»Danke.«

Der Geruch seines Aftershaves weht in meine Nase, als er sich hinstellt. Zu gerne würde ich Neal am Kragen seiner Lederjacke näher an mich ziehen, meine Nase in seine Halsbeuge vergraben und ihn inhalieren. Mehr von seinem Duft in mich aufsaugen.

»Alexa?«

Irritiert blinzle ich und besinne mich, im Hier und Jetzt zu bleiben. Fragend schaut er mich an. Shit. Hoffentlich hat er keine Frage an mich gestellt. Verlegen lächele ich ihn an und probiere die doofe Situation zu überspielen. Innerlich hoffe ich, dass ich nicht allzu dämlich dabei aussehe. Ich ernte ein Lachen meines Gegenübers und schmelze dahin. Dieser Klang ist wie Musik in meinen Ohren. O Himmel, wenn er sich weiterhin so benimmt, bin ich geliefert. Ich wusste es und genau aus diesem

Grund wollte ich das Date absagen. Es bringt mich nur in Schwierigkeiten.

Neal tritt einen Schritt zur Seite und öffnet die Beifahrerseite für mich. Ich nehme seine Hand, die er mir hinhält, entgegen und steige mit seiner Hilfe in den SUV ein, ehe er die Tür hinter mir schließt. Kurz darauf nimmt er neben mir Platz und fährt los.

Langsam lenkt er den Wagen auf die Straße, immer wieder schielt er zu mir rüber. Es schmeichelt mir und gibt mir das Gefühl, dass er das hier wirklich will.

Die Fahrt zum *Maximilien Restaurant* ist nur von kurzer Dauer. Es liegt quasi in der Nachbarschaft von seinem Loft. Den Weg dorthin haben wir kein Wort miteinander gesprochen, doch die Stille war keineswegs unangenehm. Im Gegenteil, das gemeinsame Schweigen hat mir ein wenig die Nervosität genommen.

Erneut ist er ganz der Gentleman, steigt als Erstes aus dem Wagen und eilt an meine Seite, um mir die Tür zu öffnen. Das gibt mir das Gefühl, etwas Besonderes zu sein. In der Ehe mit Xavier haben solche Kleinigkeiten keine Rolle mehr gespielt. Schließlich brauchte er nicht um mich werben oder gut vor mir dastehen.

Neal hält mir seine Armbeuge hin und ich harke mich bei ihm unter. Gemeinsam schreiten wir in das Restaurant, wo der Kellner uns zu dem reservierten Platz begleitet. Die Berichte werden dem Lokal keinesfalls gerecht. Es ist rustikal, aber es besitzt einen unglaublichen Charme und strahlt gleichzeitig seine eigene Eleganz aus. Dennoch ist das Herzstück die wunderschöne Aussicht. Unser Tisch liegt direkt am Fenster und ich kann die unendlichen Weiten des Horizontes, den Pier sowie das Riesenrad sehen. Wie den einen Morgen bei Neal bin ich total fasziniert davon. Man könnte meinen, dass er mich bei sich beobachtet und deswegen dieses Restaurant gewählt hat. Ich ziehe mein Handy aus der Tasche und schieße ein paar Fotos. Neal räuspert sich neben mir.

»Wenn du möchtest, können wir nach dem Essen noch zum Pier gehen und eine Fahrt buchen. Von dort oben hat man einen herrlichen Ausblick.« Seine Worte machen mich sprachlos. Es scheint, als hätte er mich nicht nur beobachtet, sondern in mich hineingeschaut und weiß, was ich mir wünsche. Trotz, dass ich in Seattle geboren bin, saß ich noch nie in der Gondel des Riesenrades. Freudestrahlend nicke ich.

»Das wäre schön.« Ehrfürchtig lasse ich ein letztes Mal meinen Blick über den Horizont schweifen und stecke mein Handy wieder ein. Heißer Atem trifft auf meinen Nacken und plötzlich bin ich mir seiner Nähe voll bewusst.

»Lass mich dir helfen«, haucht er dicht an meinem Ohr. Langsam streift er mir die Jeansjacke von den Schultern. Seine Finger gleiten dabei meinen Arm entlang. Gänsehaut breitet sich aus. Er hängt die Jacke über die Stuhllehne und rückt meinen Sitzplatz zurecht. Warum muss der Kerl nur so perfekt sein? Irgendeinen Makel muss er haben, das wäre doch sonst zu schön, um wahr zu sein. Oder liege ich falsch und das Ganze ist nur ungewohnt für mich, weil Xavier sich nicht mehr so ins Zeug gelegt hat?

Neal umrundet den Tisch, zieht ebenfalls seine Jacke aus und hängt sie bei sich über den Stuhl. Er sitzt mir gegenüber, sein Blick ruht auf mir. Ich winde mich ein wenig auf dem Stuhl. Nun folgt der schwere Teil. Daten, Smalltalk, all das brauchte ich bei meinem Ex nicht betreiben. Wir waren auch zu jung, um uns großartig Gedanken um sowas zu machen. Alles war locker und ... Nein. Du vergisst auf der Stelle diesen Schwachmaten und widmest dich voll und ganz dem atemberaubenden Exemplar von Mann vor dir. Es ist nur so schwer, das abzustellen, wenn er der direkte und sogleich einzige Vergleich ist. Um meine Gedanken und auch die Stille zu vertreiben, stelle ich die Frage, die mir zuerst durch den Kopf schießt.

»Bist du öfter hier?«

Neal scheint zu merken, dass ich mich ein bisschen unwohl fühle und ich bin ihm sehr dankbar, als er über meine dumme Frage hinwegsieht und antwortet: »Das bin ich in der Tat. Der Inhaber des Restaurants ist ein guter Freund von mir, weswegen es mich öfters hier hin verschlägt. Aber normalerweise bin ich nicht in so charmanter Begleitung.«

Prompt werde ich rot. Was soll ich darauf antworten? Ein einfaches *Danke* erscheint mir zu plump.

Zu meinem Glück tritt der Kellner an unseren Tisch und rettet mich vor einer Peinlichkeit. »Darf ich den Herrschaften schon einen Getränkewunsch erfüllen und ihnen die Karte reichen?«

»Sehr gerne.« Neal nickt dem jungen Mann zu.

Uns beiden überreicht er jeweils eine Karte. Ich werfe einen Blick in die Getränkekarte und schaue danach hoch zu meinem Date. Er vollführt mit der Hand eine Geste in meine Richtung.

»Ich würde gerne den Rotwein nehmen.« Ich zeige auf das gewünschte Getränk, da ich unsicher bin, wie ich es richtig aussprechen soll. Der Kellner notiert sich etwas auf seinem Block und wendet sich dann Neal zu. Dieser bestellt ein Wasser. Überrascht ziehe ich eine Augenbraue hoch.

»Ich werde heute Abend noch fahren.«

Diskret verschwindet der Kellner und lässt uns beide allein.

Nach ein paar Minuten unterbreche ich die Stille: »Kannst du mir etwas empfehlen?« Die Auswahl ist phänomenal. Wie soll ich mich da entscheiden?

»Der Heilbutt ist sehr lecker, aber das Steak ist auch nicht zu verachten.« Freundlich lächelnd schaut er über die Speisekarte herüber. Ich versinke in seinen blauen Augen. Die Zeit scheint stillzustehen, die Gespräche der anderen Gäste treten in den Hintergrund. Es ist wie vor Wochen an dem Pier, als ich ihn heimlich fotografiert habe. Er nimmt mich vollkommen ein.

Es ist schwer, sich von seinen Iriden loszureißen, bevor ich gänzlich in ihnen abtauche. Ich räuspere mich, senke verlegen den Blick und klappe die Karte zu.

»Konnte ich dir weiterhelfen?«

Ich wiege den Kopf leicht hin und her. »Nicht ganz, beides hört sich einfach zu verlockend an, um sich zu entscheiden.«

»Wie wäre es, wenn ich den Fisch nehme und du das Steak. So könntest du von beidem probieren.«

Verblüfft reiße ich die Augen auf und starre ihn mit offenem Mund an. »Du … Du musst nicht extra wegen mir den Fisch nehmen, du kannst auch etwas anderes essen, wenn du möchtest.«

»Mir geht es immer genauso wie dir. Beides sind meine Lieblingsgerichte hier und so haben wir beide etwas davon, wenn wir es uns teilen.« Verschmitzt zwinkert er mir zu.

»Aber nur, wenn du es auch wirklich willst.«

Der Kellner eilt herbei und stellt uns die Getränke hin, ehe er unsere Essensbestellung aufnimmt. Kaum ist der junge Mann verschwunden, schweifen meine Gedanken erneut ab.

Hier mit Neal zu sitzen, fühlt sich toll und zugleich ungewohnt an. Normalerweise habe ich Xavier in einem Restaurant gegenübergesessen. Mit ihm wusste ich, worüber ich mich unterhalten sollte, bei Neal ist es nicht der Fall. Es ist alles so fremd und wir kennen uns kaum. Was ist, wenn ich das vermassele und es nur beim einmaligen Date bleibt?

»Was kann ich tun, um dir die Unsicherheit zu nehmen?«, dringt Neals ernste, aber zugleich neugierige Stimme zu mir hindurch. Ich zucke leicht zusammen.

»Woher ...«

»Du bist still, in dich gekehrt, dein Blick und die Aufmerksamkeit gelten allem, nur nicht mir.«

Ertappt senke ich meinen Blick. Meine Finger fummeln an dem Tüll meines Kleides. »Es tut mir leid, wenn das so rüberkommt, das war keine Absicht. Ich bin einfach ...« Ich streiche mir verlegen eine Strähne hinters Ohr. »... ich bin nicht gut im Daten. Um ehrlich zu sein, hatte ich noch nie eins.«

Es ist mir peinlich, dass ich mit meinen neunundzwanzig Jahren noch so unerfahren auf dem Gebiet bin. Aber was soll man erwarten, wenn mein einziger Freund mein Mann wurde?

Nun liegt es an Neal, dass ihm beinahe die Augen aus dem Kopf fallen. »Du willst mich auf dem Arm nehmen, oder?«

»Nein.«

»Okay. Das muss ich erstmal verdauen, damit habe ich niemals gerechnet. Wie kommt das?« Ehrliches Interesse blitzt in seinen Augen. Es ist eine Frage, die ich ungern thematisieren wollte, aber, um ihn nicht komplett zu vergraulen, gebe ich nach.

»Ich hatte eine sehr lange Beziehung und es gab nie die Gelegenheit für ein Date. Bis jetzt.«

Neal nickt, dennoch sehe ich ihm an, dass er gerne mehr darüber erfahren würde. Plötzlich klingelt sein Handy. Er greift in seine Lederjacke und hält es vor sich. Na toll, hier bin ich wohl bei Xavier 2.0 gelandet. Ich rolle mit den Augen, als er den Anrufer wegdrückt und das Gebimmel verstummt.

»Entschuldige bitte. Ich dachte, dass ich es bereits auf lautlos gestellt habe. Jetzt wird uns niemand mehr stören.«

Irritiert blinzele ich mehrmals hintereinander. Ein Grinsen legt sich auf seine Lippen. »Wo waren wir stehen geblieben? Ach, stimmt ja, du wolltest mir erzählen, wie du Fotografin geworden bist.« Meine Augenbrauen ziehen sich zusammen. Er zwinkert mir zu. Es ist unfassbar. Mir zuliebe bohrt er nicht weiter nach. Er wechselt das Thema, weil er anscheinend bemerkt hat, dass ich ungern darüber rede. Dieser Mann ... schleicht sich langsam in mein Herz, das vor Freude hüpft.

Nach unseren anfänglichen Schwierigkeiten finden wir ein Terrain, das uns beiden angenehm zu sein scheint. Überwiegend reden wir über unsere Jobs und über das Reisen. Ich erzähle ihm, dass ich früher viel den Promis nachgejagt bin und was für wilde Zeiten es waren. Gemächlich taue ich ihn seiner Gegenwart auf und es fängt an, richtig Spaß zu machen.

Ich lache über eine Anekdote von ihm, als der Kellner unser Essen bringt. Er stellt es vor uns ab und zieht sich anschließend diskret zurück.

Es sieht köstlich aus. Der Sabber sammelt sich bei dem Duft in meinem Mund zusammen. Zum Glück hat Neal vorgeschlagen, dass wir uns die Gerichte teilen. Wenn ich beide so sehe, hätte ich nicht gewusst, welches ich eher genommen hätte. Wir wünschen uns einen guten Appetit und beginnen mit dem Essen.

Ich schneide mir ein Stück des Steaks ab und stecke es mir in den Mund. Das Fleisch berührt meine Zunge, dabei schließe ich genießerisch die Lider und kann mir ein Stöhnen nicht verkneifen. Es ist einfach zu köstlich. Als ich meine Augen wieder öffne, starrt er mich durchdringend an, seine Hände krampfen sich um Messer und Gabel. Verwirrt mustere ich ihn.

»Ist was? Habe ich etwas am Kinn?« Ich nehme meine Serviette zur Hand und wische mir eilig am Mund entlang.

Sein Blick folgt meiner Bewegung. Sein Adamsapfel hüpft hoch und runter. Tief atmet er durch. »Nein, es ist alles in bester Ordnung.«

»Sicher?« Vorsichtshalber wische ich noch über das Kinn.

»Ja.« Seine Stimme ist ganz rau und ich höre, wie er kräftig schluckt, ehe er sich seinem Essen widmet. Merkwürdig, was war das eben? Ab und zu schiele ich zu ihm. Versuche zu verstehen, warum er mich so angeschaut hat. Wie ein Wolf, der seine Beute fixiert hat. Ich schüttle über mich selbst den Kopf und beginne mit dem Essen.

Abermals legt sich diese vertraute Stille zwischen uns. Und ich genieße es in vollen Zügen. Mit Xavier war so etwas nicht möglich. Immer musste er von seiner Firma oder von einem seiner Klienten erzählen. Nie hatten wir in Ruhe essen können. Trotz, dass Neal in derselben Branche tätig ist, redet er kaum davon. Er scheint aber eine Ausnahme zu sein, was ihm gleich noch mehr Pluspunkte einbringt.

»Möchtest du von dem Fisch probieren?« Ich nicke ihm lächelnd zu. Er hält mir seine Gabel hin. Ich schließe meine Lippen um diese, den Blick fest auf ihn gerichtet. Seine Pupillen weiten sich. Er atmet schneller. Ich lege meine Hand um seine und ziehe ganz langsam das Besteck aus meinem Mund. Meine Lider schließen sich von selbst, denn auch der Fisch schmeckt hervorragend. Es dauert einen Moment, bis ich sie wieder öffne. In seinen Augen blitzt etwas auf. Etwas, was mir ein freudiges Kribbeln im Bauch beschert.

»Schmeckt?« Heiser und rau kommt das Wort über seine Lippen. Das Herz in meiner Brust schlägt schneller und seine Hand unter meiner wird mir mehr und mehr bewusst.

Er folgt meinem Blick, macht aber keine Anstalten, mich loszulassen.

Der Moment zwischen uns wird jäh zerstört, als der Kellner sich neben uns räuspert. Schnell ziehe ich meine Hand weg, so als hätte ich mich an Neal verbrannt. Was ich wahrscheinlich auf gewisse Weise auch getan habe. Diese Berührung hat eine Sehnsucht in mir ausgelöst, wie ich sie noch nie zuvor verspürt habe. Plötzlich fühlt sich dieses Date gar nicht mehr so schlimm an.

»Kann ich Ihnen noch etwas zu trinken bringen?«, fragt der übereifrige junge Mann.

»Nein, danke.« Neal beantwortet für uns beide die Frage und ich bin ihm dankbar. Ich bin mir unsicher, ob ich meiner Stimme trauen kann, oder ob sie vor Lust ganz heiser ist.

Kaum ist der Kellner weg, ist auch der Moment verflogen. Wir essen weiter. Unsere Blicke kreuzen sich gelegentlich. Ich entspanne mich und nehme mir vor, den Rest des Abends auf mich zukommen zu lassen. Bisher hat es ja auch funktioniert.

Pappsatt lege ich das Besteck auf meinen Teller. Neal war vor mir fertig und hat sich bereits nach hinten gelehnt.

»Und, habe ich zu viel versprochen?«

»O nein. So etwas Gutes habe ich lange nicht mehr gegessen.«

»Möchtest du noch einen Nachtisch oder bist du satt?«

Leicht schwenke ich den Kopf. Etwas Süßes zum Abgang wäre nicht schlecht, doch ich bin mir unsicher, ob ich eine ganze Portion schaffen würde. Die Hauptspeise samt Beilage war einfach zu mächtig. Ich will ablehnen, da kommt mir eine Idee. »Wenn du ihn mit mir teilst, gerne.«

Seine Augen werden minimal größer. Abermals schluckt er kräftig. »Ähm ... Sehr gerne.« Er nestelt an seinem Hemdsärmel, öffnet den Knopf und rollt den Stoff bis zu den Ellenbogen hoch.

Habe ich ihn dieses Mal aus dem Konzept gebracht?

Ein Lächeln schleicht sich auf meine Lippen. Wer hätte das gedacht. Neal Halden ist verlegen.

»Such du aus.« Er reicht mir die Speisekarte, die der Kellner bei uns am Tisch gelassen hat.

Erneut erstaunt er mich mit seiner Art. Ich könnte alles Mögliche bestellen, auch etwas, was er nicht mögen könnte, und dennoch vertraut er mir voll und ganz. Doch was soll ich nehmen?

Ich blättere in der Karte bis zu den Nachspeisen und sofort sticht mir etwas ins Auge.

»Ich habe ewig keine Crème brûlée mehr gegessen. Wäre die in Ordnung?«

»Perfekte Wahl. Dann lass und das bestellen.«

Während wir auf den Nachtisch warten, unterhalten wir uns.

Jeder von uns beiden hat ein Lächeln auf den Lippen. Ich fühle mich in seiner Gegenwart vollkommen losgelöst. Allgemein bringt er mich viel zum Schmunzeln und umgekehrt ebenso. Ich kann nicht leugnen, dass ich wirklich Spaß mit Neal habe. Es ist so leicht, sich mit ihm zu unterhalten und sich bei ihm fallen zu lassen. Er schenkt mir seine ungeteilte Aufmerksamkeit. Da ist kein Handy, welches uns ständig stört. Kein ständiges aufs Klo Gerenne und selbst das Bedürfnis, Tara und Piper eine SOS-Nachricht zu schicken, ist ausgeblieben.

Etwas legt sich auf meine Hand und fängt an, leichte Kreise auf meinem Handrücken zu ziehen. Die Berührung ist federleicht und dennoch spüre ich sie bis in jede noch so kleine Synapse, die sogleich an alle Nerven weitersendet. Ein schönes Gefühl.

»Ein Penny für deine Gedanken.«
Ich strahle ihn an.
»Du wirst mir die nicht verraten, oder?«
»Nein.«
»Sehr schade, dann muss ich die wohl erraten.«
Abermals werden wir vom emsigen Kellner gestört.

Er stellt die heiße Schale in die Mitte des Tisches und reicht uns nur einen Löffel. Ich vermute, dass er einen weiteren holt. Aber als ich ihm hinterherschaue, verschwindet er flink zwischen den Stühlen. Neal schüttelt lachend den Kopf. »Dieses kleine Schlitzohr.«

Verwirrt wende ich mich meiner Begleitung zu.

»Er wird nicht wiederkommen.«

»Aber -«

»Es war pure Absicht, dass er nur einen Löffel hiergelassen hat.«

Meine Augen weiten sich. »Du meinst, er will, dass wir uns einen Löffel teilen? Aber warum?«

Er durchbricht mit dem Besteck die harte Zuckerschicht und hält mir es anschließend hin. Ohne drüber nachzudenken, nehme ich den Löffel in den Mund. Die Kombination aus der noch warmen Crème und dem flambierten Zucker lässt alle Geschmacksknospen in meinem Mund explodieren. Wow, das toppt selbst unsere Hauptspeisen. Ich vernehme ein Seufzen, welches wohl von mir stammen muss. Dieses Mal habe ich meine Augen offengelassen. Neal starrt mich an. Unruhig rutscht er auf dem Stuhl hin und her. Und nun verstehe ich, warum der Kellner das getan hat. Es ist die reinste Tortur. Mit jedem

Löffel nimmt die Anspannung zu. Zu sehen, wie Neals Lippen das Metall berühren, wo zuvor meine dran waren, lässt mich wünschen, meinen Mund auf seinen zu pressen. Ich möchte ihn fühlen und vor allem schmecken.

Niemals habe ich gedacht, dass ein Gericht mich so quälen kann, und ich bin froh, als wir es aufgegessen haben. Ich kann es kaum abwarten, dass wir endlich das Restaurant verlassen und von hier verschwinden. Bevorzugt natürlich zum Loft. Er bezahlt das Essen, während ich aufstehe und mir meine Jacke überziehe. Alles in mir summt freudig. Meine Nerven sind zum Zerreißen gespannt. Ungeduldig wippe ich mit dem Fuß, bis er ebenfalls angezogen ist und wir händchenhaltend rausgehen. Eilig laufen wir zum Auto. Dieses Mal hat er keine Chance, den Gentleman zu spielen, da ich schneller im Wagen sitze, als er die Tür hätte öffnen können. Schmunzelnd sieht er mich von der Seite an und startet das Auto.

Wir hätten auch locker zu seinem Loft laufen können, doch ich kann auch verstehen, wenn er seinen Wagen nur ungern auf einem öffentlichen Parkplatz stehen lassen will. Wir nähern uns dem Backsteinhaus und ich könnte vor Freude ausrasten. Wir sind gleich da. Ich kann ihn berühren, ihn schmecken und …

Verdattert schaue ich dabei zu, wie wir einfach weiterfahren. An dem Haus vorbei und die Straße runter. Er biegt ab. Wir befinden uns auf dem Weg zu Pipers Appartement. Aber da sind wir nicht ungestört. Nun müssen wir uns zurückhalten und leise sein. Warum?

Wir halten an und steigen aus. Neal läuft zu mir herum und ergreift meine Hand. Stromstöße jagen meinen Arm nach oben und heizen meine Lust nur noch mehr an. Es fehlt nicht mehr viel und ich bespringe ihn hier an Ort und Stelle.

Mit der freien Hand fummele ich in der Handtasche nach der Schlüsselkarte und halte sie vor den Scanner. Der Summer ertönt und ich drücke die Tür auf. Neal hält mich allerdings davon ab, hineingehen zu können. Ich bleibe stehen und wende mich ihm zu. Ein Lächeln liegt auf seinen Lippen und seine Augen sind auf meinen Mund gerichtet. Er löst unsere ineinander verschränkten Finger und legt seine Hände auf meine Wangen. Langsam beugt er sich vor und haucht mir einen zarten Kuss auf die Lippen. Bevor ich reagieren kann, tritt er einen Schritt zurück. Was geht hier ab? Das Blut, welches normalerweise für mein Gehirn zuständig ist, pulsiert in untere Regionen.

»Es war ein sehr schöner Abend, Alexa.«

O nein, nein, nein. Das kann er doch nicht ernst meinen. Dieser Satz ist wie eine eiskalte Dusche. Meine Schultern sacken nach unten.

»Fand ich auch.« Meine Stimme versagt.

Neal sagt noch etwas, aber das geht an mir vorbei. Zu sehr bin ich damit beschäftigt meine Tränen zu unterdrücken. Wieso habe ich nur auf Piper gehört? Ich wusste es. Wenn ich mich auf das Date einlasse, werde ich nur verletzt.

»Schlaf schön.« Mit den Worten dreht er sich um und geht. Der Klumpen in meinem Magen wird größer. Er lässt mich wie eine heiße Kartoffel fallen, so wie es einst Xavier getan hat. Wut keimt in mir auf, doch sie hat keine Chance, weit an die Oberfläche zu gelangen. Zu sehr bin ich von seinem Verhalten enttäuscht. Hat er die Spannung zwischen uns nicht bemerkt? Wir haben perfekt miteinander harmoniert. Selbst mit meinem Mann war dem nie so.

Völlig neben der Spur schleppe ich mich nach oben. Erschöpft lasse ich mich in voller Montur aufs Bett fallen und vergrabe meinen Kopf in dem Kissen.

Wie konnte ich mich nur so irren? Fand er etwa das Date grottig? Ich hätte gedacht, dass wir auf einer Wellenlänge wären, dass Neal anders wäre und … Ja und was? Vielleicht habe ich auch einfach zu viel in das Ganze hineininterpretiert, weil ich es mir so sehr gewünscht habe. Es kann auch sein, dass ich seine Zeichen falsch verstanden habe und er gar nicht mit mir ins Bett wollte.

Dieses Heißkaltspiel hat meinen Körper und mich erschöpft. War ich eben noch voller Energie und Lust, könnte ich nun auf der Stelle einschlafen.

Das Handy in meiner Tasche vibriert. Bestimmt ist es Piper. Wahrscheinlich habe ich sie geweckt. Und nun ist sie neugierig, was ich hier will. Um sie zu beruhigen, krame ich mein Smartphone hervor und entriegele den Bildschirm.

Sofort bin ich hellwach und setze mich auf. Die Nachricht ist nicht von Piper, sondern von Neal. Mein Herz fängt an zu rasen, in meinem Bauch beginnt es zu flattern und ein leichter Schweißfilm überzieht meine Handinnenflächen. Zittrig öffne ich den WhatsApp-Chat.

Nur zwei Wörter und meine Welt steht Kopf.

KAPITEL 10

Aus Sekunden werden …

… Minuten, aus Minuten Stunden und aus Stunden Tage. So fühlt es sich zumindest an, wenn man sehnlichst auf etwas wartet. Seit Neal mir geschrieben hat, kann ich kaum ruhig sitzen. Zu wissen, was heute, eine Woche nach dem Date passieren wird, versetzt mich zurück in meine Teenie-Zeit.

Jedes Mädchen hat dem Prom Ball in der High School entgegengefiebert. Man wollte atemberaubend aussehen, der Abend sollte phänomenal werden und man wollte das perfekte Paar abgeben. Man wollte, dass alles so lief, wie man es sich erträumt hat. Wir Mädchen wussten, was im Anschluss geschehen wird, und sind deswegen schlichtweg in Aufregung oder gar Panik verfallen. So geht es mir nun auch.

Ich stehe vor dem Gebäude, in dem sich Pipers Apartment befindet und warte darauf, dass mein Date mich endlich abholt. Die Anspannung pulsiert durch meine Adern. Jeder Nerv ist zum Zerreißen gespannt, im Bauch kribbelt es und die Gedanken fahren Achterbahn. Nie hätte ich gedacht, dass zwei schlichte Worte wie *Nächste Woche!* mich in so einen

Zustand versetzen können. Zumal ich keineswegs vermutet habe, dass Neal sich nach der plötzlichen Abfuhr überhaupt melden würde. Scheinbar muss er ebenfalls die Schwingungen zwischen uns gespürt haben. Wobei es mich brennend interessiert, wieso er beim letzten Mal nicht weiter gegangen ist als einen keuschen Kuss auf den Mund.

Ungeduldig schaue ich dabei zu, wie ein Auto nach dem nächsten die Straße entlangfährt, doch keines bleibt stehen. Ich checke mein Handy, welches ich die ganze Zeit in der Hand halte, ob er mir geschrieben hat. Nichts. Kein Anruf, keine Nachricht. Zu meiner Aufregung gesellt sich Enttäuschung. Hat er mich vielleicht vergessen? Bin ich ihm doch kein zweites Date mehr wert?

Ein Taxi hält am Straßenrand und erregt meine Aufmerksamkeit. Mein Blick gleitet zu den Rücksitzen in der Hoffnung, dort Neal zu entdecken. Aber die Plätze sind leer. Als nach ein paar weiteren Minuten niemand aufgetaucht ist, schaue ich mich nach rechts und links um. Weit und breit ist keine Menschenseele auszumachen, keiner steht so wie ich an der Straße und wartet. Allein ich bin der Depp.

Erneut werfe ich ein Blick auf mein Handy. Es ist bereits viertel nach zwölf. Vor fünfzehn Minuten wollte er eigentlich hier sein. Die anfängliche Euphorie weicht mehr und mehr. Meine Schultern sacken nach unten. Die Erkenntnis, dass er mich versetzt hat, tut verdammt weh. Auch, wenn ich es durchaus von Xavier gewohnt bin, ist es wie ein Schlag in die Magengrube. Tief atme ich ein und drehe mich um, will die Treppe nach oben zum Eingang gehen, als ich höre, wie eine Autotür geöffnet und kurz darauf geschlossen wird. In der Hoffnung, dass Neal doch noch aufgekreuzt ist, schiele ich über meine Schulter zur Straße. Es ist der Taxifahrer, der zu meiner Verwunderung in meine Richtung läuft. Er scheint ebenfalls die Nase vom Warten vollzuhaben. Ich kann ihn verstehen.

Ich steige die nächste Stufe hoch.

»Mrs. Ellis?«

Ruckartig bleibe ich stehen. Habe ich mich verhört oder hat da wirklich jemand meinen Namen gerufen? Bestimmt nicht, wer sollte es auch. Ich nehme die nächste Stufe.

»Entschuldigen Sie, sind Sie Mrs. Ellis?«

Eine Hand legt sich auf meine Schulter. Ich zucke zusammen und wende mich heftig zu dem Mann neben mir. Es ist der Taxifahrer, der mich entschuldigend ansieht.

»Äh, ja?« Scheinbar war es eben doch keine Einbildung, dass ich meinen Namen gehört habe. Aber woher kennt er ihn? Vorsichtig beäuge ich ihn.

»Mr. Halden schickt mich, Sie abzuholen.« Freundlich lächelt er mir zu. Meine Augen weiten sich. Enttäuschung, aber auch Erleichterung durchfluten mich.

»Entschuldigen Sie, das wusste ich nicht. Ich dachte, er holt mich persönlich ab.«

»Ah, jetzt verstehe ich auch, wieso Sie nicht eingestiegen sind. Dann kommen Sie, ich bringe Sie zum vereinbarten Ort mit Mr. Halden.«

Ich nicke und folge ihm zu seinem Wagen. Kaum berührt mein Hintern das Leder der Rückbank, kommt die Aufregung volle brumme zurück. Schmetterlinge in meinem Bauch flattern wie wild durch die Gegend. Was Neal wohl geplant hat? Wo werden wir uns treffen? Bin ich überhaupt richtig gekleidet?

Die Fragen beschäftigen mich die ganze Fahrt über, selbst das Gequatsche vom Taxifahrer blenden sie aus. Da Neal mir überhaupt keinen Hinweis geben wollte, habe ich mich dazu entschlossen, mich leger und alltagstauglich zu kleiden. Eine beige Jeans, die ich an den Knöcheln hochgerollt habe, und ein hellblaues T-Shirt, welches über meinen Hintern geht und mich ein wenig schmaler schummelt. Der Wetterbericht hat für heute Bombenwetter vorhergesagt, weswegen ich mich für meine roten Lieblings-Flipflops entschieden habe. Zur Sicherheit ist in der großen Handtasche noch eine Jeansjacke, die ich anziehen kann, sollte es wider Erwarten kühler werden.

Meinen Blick aus dem Fenster gerichtet, beobachte ich die Menschen, an denen wir vorbeifahren. Die meisten sind sommerlich gekleidet, nur die Geschäftsleute, die selbst an einem Samstagvormittag arbeiten, schwitzen sich einen in ihren Anzügen ab. Ich muss grinsen. Bestimmt werden Neal und ich ebenfalls so ein Paar abgeben. Er in seinem schicken Anzug und ich in meinem Aufzug.

Die Fahrt ist schnell vorbei und wir halten vor dem *Piker Place Market*. Irgendwie haben wir beide es mit der Gegend. Jedes Treffen findet statt oder endet am Pier mit dem Riesenrad. Ich hole mein Portmonee aus der Handtasche, als neben mir die Tür geöffnet wird. Überrascht zucke ich zusammen.

Neal steckt seinen Kopf in den Wagen und legt seine Hand auf meine. »Lass das Geld stecken, Alexa. Selbstverständlich werde ich die Kosten übernehmen.«

Ein unsicheres Lächeln huscht über meine Lippen. Seine plötzliche Nähe und der Geruch nach seinem männlich herben Aftershave bringen mich durcheinander. Ich atme tief ein, um mehr von ihm zu inhalieren. Zu meinem Bedauern nimmt er seine Hand von meiner und stellt sich aufrecht hin. Um meine Enttäuschung darüber zu verbergen, wende ich mich der Tasche neben mir zu und schließe sie. Es braucht einen Moment, bis ich meine Gefühle unter Kontrolle habe. Es ist zum Kotzen, dass ich so ein Wrack bin und alles so sehr an mich heranlasse. Früher war ich nie so und nun? Danke Xavier, echt Danke für den Scheiß.

Neal räuspert sich und lenkt so meine Aufmerksamkeit auf sich. Er reicht mir seine Hand. Galant hilft er mir aus dem Fond des Taxis. Nur wenige Millimeter trennen unsere Körper voneinander. Er macht keine Anstalten, den Weg freizugeben. Ich weiß nicht, wie ich mich verhalten soll. Soll ich ihn küssen, ihn umarmen oder …

Mein Blick sucht seinen. Sie verankern sich. Mein Brustkorb hebt und senkt sich schneller. Sein Atem trifft auf meinen. Mit der Zunge befeuchte ich meine Lippen. Seine Pupillen weiten sich minimal. Er lässt meine Hand los, trennt die Verbindung nur kurz, um seine Innenfläche auf meine Wange zu legen und seine Finger in meine Haare zu vergraben. Er beugt sich ein bisschen runter. Ich komme ihm entgegen.

Unsere Lippen berühren sich. Hauchzart und zurückhaltend. Meine Lider schließen sich. Mein Herz rast und die Schmetterlinge in meinem Bauch rasten schier aus.

Viel zu schnell endet der intime Moment. Neal löst sich von mir und tritt einen Schritt zurück. Sehnsuchtsvoll schaut er auf meine Lippen. Eine Wiederholung des Kusses bleibt dennoch aus. Schade.

»Entschuldige, dass ich dich nicht selbst abholen konnte. Der Termin mit einer anderen Marketingfirma hat länger gedauert, als ursprünglich geplant.«

»Vergessen wir es einfach. Jetzt bist du ja hier.« Freundlich lächle ich ihn an, um ihm zu zeigen, dass ich es wirklich ernst meine.

»Schon, dennoch habe ich mir das Alles anders vorgestellt. Doch mein Kontrahent war uneinsichtig. Wie kann man etwas anderes als Arbeit an einem Samstag im Sinn haben. Ohne Worte.«

Meine Mundwinkel zucken. »Bestimmt bist du sonst genauso einer, wie dein Kontrahent. Ausnahmsweise hast du heute ein Date, weswegen es mal anders ist.« Xavier war so ein Typ gewesen. Die Wochenenden war er meist in der Firma und hat irgendwas erledigt. Öfters bin ich mit ihm gefahren, wenn meine Freundinnen keine Zeit hatten, damit ich ihn überhaupt mal länger zu Gesicht bekomme. Und so saß ich dann wenigstens nicht allein zuhause und habe Däumchen gedreht.

»Schuldig.« Nun schmunzelt er ebenfalls. Es steht ihm, wenn er so locker ist.

»Aber wenn wir schon dabei sind, was hast du denn Schönes für uns geplant?«

»Das wüstest du wohl gerne. Aber es bleibt ein Geheimnis, schließlich will ich dir die Überraschungen nicht verderben.«

»Überraschungen? Mehrzahl?«

»Richtig.«

»Du weißt schon, dass es unfair ist, mir so einen Happen hinzuwerfen, aber dann zu schweigen, oder?«

»Keineswegs, meine Hübsche. Wir können aber mit der ersten Station beginnen, wenn du möchtest. Außer du sagt, du willst weiter auf dem Bürgersteig stehen und mich mit deinen großen braunen Augen anstarren, so als würdest du mich am liebsten fressen wollen.« Neal zwinkert mir zu, ehe er nach meiner Hand greift und unsere Finger miteinander verschränkt. Es ist eine unschuldige Geste, und dennoch ist sie für mich sehr intim.

Aus dem Augenwinkel schiele ich immer wieder zu ihm. Er trägt legere Kleidung. Dunkelblaue Jeans, graues Shirt und zu meiner absoluten Verwunderung sogar Sneakers. Er sieht zum Anbeißen aus, wobei ich gestehen muss, dass ich ihn in allem heiß finde.

»Gefällt dir, was du siehst?«

Ich verdrehe die Augen. »Als wenn du das nicht wüsstest.«

»Das ist kein ja oder nein, Alexa. Mir jedenfalls gefällt, was ich zu sehen bekomme.«

Leichte Röte legt sich auf meine Wangen.

»Findest du?« Unsicher fummele ich mit der freien Hand an dem Handtaschenhenkel.

Er bleibt stehen, hält mich so ebenfalls an und dreht sich mir zu. »Alexa, denkst du ernsthaft, ich hätte dir meine Visitenkarte zugesteckt, wenn ich kein

Interesse an dir hätte? Oder dich um ein Date gebeten, wenn es nur bei einer gemeinsamen Nacht bleiben sollte? Wohl kaum.« Seine Hände legen sich an meine Wangen. »Ehrlich, Alexa. Ich bin kein Mann für Spielchen. Wenn ich etwas sage oder tue, dann, weil ich auch vollkommen dahinterstehe. Mach dir also keine Gedanken und genieße es einfach, wenn ich dir ein Kompliment mache.« Er haucht mir einen Kuss auf den Mund, ehe er wieder unsere Finger miteinander verschränkt und weitergeht. Verdattert folge ich ihm.

In dem einen Moment haben wir noch gescherzt und in dem anderen ist er ernst und sagt mir, dass er mich toll findet. Wie soll ich mit sowas umgehen?

»Man spürt ja quasi, wie es in deinem Kopf arbeitet. Nimm meine Worte hin und zerdenke sie nicht.«

»Das ist leichter gesagt als getan«, kontere ich prompt, ohne drüber nachzudenken.

»Wenn du meinst. Aber ich hätte eine Lösung, wie wir es ändern können.«

Gespannt sehe ich zu ihm.

»Wie wäre es mit einem Spiel? Während des Dates stellen wir uns gegenseitig ›Entweder-Oder‹-Fragen. So lernen wir uns besser kennen und du verlierst hoffentlich deine Unsicherheit.«

»Ich dachte, du magst keine Spielchen? Und was ist das überhaupt für eins?«

»Wenn es uns aber weiterbringt, gehe ich auch Kompromisse ein. Hier ein Beispiel. Kaffee oder Tee? Was trinkst du lieber?«

Während ich auf das Spiel eingehe und ihm die Frage beantworte, schlendern wir in den *Market* hinein. Geschrei der Verkäufer, die um ihre Produkte werben, empfängt uns. Menschen wuseln hin und her. Im ersten Moment bin ich von den vielen Eindrücken wie erschlagen. Lange war ich nicht mehr an einem Ort, wo so viel Trubel herrscht. Warum führt er mich ausgerechnet hierher?

»Hey, du bist dran.« Neal stupst mich leicht mit der Schulter an.

»Was ist dir lieber? Party oder entspanntes Treffen mit Freunden?«

»Entspanntes Treffen. Eindeutig. Party ist mal schön, muss aber nicht oft sein. Dagegen etwas mit seinen Freunden zu unternehmen schon. Wie sieht es bei dir aus?«

»Bin ein absoluter Party-Muffel.«

Er schmunzelt über meine Bezeichnung. »Das sah vor zwei Wochen ganz anders aus, Party-Queen.« Er zeigt zu einem Stand. Und ich nicke. Gemeinsam quetschen wir uns durch die Menschen, die zwischen uns und unserem Ziel stehen. Beim Stand schaut er sich die einzelnen Produkte an. Ich stattdessen beobachte ihn. Sein Blick liegt fokussiert auf den Waren vor ihm, so als würde er etwas Bestimmtes suchen, von dem ich nichts weiß. Kleine Falten bilden sich auf seiner Stirn.

»Spaghetti oder Fusilli?«

Seine plötzliche Frage irritiert mich und zum ersten Mal begutachte auch ich den Marktstand. Nudeln jeglicher Art stapeln sich vor mir. Ein Schild wirbt damit, dass die Teigwaren allesamt selbst hergestellt sind.

»Spaghetti.«

»Gute Wahl.« Er nickt und zieht mich mit an die rechte Seite des Standes, wo die Spaghetti aufgereiht sind.

»Vollkorn oder Weizen?«

»Vollkorn.«

Erneut nickt er, verrät aber nicht, was das Ganze bezwecken soll. Er hebt seine linke Hand und winkt der älteren Dame zu. Die Verkäuferin drängt sich zu uns und fragt, was es denn sein soll. Neal kauft die Vollkorn-Spaghetti und zieht mich anschließend weiter zum nächsten Stand. Was bezweckt dieser Kerl nur? Wenn er einkaufen muss, hätte er doch das Date auf später verschieben können.

Bei einem Tisch zwischen zwei größeren Ständen bleiben wir erneut stehen. Dieses Mal sind es Kräuter. Neal spricht mit dem Verkäufer, was ich aufgrund der lauten Menschen um uns herum kaum verstehen kann. Der junge Mann verschwindet kurz und erscheint mit einem Tablett voller kleiner Schüsseln. Dieses Mal umrundet er den Stand und stellt sich neben uns. Eine Frau, die ungefähr in meinem Alter sein müsste, reicht dem Mann noch einen Korb mit geschnittenem Baguette.

»Das sind momentan die Sorten, die wir anbieten.« Er zeigt abwechselnd auf die Schälchen und rattert die Kräutermischungen hinunter. Neal hört fleißig zu, schaut aber gelegentlich zu mir und lächelt.

»Beim zweiten Date Knoblauch oder ohne Knoblauch?«

Ich lache. »Willst du sichergehen, dass du noch einen Kuss von mir kriegst, wenn du etwas mit Knoblauch probierst?«

»Warte ab, meinen Kuss bekomme ich so oder so.«

»Bist du dir da ganz sicher?«

Blitzschnell zieht er mich an der Hand zu sich,

sodass ich ihm überrascht in die Arme stolpere. Er hält mich an den Hüften fest und drückt mir einen Kuss auf den Mund. Dieses Mal keinen keuschen. Seine Zunge stupst gegen meine Lippen, fordert Einlass. Zu gerne komme ich dem nach, öffne sie und heiße ihn willkommen. Zuerst vorsichtig, dann mutiger berühren sich unsere Zungenspitzen. Sie erkundigen sich kurz, ehe sie ihren Rhythmus finden. Ich ziehe ihn näher an mich, will ihn überall spüren. Meine Hände kralle ich in sein Shirt und versuche Halt an dem zu finden. Alles in mir erwacht zum Leben, meine Gedanken sind leer. Ich spüre sein Grinsen an meinen Lippen, ehe er den Kuss beendet. Sein Blick ist intensiv und Lust lodert in ihm.

»Wenn wir nicht sofort damit aufhören, ist das Date schneller beendet als geplant.« Ein Schauer läuft mir bei seiner tiefen Stimme über den Rücken. Innerlich jubele ich, schreie laut *Ja* und bin bereit, mir Neal zu schnappen und ihn zu seinem Loft zu schleifen. Er muss es in meinen Augen erkennen, denn sein dreckiges Schmunzeln bestätigt mir, dass er genau das Gleiche möchte. Mich, jetzt, auf der Stelle.

Ein Räuspern durchbricht unsere kleine Blase und katapultiert uns zurück in die Markthalle. Die Stimmen drängen sich in den Vordergrund. Neal versteift sich und beendet den Blickkontakt mit mir. Am liebsten würde ich frustriert aufschreien, stattdessen widme ich dem Verkäufer meine Aufmerksamkeit. Dieser erzählt uns, was so besonders an den Kräutermischungen sei. Ich kann ihm kaum folgen, zu sehr ist mein Körper noch damit beschäftigt abzukühlen.

Neal stößt mich leicht mit dem Ellenbogen an. Ich schaue zu ihm hoch. Schalk sitzt in seinen Iriden.

»Da habe ich wohl doch meinen Kuss gekriegt.«

Ich verdrehe die Augen, was ihn nur zum Lachen bringt.

»Mit ein wenig Wasser kann man diese Mischung zu einem Pesto für Nudelgerichte mixen, wobei es auch gut auf frischem Brot schmeckt«, plappert der Verkäufer, während er mit einem Löffel ein wenig rausholt und auf ein Baguettestück verteilt. »Hier probieren Sie gerne.« Er zeigt auf das Tablett. Neal nimmt das Brot und hält es mir hin. Erinnerungen an letzte Woche kommen hoch.

Ich öffne den Mund und beiße ab, dabei berühre ich mit den Lippen seine Finger. Automatisch schließen sich meine Lider, der Geschmack von Basilikum und weiteren Kräutern legt sich auf meine Zunge. Es schmeckt himmlisch, weswegen ich mir ein leises Stöhnen nicht verkneifen kann. Als ich alles hinuntergeschluckt habe, öffne ich meine Augen. Angestrengt versucht Neal zu meiden, auf meine Lippen zu starren. Er huscht von diesen zu meinen Augen hin und her.

»Willst du nicht auch probieren?«

Sein Adamsapfel hüpft, ehe er sich räuspert. »Ähm, doch, klar.« Schnell schiebt er den Rest des Baguettes in seinen Mund. Auch ihm scheint es zu schmecken, denn er hält einen Moment inne und kostet den vollen Geschmack aus.

Wir probieren uns durch die ganzen Kräutermischungen, doch es war keine so gut wie die erste. Leider hat die Kollegin in der Zeit die letzte Packung davon verkauft, weswegen wir mit leeren Händen den

Stand verlassen. Neal zuckt kurz mit den Schultern und zieht mich zu einem anderen Verkaufstresen. Dieses Mal mit Ölen. Er spricht mit einer Frau, die er zu kennen scheint, denn er nennt sie bei Namen. Während er mit ihr verhandelt, schaue ich mich um und beobachte die Menschen. So viele verschiedene Herkünfte in einer Halle und jeder hat Respekt vor dem anderen. Ein kleines Mädchen tritt in mein Sichtfeld und schaut sich suchend um. Ich tue es ihr gleich, um herauszufinden, was sie finden möchte. Sie läuft näher zu uns, ihr Kopf schwenkt von einer Seite zur nächsten. Ihren Stoffbär dicht an sich gepresst, schlängelt sie sich durch die Beine der Erwachsenen. Niemand scheint Notiz von ihr zu nehmen, keiner spricht sie an. Als sie kurz vor mir stehen bleibt, sehe ich, dass ihr Tränen über ihre Wangen laufen. Ich löse meinen Griff von meinem Date und eile zu dem Mädchen. Es tut mir in der Seele weh, sie zu sehen, und als ich sie frage, was sie sucht und sie mit Mama antwortet, blutet mein Herz. Ich hebe sie auf meine Arme, damit sie eine bessere Aussicht hat. Panisch läuft eine Frau auf uns zu, drängelt sich durch die Leute und bleibt schließlich vor uns stehen. Sie nimmt mir das Kind vom Arm und bedankt sich mehrmals dafür. Die Anspannung, die mich unbewusst erfasst hat, lässt nach.

»Familien- oder Karrieremensch?«, sagt Neal dicht an mein Ohr und erschreckt mich damit. Seine Arme legen sich um meinen Bauch, sein Kinn auf meine Schulter.

»Es war nett von dir, dass du dem Mädchen geholfen hast.« Er haucht mir einen Kuss auf den Übergang von Hals und Wange.

»Sie tat mir leid und ich konnte ihr Leid keine Sekunde länger mitansehen.«

Ich merke, wie Neal nickt. »Das beantwortet dennoch nicht meine Frage.«

Unwillkürlich versteife ich mich. Ich spüre, wie die altbekannte Panik sich in mir ausbreiten will. Wie sich mein Sichtfenster verkleinert und von einem schwarzen Rand verdrängt wird. Meine Atmung beschleunigt sich und der Schweiß bricht aus. Ich versuche all das vor ihm zu verbergen, ihm nicht zu zeigen, dass ich eine Frau mit einem gravierenden Defekt bin. Tief atme ich ein und aus, konzentriere mich auf meine Begleitung hinter mir und schließe kurz die Augen. Es braucht einige Sekunden, dann habe ich mich wieder im Griff. Die schwarzen Punkte samt Rand sind verschwunden, meine Atmung normalisiert sich.

»Warum stellst du eigentlich nur die Fragen?« Hoffentlich gelingt mein Ablenkungsmanöver.

»Weil du nie welche stellst.« Er haucht mir noch einen Kuss auf den Hals und rückt dann von mir ab. Unsere Finger verschlingen sich automatisch miteinander.

»Dann stelle ich hiermit eine. Urlaub oder Durcharbeiten?«

»Wieso nicht beides miteinander verknüpfen?«

Schon klar. Xavier war auch so und dennoch waren wir lange zusammen. Aber würde Neal sich auch Zeit für eine Frau nehmen? Oder würde diese immer hintenanstehen?

Ein Finger streicht über meine Stirn. »Du bekommst noch Falten vom ganzen Nachdenken, das müssen wir schleunigst verhindern, bevor sie dauerhaft bleiben.« Schmunzelnd sieht er zu mir runter.

Gemeinsam klappern wir noch weitere Stände ab, probieren uns durch und manchmal kauft Neal auch etwas. Andauernd stellen wir uns gegenseitig Fragen, um uns näher kennenzulernen, dennoch gehen wir auf bestimmte Themen nicht weiter ein, worüber ich sehr dankbar bin.

Mit einem bis zur Hälfte gefüllten Beutel verlassen wir drei Stunden später den *Market.* Unglaublich, dass Einkaufen so viel Spaß machen kann, aber meine Begleitung hat es geschafft, dass ich ständig lachen, grinsen oder schmunzeln musste. Ihn ebenfalls so losgelöst und von einer ganz anderen Seite als beim Arbeiten oder beim Essengehen zu sehen, zeigt mir, dass er viele Facetten an sich hat und ich am liebsten alle kennenlernen möchte.

Neal schaut auf seine Uhr am Handgelenk. »Wir müssen uns beeilen, sonst verpassen wir die nächste Überraschung.«

»Noch eine?«

Tatsächlich habe ich gedacht, dass wir nun mit dem Einkauf zu ihm nach Hause gehen und ihn dort zubereiten. Aber scheinbar hat er zu meinem Bedauern andere Pläne. Wir legen einen Zahn zu und laufen schnellen Schrittes wo auch immer hin. Die Sonne prallt auf uns und blendet. Schweißtropfen bilden sich auf meiner Stirn. Es ist komplett der Kontrast zu eben im *Market.* Dort war es gut klimatisiert, aber draußen an der frischen Luft ist es beinahe unerträglich. Der Wetterbericht muss sich mit vierundzwanzig Grad Celsius mächtig geirrt haben. Neal scheint die Hitze ebenfalls zu traktieren, denn er drosselt ein wenig sein Tempo. Selbst seine Fragen haben aufgehört.

Als wir beim Pier mit dem Riesenrad angelangen, bleiben wir endlich stehen. Hechelnd beuge ich mich nach vorne und wedele mir mit der Hand Luft zu.

»So habe ich mir das Ganze nicht vorgestellt«, gesteht er und versucht selbst ein wenig herunter zu kühlen. Auch hier im Schatten ist es beinahe unerträglich.

»Leider läuft das Leben nie nach Plan.« Und da spreche ich aus Erfahrung. Wenn es das tun würde, würde ich mit Xavier zuhause sitzen und unser gemeinsames Kind beobachten, wie es in seiner Liege schläft. Stattdessen stehe ich hier mit Neal, schwitze wie ein Schwein und hoffe, dass die Überraschung etwas mit Schatten oder einer Klimaanlage zu tun hat. Immer mehr Personen sammeln sich um uns herum. Bis eine Frau mit einer Fahne in der Hand auf sich aufmerksam macht. Ich stelle mich gerade hin und sehe ihn mit einer hochgezogenen Braue fragend an. »Dein Ernst?«

Ich fange an zu lachen. Neal hat eine Führung für uns gebucht. O mein Gott! Wie kommt man auf so eine Idee? Zumal wir beide aus Seattle sind.

»Was? Mir wurde das für ein zweites Date empfohlen.« Er zuckt mit den Achseln.

»Von wem denn? Und jetzt sag nicht Piper.«

»Kyle. Er meinte es sei der Renner, um Frauen abzuschleppen.«

Mein Lachen wird lauter. »Du hast ihm das ernsthaft abgekauft?«

»Klar! Wieso sollte er mich auch verarschen?«

»Weil du sein Kumpel bist und scheinbar null Ahnung von einem Date hast, wenn du ihn um Rat fragst.«

Gegenseitig ziehen wir uns damit auf, dass er eindeutig aufs Korn genommen wurde. Er fragt die Führerin, wann die Tour startet. Als sie sagt, dass es noch zehn Minuten dauert, zeigt er auf die Einkaufstüte und auf sein Loft. Mit einem Nicken gebe ich ihm zu verstehen, dass er mich kurz allein lassen kann. Wehmütig blicke ich ihm hinterher. Puh, irgendwie fehlt er mir sofort. Ohne ihn fühle ich mich … unvollständig. Zum Glück kehrt er binnen von Minuten bereits zurück. In den Händen hat er zwei Flaschen Wasser.

»Du bist mein Retter!« Ich nehme ihm eine Flasche ab und gönne mir einen großzügigen Schluck, danach startet die Tour. Es ist erstaunlich in welche Ecken und Gassen die Touristen geführt werden. Selbst als Einheimische habe ich die noch nie besucht. Im Allgemeinen stellt sich heraus, dass die Führung sehr interessant ist. Die ganze Zeit, während wir der Führerin lauschen, halten Neal und ich Händchen.

Froh, dass die Tour nach zweieinhalb Stunden endlich fertig ist, verabschieden wir uns von den anderen Teilnehmern. Nun befinden wir uns erneut an der Ausgangsposition. Das Riesenrad neben uns ragt hoch in den Himmel. Wie es sich wohl anfühlen würde, dort oben in einer der Kapseln zu sitzen und weit aufs Meer schauen zu können?

»Wenn du willst, würde ich mein Versprechen vom ersten Date gerne einlösen.«

Ich wende mich Neal zu. »Welches Versprechen?«

»Das mit dem Riesenrad. Wir können unmöglich zulassen, dass du die einzige in Downtown Lebende bist, die noch nie damit gefahren ist.«

Meine Augen fangen an zu strahlen und Freude durchströmt mich. Nie hätte ich damit gerechnet, dass er sich daran erinnert. Allgemein ist er so komplett anders als Xavier und dennoch sind sie manchmal gleich. Er ist quasi ein Upgrade von meinem Ex.

»Wenn ich dein Strahlen richtig deute, ist es ein Ja?«

Aufgeregt nicke ich. »Ja, ja, ja.«

Sein Ausdruck im Gesicht ändert sich, wird weicher und ... Ich kann es nicht genau benennen. Es ist etwas komplett Neues an ihm, was ich kennenlernen darf.

Er nimmt meine Hand und gemeinsam laufen wir zur Warteschlange für die Fahrt. Neal steht hinter mir. Ich lehne mich an ihn und starre nach oben, während wir darauf warten, bis wir dran sind.

Nur langsam kommen wir vorwärts und nach langem Anstehen sind wir an der Reihe. Neal gibt dem Mann Bescheid, dass wir gerne nur zu zweit in einer Kapsel sein würden, und so schließt dieser die Tür hinter uns. Kaum sitzen wir, geht die Fahrt langsam los. Im ersten Moment fühlt es sich merkwürdig an, mit ihm allein auf kleinstem Raum eingesperrt zu sein, doch ich gewöhne mich schnell daran. Seine Nähe wird mir überdeutlich bewusst und sein Geruch erfüllt die Kapsel. Er sitzt mir gegenüber und schaut hinaus. Ich beobachte sein Profil und abermals ärgere ich mich darüber, dass ich meine Kamera vergessen habe. Ich greife in meine Handtasche, nehme mein Handy hinaus und entsperre das Display. Neal will seinen Kopf drehen. »Stopp. Bleibe genauso wie du bist.« Ein Lächeln legt sich auf seine Lippen. Schnell öffne ich die Foto-App und schieße ein paar Fotos von ihm.

Nur aus dem Augenwinkel kriege ich mit, wie wir Stück für Stück weiter an Höhe gewinnen. Ich lege mein Handy zurück und Neal lächelt mich verschmitzt an.

»Zukunft oder Vergangenheit? Was bestimmt dich mehr?«

Ich hätte wissen müssen, dass er sein Spiel nicht vergessen hat. Eine Flucht aus der Kapsel ist aussichtlos. So ein Mist aber auch.

Meine Antwort folgt prompt. »Vergangenheit.«

»Wieso entscheidest du dich gegen die Zukunft?«

»Die ist zu ungewiss. Steht in den Sternen. Die Vergangenheit allerdings hat mich zu dem gemacht, was ich heute bin.«

»Philosophisch, Alexa, sehr gut.« Er zwinkert mir zu.

»Wie sieht es bei dir aus?«

»Zukunft.«

»Wieso ausgerechnet die?«

»Ich habe mir Pläne und Ziele gesetzt und diese will ich erreichen. Dafür muss ich die Vergangenheit hinter mir lassen, denn sonst kommt man nie vorwärts.«

Ich nicke.

»Große Liebe oder Mann für die Ewigkeit?«

»Das ist doch ein und dasselbe, oder?«

»Nein. Eine große Liebe muss nicht für immer sein. Also was wünscht du dir?«

Mit der Frage hat er mich eiskalt erwischt. Xavier war einst meine große Liebe und ich habe gedacht, dass er auch mein *für immer* ist. Nur ist das leider vorbei. Er wird zwar immer in meinem Herzen sein, aber es wird keine gemeinsame Zukunft mehr für uns geben. Wehmut erfasst mich, welche ich aber schnell beiseite dränge. Ich sitze hier mit Neal und nur ihm sollte meine volle Aufmerksamkeit gelten. Nicht meinem Ex, der in meinen Gedanken spukt.

»Mann für die Ewigkeit.«

Neal hebt erstaunt die Brauen. »Okay. Die meisten Frauen wollen doch die einzig wahre große Liebe in ihrem Leben finden. Wieso entscheidest du dich dagegen?«

»Weil diese nicht von Dauer sein kann.« Ich bemühe mich, dass Xavier aus meinen Gedanken verschwindet. Woher soll er auch wissen, dass er mit seinen Fragen in einer offenen Wunde rumstochert.

»Die gleiche Frage könnte ich dir ebenfalls stellen. Wofür würdest du dich entscheiden?«

»Ich würde ja das mit der Ewigkeit nehmen, aber ich stehe nicht so auf Männer.«

Ich pruste los. »Du bist doof.«

»Mag sein, aber ich habe dich erneut zum Lachen gebracht und deine Stirn besitzt auch keine Nachdenkfalten mehr. Ich mag es, wenn du von innen heraus leuchtest und dein ganzes Gesicht strahlt. Du siehst dann wunderschön aus.«

»Danke«, hauche ich. Wiederholt schafft es Neal, mich aus der Fassung zu bringen. Feuchtigkeit sammelt sich in meinen Augen. Xavier hat so etwas Schönes nie zu mir gesagt und wir waren jahrelang zusammen, sogar verheiratet. Und den Mann vor mir kenne ich erst zwei Wochen.

Sanft streicht er mit seinem Daumen über meine Wange. Er nähert sich mit seinem Gesicht meinem. Die Stimmung in der Kapsel schlägt um. Nichts ist mehr von dem Rumalbern zu spüren, die Luft knistert förmlich. Mein Puls beschleunigt sich, ebenso meine Atmung. Der Blick richtet sich auf seine Lippen. Unbewusst befeuchte ich meine. Er nähert sich mir weiter. Nur wenige Millimeter trennen uns noch voneinander. Ich spüre sein Atmen auf meiner Haut. Ich komme ihm entgegen, schließe erwartungsvoll die Lider und berühre endlich seine Lippen. Der Kuss ist so anders als die vorherigen. Ich öffne meinen Mund einen Spalt, gewähre ihm Einlass. Sanft umspielen sich unsere Zungen. Seine Hände legen sich um mein Gesicht, halten mich fest. Meine Finger vergrabe ich in seine Haare. Langsam und vorsichtig tasten wir uns Schritt für Schritt vor, erkunden den jeweils anderen mit der Zunge. Es liegt keine Hast in den Berührungen.

Ein leichtes Ruckeln unterbricht unseren Kuss. Völlig außer Atem schauen wir uns an. Ein sanftes Lächeln legt sich auf meine Lippen. Ich ziehe meine Finger aus seinen Haaren und streiche zärtlich über seine Schläfe. Auch Neal lässt seine Arme sinken und greift nach meinen Händen. Sofort verschlingen wir sie ineinander.

»Schau mal raus«, leise fordert er mich auf. Nur ungern lasse ich den Blick von ihm, komme aber seiner Bitte nach.

Wir sind am höchsten Punkt des Riesenrades. Die Aussicht aus der Kapsel lässt mich schier den Atem anhalten. Die Elliot Bay scheint unendlich weit zu sein. Die bereits untergehende Sonne taucht alles in einen rötlichen Schimmer. Das Wasser glitzert in den letzten Sonnenstrahlen. So etwas unfassbar

Schönes habe ich nur selten zu Gesicht bekommen. Und erneut verfluche ich mich, die Kamera vergessen zu haben.

»Unglaublich, oder?«

»Und wie.«

Neal setzt sich neben mich. Er holt sein Handy aus der Hosentasche und hält es triumphierend nach oben. »Lass uns das festhalten.«

Mein Herz geht auf. Dieser Mann ist unbeschreiblich.

Er legt seinen Arm um meine Schulter und wir lehnen uns ein wenig zur Seite. Gemeinsam strahlen wir in die Handykamera und Neal löst ein Selfie von uns aus. Es ist kein gestochen scharfes oder professionelles Bild und dennoch ist es in meinen Augen perfekt. Ich liebe es.

Die Fahrt geht weiter und wir verlassen den höchsten Punkt des Rades. Zu gerne wäre ich noch länger dortgeblieben, um den Sonnenuntergang komplett mitzukriegen. Dieses Mal bleibt er bei mir sitzen und wir genießen die Zweisamkeit. Wehmut erfasst mich. Gleich wird der schöne Tag enden. Bisher hat er keine Anstalten gemacht, mich zu sich einzuladen, weswegen ich davon ausgehe, dass jeder zu sich nach Hause fährt. Ich kann nur hoffen, dass er es heute ebenso genossen hat, wie ich und es gerne wiederholen möchte.

Neal beginnt meine Schulter zu streicheln. Gleichmäßig zieht er Kreise. Ich schaue zu ihm. Sein Blick ist auf das Meer gerichtet und es sieht ganz danach aus, dass er in seine Gedanken versunken ist. Eine Falte hat sich zwischen seinen Brauen gebildet. Wie von selbst hebe ich meine Hand und glätte diese mit meinem Finger.

»Nicht, dass sie dauerhaft bleibt«, ziehe ich ihn auf. Ein Grinsen schleicht sich auf seine Lippen.

»Ach, bei Männern in meinem Alter ist das egal. Dadurch sehen wir attraktiver aus.« Er zwinkert.

»Spinner.« Ich lasse meine Hand sinken. »Was hat sie dir beschert?«

»Ich habe überlegt, wie ich dir am besten sagen kann, dass der Tag bei mir zuhause weitergeht, ohne, dass du gleich denkst, dass ich dich nur ins Bett bekommen will. Dem ist nämlich nicht so. Gerne würde ich den Abend mit einem selbstgekochten Essen und einer Flasche Rotwein ausklingen lassen. Selbstverständlich nur, wenn du es denn auch möchtest.«

KAPITEL 11

Wenn man …

… das Gefühl hat, dass der Mann, den man begehrt, genau weiß, was man möchte, ist es wie ein Sechser im Lotto. Zumindest fühlt sich das genauso an.

Gemeinsam schlendern wir Hand in Hand zu Neals Loft. Seit die Sonne dabei ist unterzugehen, hat es sich merklich abgekühlt. Ein feiner Wind weht von der Bucht aufs Land. Es ist angenehm nach der Hitze von vorhin. Da das Gebäude quasi nur quer über die Straße ist, sind wir fix bei ihm. Erneut kann ich nur feststellen, wie phänomenal seine Aussicht aus der Fensterfront ist. Im Allgemeinen ist dieses Loft ein absolutes Schmuckstück, welches man nur selten so sieht. Ich lege meine Tasche auf den Esstisch und warte, bis Neal die mit Spiegeln versehene Türenfront zur Küche öffnet. Sie trennt den Bereich von der restlichen Wohnung ab, sodass man die Küche auf den ersten Blick nicht erkennen kann.

Ich gehe zu Neal und helfe ihm, den Einkauf auszuräumen. Er zaubert die Utensilien aus seinen Schränken, die wir brauchen werden, und ich fange an, das Basilikum abzuzupfen. Da die Küche eher klein ist, berühren wir uns gelegentlich. Die

Spannung von vorhin meldet sich zu Wort. Mein Körper nimmt jede Bewegung von ihm wahr und reagiert dementsprechend drauf.

Er stellt eine Pfanne auf den Herd. Um an das Waschbecken zu gelangen, quetsche ich mich zwischen ihm und dem Küchenzeilenblock hindurch. Obwohl er mir Platz macht, streifen meine Brüste an seinem Rücken entlang, während mein Bauch seinen Hintern berührt. Scharf zieht er die Luft ein. Die Arbeitsplatte in meinem Rücken lässt nicht zu, dass ich mehr Abstand zwischen uns bringe. Meine Nippel stellen sich auf und das altbewährte Kribbeln in mir fängt an.

Es ist schwer, sich auf das Waschen zu konzentrieren, wenn dein Körper nach etwas ganz anderem verlangt. Er greift hinter mir an den Küchenblock und öffnet eine Schublade. Dabei streift sein Atem meinen Hals. Die Härchen stellen sich auf, ein Schauer läuft mir über den Rücken. Dieses Mal bin ich diejenige, die scharf die Luft durch die Zähne einatmet.

»Sorry«, murmelt Neal. Es ist keineswegs seine Schuld, dass mein Körper auf jede Kleinigkeit von ihm reagiert.

Dieser Seiltanz zwischen flüchtigen Berührungen und absichtlichem Kontakt wird permanent fortgeführt. Ich halte es nicht mehr aus. Alles in und an mir steht unter Strom. Lust pulsiert durch meine Adern und ein Verlangen wie nie zuvor beherrscht mich. Das Essen ist mir mittlerweile egal. Ich stelle das Wasser für die Spaghetti ab und nehme den Topf von der Herdfläche. Verwundert sieht er mich an, stellt aber seine Arbeit ebenfalls ein. Der Mixer, wo er gerade das Pesto drin zubereitet, wird zuerst langsamer und schließlich erstirbt auch das letzte Geräusch in der Küche. Nur unsere Atemzüge sind zu hören.

Unsere Blicke treffen sich und dann geht alles ganz schnell. Neal tritt einen Schritt auf mich zu und ich einen auf ihn. Unsere Körper treffen aufeinander, umschlingen sich. Gierig legen sich unsere Lippen aufeinander. Ich stöhne laut auf, als seine Zunge in meinen Mund dringt. Endlich. Endlich berühren sie sich. Ich gebe mich ihm voll und ganz hin. Lasse ihn gewähren, was auch immer er möchte, und genieße es einfach. Er hebt mich auf seine Arme und schreitet aus der Küche, die Treppe nach oben auf die Galerie, wo sein Bett steht. Er lässt mich darauf fallen und folgt mir.

Sofort presst er seinen Mund auf meinen. Hitze sammelt sich zwischen meinen Beinen. Ich reibe sie aneinander, versuche den Druck abzubauen. Neals rechte Hand gleitet unter mein Shirt und wandert hinauf zu meinen Brüsten. Er knetet sie abwechselnd durch den Stoff meines BHs. Ich stöhne in unseren Kuss hinein. Er zerrt an meinem Shirt. Ich folge seiner Aufforderung, stülpe mir das Shirt über den Kopf und danach helfe ich ihm aus seinem.

Meine Finger wandern über seinen Oberkörper, fahren seine Bauchmuskeln nach. Seine Haut spüren zu können, facht das Feuer in mir weiter an. Er greift hinter mich und öffnet den Verschluss meines BHs. Ungeduldig streift er den von meinen Schultern. Meine Nippel verhärten sich. Als Neal einen zwischen Zeigefinger sowie Daumen nimmt und leicht zudrückt, fährt ein Ziehen in meinen Schoss. Ich dränge mich näher an ihn heran. Will seine Wärme am gesamten Körper spüren. Er lässt von meiner Brust ab und zieht mich fester an sich. Der Kuss wird intensiver. Meine Beine schlingen sich um seine. Ich reibe meine Mitte an eines von denen und verschaffe mir ein wenig Erlösung. Doch er hat andere Pläne mit mir.

Neal beendet den Kuss. Unser beider Atem geht schwer. Er rutscht nach unten, seine Lippen streifen dabei meine Haut. Bei meinen Brustwarzen hält er inne. Seine Zunge schnellt hervor und spielt mit dem Nippel, ehe er kräftig dran saugt.

Seine Hände gehen weiter auf Wanderschaft. Seine Finger folgen einer imaginären Spur auf meiner Haut bis zum Bund meiner Hose. Wieder saugt er an meiner Brustwarze. Ein heiserer Schrei löst sich bei mir. Meine Hände krallen sich in seine Haare. Versuchen dort den Halt zu finden. Gekonnt öffnet Neal den Knopf meiner Hose und schiebt sie an meinen Beinen hinunter. Ich hebe meinen Hintern, damit es für ihn leichter ist. Er lässt meinen Nippel frei und küsst sich meinen Bauch entlang. Währenddessen entfernt er gänzlich meine Hose samt meinem String.

Ein unbeschreibliches Gefühl fährt durch meinen Körper, als seine Zunge auf meine Mitte trifft. Mit sanften und gleichmäßigen Zungenschlägen stimuliert er mich. Ich keuche laut auf. Es fühlt sich so himmlisch an und dennoch möchte ich etwas ganz anderes. Ich ziehe an seinen Haaren, signalisiere ihm so, dass er ablassen und zu mir hochkommen soll. Er folgt meiner stummen Anweisung. Sein Jeansstoff schabt über meine nackte Haut, reizt sie bis aufs Äußerste. Ich zucke leicht zusammen. Er stemmt sich hoch, öffnet seine Hose und strampelt sie sich von den Beinen. Nur noch der Stoff seiner Boxershorts verhindert, dass wir komplett nackt aufeinanderliegen.

Er streicht meine Haare aus dem Gesicht, legt seine Hände um mein Gesicht und sieht mich mit vor Lust verhangenen Augen an. Ich habe das Gefühl, er will etwas sagen, doch stattdessen senkt er seinen Kopf und küsst mich.

Mit einer Hand greife ich zwischen uns, versuche, den störenden Stoff herunterzuziehen. Ich will ihn endlich spüren. Will, dass er in mich eindringt und mir das gibt, wonach mein Körper seit unserem ersten Date verlangt. Umständlich bekomme ich die Boxershorts ein Stück nach unten und entblöße seine Erektion. Sofort greife ich nach dieser. Er hebt sein Becken, damit ich besseren Zugriff habe. Gleichmäßig fahre ich auf und ab, stimuliere ihn. Mein eigenes Verlangen wächst unentwegt.

Mit einer Hand greift er zum Nachttisch, öffnet die Schublade und holt ein Kondom hervor. Ungeduldig setzt er sich auf und reißt die Verpackung auf, ehe er sich das Gummi überstülpt. Ich verfolge jede seiner Bewegungen. Er hebt meine Beine an, positioniert sich dazwischen und sieht mir erneut in die Augen. Wartet auf die Zustimmung von mir. Ich nicke leicht.

Er dringt langsam in mich ein. Tastet sich hervor, wie weit er gehen kann. Meine eigene Feuchtigkeit lässt zu, dass er ohne große Mühe komplett in mich gleiten kann. Laut stöhnen wir auf. Neal fängt meinen Blick erneut ein, während er mich Stoß um Stoß um den Verstand bringt.

In meinen Ohren fängt es an zu rauschen, mein Stöhnen wird lauter und abermals von seinem Keuchen unterbrochen. Schweiß benetzt unsere Haut. Mit gleichmäßigem Rhythmus bringt er mich dem Höhepunkt näher. Ich versinke tiefer in das Blau seiner Augen und lasse schließlich los.

Ein unbeschreibliches Gefühl fährt mir von den Zehenspitzen durch meinen Körper bis zu den Haarspitzen. Ich bäume mich auf und Neal entgegen. Laut stöhne ich seinen Namen, als mich der Orgasmus vollends überrollt. Kurz darauf folgt er mir mit einem tiefen Knurren.

Vollkommen ermattet halten wir in der Position inne. Keiner von uns hat den Blickkontakt unterbrochen. Zu sehen, was für ein Sturm in seinen Iriden getobt hat, war der absolute Wahnsinn.

Er lässt sich auf mich sinken und haucht mir einen Kuss auf die Lippen, während er aus mir gleitet. Ich zucke zusammen. Nicht, weil es schmerzt, sondern weil ich ihn sofort in mir vermisse. Er rollt von mir runter und steht auf. Nackt schlurft er auf wackeligen Beinen die Treppen hinunter.

Müde und völlig befriedigt rekle ich mich und mummele mich anschließend unter die Decke. Jetzt, wo seine Wärme verschwunden ist, fange ich an zu frösteln. Meine Augen schließen sich von selbst. Mit dem Duft von ihm in der Nase bin ich bereit, mich meinen Träumen hinzugeben.

Ich merke, wie die Matratze neben mir sich ein bisschen nach unten senkt. Ich spüre, wie Neal mir einen Kuss auf die Schläfe gibt.

»Schlaf ruhig weiter.«

Und genau das tue ich auch.

***

Mein Körper schmerzt. Die vergangene Nacht war durchaus anstrengend. Mein Inneres schnurrt zufrieden und befriedigt. Ich bin vollends entspannt.

Meine Augen öffnen sich und mein Blick fällt auf Neal, dessen Gesicht mir zugewandt ist. Diese Aussicht würde ich allzu gerne täglich genießen wollen.

Seine Gesichtszüge sind locker, der Mund steht leicht offen und seine Lider zucken ab und zu. Er ist wunderschön, so wie er da liegt, die Decke bis unter seinen Bauch gerutscht und mit von Sex ganz zerzaustem Haar. Ich ziehe meine Hand unter der Bettdecke hervor und streiche ihm eine Haarsträhne von der Stirn. Selbst im Schlaf scheint er meine Berührung gespürt zu haben, denn er brummt leicht auf, was mich wiederum schmunzeln lässt.

Ihn so zu sehen, steht vollkommen im Kontrast zu dem Neal, welchen ich bei der Arbeit erleben durfte. Dort war sein Kiefer angespannt gewesen und allgemein war sein Körper mächtig unter Strom. Er hat eine Macht ausgestrahlt, die jedem Respekt eingeflößt hat. Es gefällt mir, dass er sich bei mir gehen lassen kann.

Ich könnte Stunden damit verbringen, ihn zu beobachten. Es hat eine beruhigende Wirkung auf mich und genau das bereitet mir eine Heidenangst.

Ich verspüre das Verlangen, ihn immerzu berühren zu wollen. Ihn in meiner Nähe haben zu wollen. Ich fühle mich keineswegs nur sexuell zu ihm hingezogen, da ist noch viel mehr. Da sind Gefühle bereits im Spiel, so wie damals bei Xavier. Ich darf nicht zulassen, dass ich ihm mehr und mehr verfalle. Ich muss mich beherrschen und ihn auf Abstand halten. Mein Herz überlebt keinen weiteren Bruch. Dafür wurde es schon viel zu oft geklebt und vollends verheilt war es noch nie. Gestern habe ich es ernst gemeint, dass ich jemanden für die Ewigkeit möchte, aber ein Mann in dem Alter von Neal hat noch Wünsche und Träume, die ich niemals erfüllen werden kann.

Meine innere Ruhe ist dahin. Panik breitet sich in mir aus. Unmöglich kann ich von ihm verlangen, dass er auf all das verzichten muss, nur weil ich so egoistisch bin und ihn für mich haben will. Er soll unsere gemeinsame Zeit in guter Erinnerung behalten. Ohne zu wissen, dass ich einen Makel habe. Die Abscheu in seinen Augen könnte ich nicht ertragen.

Ich muss handeln. Sofort!

Ein letztes Mal präge ich ihn mir ein, damit ich ihn niemals vergessen werde. So vorsichtig wie nur möglich rutsche ich zum Bettrand und stehe auf. Ich sammle meine Sachen ein und tapse auf nackten Füßen die Treppen herunter.

Unten ziehe ich meine Klamotten an, schnappe mir meine Tasche und verschwinde ein zweites Mal aus dem Loft.

***

Fünf Tage sind seit meiner Flucht vergangen und ich fühle mich beschissen. Immer wieder schreibt Neal mir, fragt, was los sei, und ob alles okay mit mir ist. Aber was soll ich darauf antworten? Dass ich dumm gewesen bin und es niemals hätte so weit mit ihm kommen lassen sollen?

Denn so war es. Ich wusste von Anfang an, er würde mir unter die Haut gehen und habe dennoch zugelassen, dass wir etwas miteinander beginnen. Das Schlimmste ist, dass sich Gefühle zwischen uns entwickeln konnten. Dies muss aufhören. Auf keinen Fall kann ich verantworten, dass er mich verletzen könnte.

Frustriert vergrabe ich meinen Kopf ins Kissen. Seit meinem Abgang bin ich in alte Muster gefallen. Serien schauen, Eis inhalieren und mein Bett hüten, erfüllt neben der Arbeit meinen Tag. Auf Pipers und Taras Fragen, was passiert ist, antworte ich nur mit Schweigen. Sie werden es keineswegs verstehen, warum ich mich nicht auf Neal einlassen will. Ständig mit der Angst zu leben, dass er mein Geheimnis herausfinden wird und mich deswegen verlassen könnte, würde mich Stück für Stück zermürben.

Das Handy neben mir vibriert. Obwohl ich es ahne, von wem die Nachricht sein könnte, hebe ich meinen Kopf und schaue nach. Mein Herz macht einen Satz, als ich wirklich seinen Namen auf dem Display lese. Ich hasse es dafür, dass es gegen meinen Verstand ankämpft. Jedes verdammte Mal gerät es aus dem Takt, wenn ich auch nur seinen Namen höre. Selbst meine Lieblingsserie kann ich nicht schauen, weil der Schauspieler mich zu sehr an Neal erinnert.

Ich entriegle meinen Bildschirm und lese die Nachricht.

Neal:
Alexa, ich habe keine Ahnung, was mit dir los ist und wieso du mich scheinbar meidest. Piper hat mir erzählt, dass du keinem Entführer zum Opfer gefallen bist, denn das war mein erster Gedanke gewesen, nachdem ich neben einer leeren Bettseite aufgewacht bin und du auf keinen meiner Anrufe mehr reagiert hast.
Ich würde mich sehr über ein Lebenszeichen von dir freuen.

Es ist nicht die erste Bitte um ein Lebenszeichen von ihm. Das er aber allen Ernstes gedacht hat, mir sei etwas zugestoßen, lässt mein Herz - der Verräter - schmerzlich zusammenziehen. Auch Piper hat mir davon berichtet, dass er beinahe durchgedreht ist, als er mich nicht erreichen konnte. So sehr es mir auch schmeichelt, dass er so hartnäckig ist, umso mehr tut es auch weh, dass ich ihn auf Abstand zu mir halten muss. Zumindest so lange, bis mein Herz es endlich eingesehen hat, dass es keine weiteren Gefühle für ihn entwickeln soll. Freunde, mehr nicht. Ich mag Neal, schätze seine Gegenwart und irgendwie vermisse ich das tägliche Schreiben mit ihm. Aber es hat Vorrang, dass ich mein Herz und mich schütze.

Was antworte ich nur auf seine Nachricht? Überfordert schließe ich WhatsApp und lege mein Smartphone beiseite. Doch Neal wäre kein knallharter

Geschäftsmann, wenn er sofort nachgeben würde. Erneut vibriert mein Handy und weil ich scheinbar sadistisch veranlagt bin, schaue ich mir auch dieses Mal an, was er geschrieben hat.

Neal:
Ich sehe, dass du meine Nachrichten liest.

Ich ignoriere ihn wieder. Irgendwann wird er einsehen, dass es keinen Sinn mehr hat und aufgeben. Es wäre besser für uns beide. Sein Status wechselt auf *schreiben.*

Neal:
Wieso bist du einfach abgehauen? Habe ich etwas Falsches gesagt oder getan?

Es zieht schmerzhaft in meiner Brust und ich bin kurz davor, schwach zu werden.

Neal:
Fünf Tage sind vergangen, seitdem wir gemeinsam im Bett gelandet sind. Erkläre mir bitte, was vorgefallen sein soll. Habe ich dir das Gefühl gegeben, nur ein One-Night-Stand zu sein? So ist dem nicht. Ich habe den Tag genossen und würde sehr gerne mehrere solche mit dir verbringen.

Tränen sammeln sich in meinen Augen. Es sind genau die Worte, die jede Frau von einem Mann hören will und die es mir schwerer machen, ihm kein Stück weiter zu verfallen. Die nächste Blase ploppt auf.

Neal:
Ehrlich, Alexa, was möchtest du noch hören, damit du endlich antwortest? Dass ich mich in dich verknallt habe und ich dich nicht vergessen kann? Ist es das?

Ein salziger kleiner Tropfen löst sich und kullert über meine Wange.

»Ja, verdammt, genau das will ich hören, darf es aber nicht«, schreie ich mein Handy an.

Neal:
Wenn ja, sage ich es dir hiermit. Alexa Ellis, ich habe mich in dich verliebt.

Verdammte Scheiße! Wie leicht es sein könnte, wenn ich einfach eine normale Frau wäre. Eine, die intakt und ohne Vergangenheit wäre. Neal und ich hätten eine Zukunft haben können.

Wütend beiße ich kräftig in meinen Oberarm. Versuche, den innerlichen Schmerz, der mich zu verschlingen droht, zu übertünchen. Es wirkt, wenn auch nur für wenige Sekunden, aber es langt, um mich ein wenig unter Kontrolle zu bekommen.

Neal:
Okay, wie ich sehe, ist es dir scheißegal, wie ich mich fühle. Hinzu kommt, dass du nicht gewillt bist, mit mir zu reden. Alles prallt eh nur an dir ab. Für so einen Kindergarten habe ich keine Zeit, schließlich habe ich noch eine Firma zu führen, die meine volle Aufmerksamkeit verdient.

Eine zweite Blase taucht auf.

Neal:
Ich hätte dich niemals für eine Frau gehalten, die zu feige ist, Klartext mit jemandem zu reden, scheinbar habe ich mich in dir geirrt. Vielleicht ist es dann auch besser, wenn wir unterschiedliche Wege gehen. Lebe wohl, Alexa, ich wünsche dir viel Erfolg für deine Zukunft.

Mit jedem Wort verschwimmt meine Sicht mehr. Verletzt schreie ich auf. Wieso tut es so verdammt weh, wenn es doch genau das ist, was ich wollte?

Erneut beiße ich in meinen Oberarm. Diesmal so lange, bis sich ein metallischer Geschmack auf meine Zunge legt. Ein weiteres Mal lese ich seine Nachricht. Meinem Herzen muss klar werden, dass es das Beste ist. Es muss nicht mehr auf ein Happy End zwischen Neal und mir hoffen.

Wie konnte ich nur so dumm sein und mich auf ihn einlassen? Ich hätte es bei der einen Nacht belassen sollen. Die war ungefährlich. Mit jedem weiteren Date hat er sich in mein Herz und meinen Verstand geschlichen. Etwas, das ich mir geschworen habe, niemals wieder zuzulassen. Und nun habe ich den Salat. Bin erneut an der Stelle, wie vor einigen Wochen und Monaten. Doch dieses Mal habe ich es mir selbst zuzuschreiben. Auch das, was wahrscheinlich noch kommen wird.

KAPITEL 12

Nach jedem Hoch …

… folgt ein Tief. So ist es immer wieder. Und ich hasse mich dafür, dass ich nicht standhaft bleiben und an meinem Glück festhalten kann. Aber wie hätte ich das tun sollen? Hätte ich Neal seine Zukunft versauen sollen? Ihn auf Dauer anlügen sollen, nur damit er mich nicht wie Xavier verlässt?

Seit Neal mich vor zwei Wochen komplett in den Wind geschossen hat, fällt es mir schwer, aus dem Bett zu kommen. Am liebsten würde ich vierundzwanzig Stunden sieben Tage die Woche dort verbringen. Mich unter der Decke verstecken und die Welt um mich herum ausschließen. Ich muss mich aufrappeln, ansonsten rase ich mit voller Geschwindigkeit in alte Muster. Es ist wie ein Sog, der mich immer tiefer zu sich nach unten zieht. Meine Gedanken sind dunkel. Unheimlich. Beängstigend. Kein Lichtstrahl dringt herein. Selbst Taras und Pipers Versuche, mich aus meinem Zimmer zu locken und etwas zu unternehmen, prallen an mir ab. Ich möchte keine Party machen, will in keinem Restaurant sitzen und so tun, als würde es mir gut gehen. Und daran bin ich ganz allein schuld. Ich wusste es besser und habe dennoch nach dem Strohhalm der Freude und des Spaßes gegriffen. Die Unlust hat mich fest im Griff, lediglich schaffe ich es, mich für die Arbeit aufzuraffen.

»Alexa, du musst aufstehen«, dringt die Stimme von Piper durch die Tür zu mir. Ich vergrabe meinen Kopf noch weiter unter die Decke. Es klopft an der Tür.

»Komm schon, du hast gleich einen Termin.«

Verwirrt runzele ich die Stirn. Mein Handy hat mir keine Benachrichtigung angezeigt, dass heute etwas ansteht.

»Kann ich reinkommen? Ich fühle mich echt dämlich, hier vor der Tür zu stehen und mit dem Holz zu kommunizieren.« Ungeduld schwingt in ihrer Stimme mit.

Ich rappele mich aus dem Bett und schlurfe mit hängenden Schultern zur Tür, schließe sie auf. Piper öffnet diese schwungvoll. Im letzten Moment kann ich einen Schritt beiseitetreten, bevor ich das Holz vor den Kopf kriege.

»Heilige Scheiße«, stößt sie erschrocken aus. »Du siehst beschissen aus.«

»Danke.« Ich trete den Rückzug zu meinem Bett an. Selbst nur zu stehen kostet mich enorme Kraft. Die Schwärze in mir entzieht mir alles, verbraucht zu viel Energie und Lebensgeister.

»Oh nein, nein, nein.« Sie hält mich an meinem Arm fest. »Kein Verkriechen mehr. Du wirst dich jetzt brav duschen, anziehen und schminken, damit du zu deinem Termin kannst. Den kannst du nämlich nicht verschieben, wie alles andere in deinem Leben.«

»Lass mich los, Piper. Ich habe keinen Termin, also kann ich genauso gut zurück unter meine Decke.«

»Einen Scheiß kannst du. Sieh dich doch mal an. Es fängt schon genauso an, wie nach dem Verschwinden von Xavier. Und wir haben etwas abgemacht, was das angeht. Nie wieder lassen wir zu, dass so etwas passiert.«

»Keine Sorge, soweit lasse ich es nicht kommen.«

»Ich glaube dir kein bisschen. Aber das spielt jetzt eh keine Rolle. Du musst dringend unter die Dusche und was Schickes anziehen. Heute ist dein Treffen mit dem Anwalt.«

Ich zucke zusammen. Auch das noch. Etwas, was ich gerade absolut nicht gebrauchen kann.

»Ich ruf einfach Mr. Willson an und bitte ihn, den Termin zu verschieben.«

Es wäre das Beste für mich. Was wird es mit mir anstellen, wenn ich über die Besitztümer meines Mannes und mir reden muss? Dafür habe ich einfach keine Kraft.

»Nix da. Das wirst du schön bleiben lassen. Egal, was mit dir los ist. Es ist wichtig, dass ein Schlussstrich unter Xavier und dir gezogen wird. Sonst wirst du nie aus deinem Loch kommen.«

Wenn Piper nur wüsste. Mein derzeitiges Tief hat nur primär mit meinem Mann zu tun, sondern eher damit, dass ich erneut etwas gehen lassen musste, nur weil ich keine ganze Frau bin. Weil ich einen Makel habe, den ich niemandem zumuten kann. Nicht, solange ich noch jung bin. Bei dem Date mit Neal habe ich die Wahrheit gesagt, ich möchte einen Mann für die Ewigkeit haben, aber wer will schon eine mit mir?

»Dann gebe ich Mr. Willson eben Bescheid, dass er das Treffen allein führen soll. Er weiß, dass ich keine Ansprüche an Xaviers Firma oder Besitz habe. Wegen mir kann er auch das bescheuerte Haus behalten. Ich will kein Stück von ihm haben.«

»Das ist mir egal, ob dein Anwalt das allein regeln kann. Hast du vielleicht nur einmal daran gedacht, dass du bei solch einem Treffen Xavier alles an den Kopf knallen kannst, ihm endlich deine Lage der Situation beschreiben könntest und somit komplett mit ihm abschließen kannst? Er würde sehen, was er aus dir gemacht hat. Dass du nur noch ein Schatten deiner Selbst bist und nicht mehr die fröhliche Alexa, die sich für ihn aufgeopfert hat.«

Sie hat recht, dennoch ist es das Letzte, meinem Mann gegenüberzusitzen. Ich bin ihm scheißegal und das muss ich akzeptieren. Nein, ich habe es sogar schon getan.

»All das ist sowas von egal. Ehrlich Piper, es wird nichts ändern. Er hat eine Neue an seiner Seite und er erwartet ein Kind mit ihr. Meinst du, ihn würde es auf irgendeine Art und Weise jucken, wie mein Befinden ist? Nein.«

»Dann tue wenigstens Tara und mir den Gefallen und stelle dich dem Dämon. Wir wissen langsam nicht mehr weiter, was wir noch mit dir anstellen sollen.«

Das sitzt. Tief und fest bohrt es sich in mein Herz. Ich will keine Last für meine Freundinnen sein, sie opfern schon genug für mich.

»Okay, euch zuliebe«, gebe ich schließlich nach.

***

Öfters schaue ich auf meine Uhr. Ich bin viel zu spät. Erst streikt mein Auto und dann hat mich dieses verfluchte Taxi versetzt. Piper konnte mich nicht fahren, da sie in die andere Richtung zu einem Termin muss. Abgehetzt renne ich zum Gebäude, wo die Kanzlei meines Anwalts sitzt. Ich stoße die Glastür auf und pralle gegen einen harten Körper. Gerade noch so kann ich mich an der Person festhalten und somit verhindern, dass ich auf meinem Hintern lande.

Erleichtert atme ich aus und blicke entschuldigend nach oben zu dem Mann, in dessen Anzug meine Finger gekrallt sind. Meine Miene verrutscht, mein Herz setzt aus. Mir nur allzu bekannte Augen funkeln mich wütend an. Schnell lasse ich von ihm ab, trete einen Schritt zurück und richte meine Kleidung. Mit erhobenem Kopf blicke ich Xavier entgegen. Zeige ihm nicht, dass er mich für einen kurzen Moment aus dem Konzept gebracht hat.

Ihn so vor mir stehen zu sehen, ihm so nah zu sein und seinen Geruch wahrnehmen zu können, holt alte Erinnerungen in mir hervor. Er sieht noch immer wie damals aus und doch hat er sich verändert. In seinen Augen ist kein einziger Funken zu erkennen. Keine Liebe für mich schimmert in diesen. Auch sein Gesichtsausdruck ist hart, kein Lächeln ziert seine Lippen. Nichts erinnert an ihm, dass er mich mal geliebt hat.

Aber wieso ist er derjenige, der mich so abschätzig und voller Hass anschaut? Ich bin es, verdammt nochmal, die verlassen wurde. Ich bin es, die alles verloren hat. Xavier, stattdessen hat einfach weitergemacht, hat mich vergessen und sich ein neues Zuhause aufgebaut.

»Na sieh mal einer an, da hat es wohl doch noch jemand zu unserem Termin geschafft.« Abfällig schnaubt er. »Nur bist du zu spät.«

»Entschuldige, mein Auto wollte nicht anspringen. Ich bin wirklich so schnell wie möglich gekommen.«

»Immer diese Ausreden. Das konntest du schon immer am besten. Dich herauszureden.«

»Was erzählst du da?«

»Ich kenne dich lang genug, um zu wissen, dass es so ist. Du warst schon immer feige und bist jeder Konfrontation aus dem Weg gegangen.«

Feige. Das ist das einzige Wort, welches sich in meinem Kopf verankert. Auch Neal hat es geschrieben. Ein Knoten in mir platzt. Es reicht mir, andauernd als die Schuldige hingestellt zu werden. Bei Neal war ich vielleicht feige, aber nicht bei Xavier. Unbändige Wut erfasst mich.

»Ach, ich bin feige? Wer war denn derjenige, der sich heimlich aus dem Staub gemacht hat? Du hast mir keine Chance gegeben, dich zum Bleiben zu überreden. Hast einfach beschlossen, dass es für dich keinen Sinn mehr hat, und hast unsere Ehe mit den Füßen getreten. Ich war es, die mit dir über unsere gemeinsame Zukunft reden wollte, aber du warst weg. Hast deine Tasche gepackt und bist verschwunden. Selbst meine Nachrichten und Anrufe hast du ignoriert. Und jetzt sag mir noch einmal, dass ich feige bin.«

Nervös nestele ich an meiner Handtasche. Ich muss mich beherrschen, meinen Drang zu unterdrücken, ihm an die Gurgel zu gehen.

»Was hätte ich denn deiner Meinung nach tun sollen? Auf dich warten, bis du vom Arzt zurückkommst, nur damit du mir sagst, dass es wieder einmal nicht geklappt hat? Dass erneut eine künstliche Befruchtung gescheitert ist? Ich konnte unmöglich länger mit einer Frau zusammen sein, die keine Kinder kriegen kann. Ich will eine Familie und du kannst sie mir niemals ermöglichen.«

Xavier verschränkt die Arme vor der Brust. Dieser Typ bringt mich zur Weißglut

»Ach, der Herr hat mal wieder nur an sich gedacht. Du kannst das nicht, du kannst dieses nicht. Hast du vielleicht auch nur einen Gedanken an mich verschwendet? Wie es mir, deiner Frau, dabei ergangen ist? Ich habe ebenfalls meinen Traum verloren und dazu auch noch den Mann, den ich geliebt habe. Weißt du, wie sich das anfühlt?«

»So typisch, bauscht ein Drama auf, wo keins ist. Schon lange, bevor ich gegangen bin, wussten wir beide, dass es keine Liebe mehr zwischen uns gab. Wir waren nur zu verblendet von unserem Wunsch einer Familie, dass wir es nicht eher beendet haben. Ich habe dir somit einen Gefallen getan. Du brauchtest dich nicht mehr schuldig zu fühlen. Und ich konnte endlich wieder leben und genießen, was die Welt mir zu bieten hat.«

Barsch lache ich auf. »So siehst du das also? Ich habe dich geliebt. Wollte wirklich eine Familie mit dir gründen. Nichts davon war nur eine Blendung. Ich habe gedacht, dass du dasselbe für mich empfindest, wie ich für dich. Tja, man kann sich wohl irren.«

»Ich habe auch damals gedacht, dass du keine kaputte Frau bist. Wie du siehst, gehört Sich Irren zum Leben dazu.«

Erschrocken keuche ich auf. Durch meinen Hass beißt sich ein unglaublicher Schmerz, der durch meine Venen fließt. Feuchtigkeit schießt in meine Augen. Mehrmals blinzle ich, versuche sie zurückzudrängen.

»Darum geht es dir also nur? Ich bin keine Frau, wie du sie gerne hättest? Deswegen hast du mich weggeworfen? Zählt denn gar nichts anderes bei dir? Die Zeit, die wir miteinander hatten? Die Liebe, die wir miteinander geteilt haben?«

»Es war nett zwischen uns, das kann ich nicht abstreiten. Aber du weißt, was ich mir für mein Leben gewünscht habe. Es spielt keine Rolle, wenn ich dafür etwas Altes abschließen und etwas Neues beginnen muss. Und es war das Beste, was ich machen konnte. Dich zu verlassen hat mir neue Möglichkeiten geboten, hat mir eine Familie geschenkt. Ein wunderbares Mädchen werde ich bald in den Armen halten, werde spüren, wie es ist, wenn jemand einen bedingungslos liebt, und kann dabei zusehen, wie mein eigenes Fleisch und Blut heranwächst. All das hätte ich mit dir niemals erleben können. Wäre nur auf der Stelle herumgetrampelt und niemals vorwärtsgekommen. Du musst einsehen, du warst es nicht wert, um noch mehr Energie und Zeit hineinzustecken.«

Ich zucke zusammen. Bin getroffen von seinen hässlichen Worten mir gegenüber. Was ist nur aus dem Mann geworden, den ich einst geliebt habe? Was ist mit ihm geschehen, dass er so etwas sagt, nur um mich zu verletzen? Die Tränen laufen über, rollen über meine Wangen und tropfen auf den gefliesten Boden unter mir. Ich kann mich zu keiner Zeit daran erinnern, ihn jemals so böswillig erlebt zu haben. Niemandem gegenüber.

»Ich, unsere Ehe und unsere Zukunft, all das war keinen Kampf wert?« Meine Stimme bricht.

Xavier zuckt nur mit den Schultern. Fassungslos betrachte ich ihn. Er tritt einen Schritt auf mich zu und schiebt mich einfach zur Seite. Ich lasse es geschehen, habe keine Kraft mehr, einen Kampf auszufechten, für den es sich eh nicht lohnt Die Ehe von uns ist aus, ein für alle Mal. Es wird nie wieder ein *Xavier und Alexa* geben. Das hat er mir klar und deutlich aufgezeigt. Sein Verhalten mir gegenüber war ein erneuter Rückschlag für mich. Ich hätte gedacht, dass Xavier weniger egoistisch wäre und sich wenigsten nach meinem Befinden erkundigt hätte. Mit dieser Auseinandersetzung habe ich wirklich nicht gerechnet.

Er tritt noch einen Schritt nach vorne, bleibt neben mir stehen und dreht sich zu mir. »Du bist wie eine brennende Rose, Alexa. Schön anzusehen, faszinierend zu besitzen, doch am Ende wirst du dennoch nur zur hässlichen Asche.« Mit diesen Worten wendet er sich ab und geht. Und mit ihm mein Selbsterhalt. Laut schluchze ich auf und blicke ihm hinterher. Ein weiteres Mal lässt er mich stehen und verwandelt mein Inneres in einen Scherbenhaufen.

Es reißt mir schlichtweg den Boden unter den Füßen weg, katapultiert mich zurück in die Zeit, direkt nach meiner Diagnose.

***

Irgendwie schaffe ich es zurück in das Apartment von Piper. Mein Blick gleitet durch mein Zimmer. Nichts von all dem hier gehört mir, bis auf meine Klamotten ist alles von Piper. Zum ersten Mal wird mir bewusst, dass ich außer meinen wenigen Habseligkeiten nichts mehr besitze. Kein Zuhause, keine Möbel, keine Sicherheiten, keine Altersvorsorge. Alles gehört nun Xavier, zumindest, wenn mein Anwalt das getan hat, wozu ich ihn beauftragt habe. Aber das war, bevor mein Ex mir alles genommen hat. Mich verschlungen und unzerkaut ausgespuckt hat. Das restliche bisschen Liebe, welches noch in mir geschlummert hat, ist unwiderruflich vernichtet. Und somit auch das letzte Stückchen Klebstoff, das mein Herz zusammengehalten hat.

Ich merke, wie sich das Loch nähert. Kann die Schwärze beinahe anfassen. *Du musst einsehen, du warst es nicht wert, um noch mehr Energie und Zeit hineinzustecken.* Immer wieder spielt mein Gehirn mir diesen Satz vor.

Die Spirale meines Selbsthasses hat mich fest im Griff. Es gibt keinen anderen Ausweg mehr, als dieser hinab zu folgen. Wieso gebe ich mich der Hoffnung hin, dass ich jemandem langen und kostbar sein könnte? Warum ist es so unverständlich für mich, dass mir kein Glück vergönnt ist? Warum zum Teufel will ich Dinge haben, die ich keineswegs verdiene?

Der fiese Stachel namens Schmerz bohrt sich tiefer in mein Fleisch. Ich möchte all dies nicht mehr. Es soll endlich aufhören. Die Gedanken, das Fühlen und das ständige Leiden. Langt es nicht, dass ich schon bestraft genug bin? Wieso muss denn jeder noch auf mir herumtrampeln? Meine Vorgesetzte, mein Mann und ich selbst. Wann ist damit Schluss? Wann sehe ich ein, dass es keinen Sinn mehr hat? Niemals werde ich wieder normal sein können. Meine Unfruchtbarkeit wird immer im Weg stehen. Sie wird verhindern, dass je ein Mann mich richtig lieben wird. Wie sollte er es auch können, wenn ich es selbst nicht einmal kann?

Ich hasse meinen Körper und mich. Hasse es, dass ich schwach bin. Und vor allem einen beschissenen Makel ohne einen Grund habe.

Verletzt schreie ich auf, versuche, meinen inneren Schmerz hinauszulassen. Doch es bringt nichts. Schon lange nicht mehr. Automatisch hebe ich meinen rechten Arm. Es ist die schnellste Lösung, um es ein wenig zu betäuben. Kräftig beiße ich in meine Haut und den darunter liegenden Muskel. Meine Zähne bohren sich hinein. Ein süßlicher Schmerz zieht durch meinen Arm bis in meine Körpermitte. Schwer atme ich, konzentriere mich auf die äußerliche Verletzung und warte darauf, dass die innere Ruhe mich befällt.

Mein Biss verstärkt sich, meine Zähne strapazieren meine Haut über und durchdringen diese. Ich spüre, wie das Blut sich an meinen Lippen sammelt. Es braucht einen Moment, bis meine Gedanken klarer werden. Doch der Sog fortzufahren ist stärker. Ein Biss kann keine vollkommene Abhilfe schaffen.

Ich hasse mich dafür, dass ich erneut schwach geworden bin und keinen anderen Ausweg sehe. Mein Kiefer lockert sich, meine Zähne gleiten aus meiner Haut. Ich begutachte mein Werk und meine Wut auf mich selbst wird größer.

Ich bin nutzlos, ungenügend und absolut schwach. Diese negativen Emotionen stacheln mich an. Mein Schmerz benötigt mehr Ablenkung.

Wie von selbst bewegen sich meine Beine Richtung Küche. Ich nehme mir ein Küchenmesser aus der Schublade und kehre zurück in mein Zimmer. Hinter mir schließe ich die Tür, lehne mich dagegen und gleite an dem Holz hinab, bis mein Hintern den Boden berührt. Mir ist durchaus bewusst, dass ich dies unterlassen sollte, aber es gibt kein Zurück. Ich schiebe den Rock meine Beine hinauf. Mein Blick fällt auf meine Innenschenkel, nahe an meinem Schritt. Einige verblasste Narben sind zu sehen. Sie sollen ein Mahnmal sein und doch erinnern sie mich auch daran, wie es mir ging, als ich sie mir hinzugefügt habe.

Mein Griff um das Messer wird stärker. Ich muss es tun. Muss dafür sorgen, dass es mir besser geht. Auch, wenn es nur von kurzer Dauer ist. Entschlossen führe ich die Spitze an meine weiche Haut. Ich übe ein wenig Druck aus, die Oberfläche gibt nach. Ein Tropfen Blut quilt hervor. Ich schließe meine Augen, empfange den Schmerz, der durch mich fährt, als ich das Messer tiefer in mich drücke. Langsam, damit ich auch jedes bisschen auskosten kann, ziehe ich das Messer über mein Bein. Ruhe kehrt ein.

An meinem Rücken ruckelt es. Aber es ist mir egal. Ich will meinen Rausch genießen.

»Alexa? Bist du da?«, vernehme ich Pipers Stimme wie durch einen Nebel.

»Geh weg!«

»Verdammt, mach die Tür auf.«

Doch ich rühre mich nicht, setze stattdessen das Messer erneut an und füge mir einen weiteren Schnitt zu. Versetze mich weiter in den Rauschzustand. Es ist wie bei einem Junkie, man will immer mehr und kriegt nicht genug.

Ein kräftiger Stoß befördert mich ein wenig nach vorne.

»Ist das da ihr Arm, Tara?«

»Scheiße.«

Ich spüre, wie meine Freundinnen mehr Kraft aufbringen, um die Tür aufzuschieben. Nur wenige Millimeter schieben sie mich weg. Mein Kopf rutscht ein wenig zur Seite und fällt auf meine Schulter. Ich bin so unendlich müde. Die letzten Tage haben mich komplett ausgelaugt. Keine Kraft ist mehr über, ich bin am Ende.

Alles in meinem Leben gerät auf die schiefe Bahn. Verspüre ich einen Funken Glück, bin ich dennoch unzufrieden und will mehr, nur um es dann gänzlich zerstören zu müssen. Es hätte so toll mit Neal werden können. Er wäre der perfekte Mann gewesen. Doch Xavier hat recht. Ich bin wie eine brennende Rose, von der letzten Endes nur ein Haufen Asche überbleibt. Das könnte ich Neal niemals antun. Er hat was Besseres verdient als eine Frau wie mich.

Dennoch vermisse ich ihn. Sogar mehr als meinen Ex-Mann damals. Er hat mir gutgetan, hat die schlechten Gedanken beiseitegeschoben und mir gezeigt, wie ein glückliches Leben aussehen könnte.

»Wenn sie vor der Tür liegt, bekommen wir sie nicht auf. Nimm mein Handy und ruf Neal an. Er steht unten und wartet auf mich.«

Pipers Worte reißen mich aus dem Rausch in die Wirklichkeit zurück. Neal ist hier? Warum?

Ich öffne meine Augen. Mein Blick landet auf dem Messer, welches ich fortwährend in meiner rechten Hand halte, und gleitet dann weiter zu meinem Oberschenkel. Zwei blutige Striemen zieren meine blasse Haut. Sie sind fein, klein und ziemlich weit oben angesetzt.

Sofort schäme ich mich dafür, was ich getan haben. Nie hätte ich es so weit kommen lassen dürfen. Hätte niemals erlauben dürfen, dass Xaviers Worte solch eine Macht über mich ausüben. Angeekelt von mir selbst schiebe ich schnell meinen Rock hinunter. Ich habe mein Versprechen gegenüber meinen Mädels gebrochen.

Stumme Tränen laufen meine Wangen hinunter. Das werden sie mir nicht verzeihen. Sie werden mich dafür hassen, dass ich meine Schwäche keineswegs im Griff habe, so wie ich immer behaupte.

»Alexa, öffne sofort die Tür!«, donnert eine tiefe Stimme durch das Holz. Mein Herz fängt an zu rasen. Er ist hier. Bei mir.

»Verschwinde.« Panik nimmt von mir Besitz und ich stemme mich mit letzter Kraft gegen die Tür, damit niemand hereinkommen kann. Sie sollen mich alle allein lassen.

»Vergiss es.«

KAPITEL 13

Es ist …

… ausweglos. Ich habe keine Chance. Neal ist viel stärker als ich und schiebt die Tür samt mir auf. Ich gebe meine Gegenwehr auf und sacke in mich zusammen. Es ist zu spät, sie werden sehen, was ich getan habe. Erschöpft schließe ich meine Augen, das Messer fällt klirrend neben mir auf den Boden. Es ist vorbei. Sie werden mich verabscheuen. Mich für verrückt halten.

Ich spüre deren Anwesenheit, doch niemand sagt etwas. Stattdessen werde ich angehoben und zu meinem Bett getragen. Alles in mir drängt mich, die Augen zu öffnen und ihn anzuschauen. Aber ich kann nicht. Eine Welle der Scham überrollt mich. Eine einzelne Träne löst sich aus dem Augenwinkel und ich fange an zu zittern. Jegliche Anspannung weicht aus meinem Körper.

»Shhhh … Alles wird wieder gut, Alexa.« Sanft streicht er mir eine Haarsträhne aus der Stirn.

»Niemals.« Es ist nur ein Krächzen, welches über meine Lippen kommt.

Ich vernehme, wie die Tür geschlossen wird. Die Präsenz von Tara und Piper ist verschwunden, allein die von Neal ist spürbar. Sie haben uns allein gelassen, aber warum? Sie müssen doch wissen, dass es mir unangenehm sein könnte. Dass es mir peinlich vor ihm sein könnte.

Etwas raschelt und kurz darauf senkt sich die Matratze neben mir. Er legt sich zu mir und zieht mich dicht an sich. Seine Wärme empfängt mich, lullt mich ein. Ich kuschele mich näher an ihn. Atme seinen Duft tief ein.

Lange liegen wir so da und keiner spricht ein Wort. Er wird die Situation, in der er mich gefunden hat, richtig deuten. Und umso mehr bin ich darüber froh, dass er mich zu nichts drängt, sondern mir die Zeit gibt, die ich benötige. Es dauert lange, bis ich aufhöre zu zittern. Seine Finger zeichnen Kreise über mein Schulterblatt.

Ich hebe ein wenig meinen Kopf und öffne endlich meine Augen. Beobachte, wie Neal gedankenverloren an die Decke starrt, ehe er bemerkt, dass mein Blick auf ihm ruht und er deswegen seinen Kopf zu mir dreht. Blau trifft auf Braun. Verschmelzen miteinander. Zu meiner absoluten Verwunderung kann ich keine Abscheu bei ihm entdecken, stattdessen ist Sorge erkennbar. Tiefe Falten zieren seine Stirn und untermauern seine Besorgnis. Bestimmt hat er tausend Fragen, die er mir nur zu gerne stellen will, sie aber unterdrückt. Wie soll ich ihm jemals dafür danken, dass er einfach nur für mich da ist? Er gibt mir Halt, steht mir bei.

»Geht's wieder?«

Ich nicke.

»Magst du mir erzählen, was vorgefallen ist?«

Und das tue ich. Erzähle ihm von dem Termin und meinem Zusammentreffen mit Xavier. Ich hole sogar noch weiter aus und berichte ihm von plötzlichen

Aus meiner Ehe und meiner mentalen Verfassung. Nur ein Detail lasse ich dabei aus. Ich verschweige ihm, dass ich keine Kinder bekommen kann. Dafür bin ich noch nicht bereit.

Die ganze Zeit lässt er mich reden, hört mir gespannt zu und nickt zwischendurch. Für keine Sekunde halten seine Finger inne, sondern streicheln weiter beruhigend über meinen Körper.

»Ich habe meinen Freundinnen versprochen, so etwas nie wieder zu tun und doch haben Xaviers Worte mich mehr verletzt, als ich es jemals geahnt hätte.«

Stille breitet sich aus. Vermutlich muss Neal erstmal verdauen, was ich ihm eben berichtet habe. Nicht alle Tage trifft man auf eine Frau, die keinen anderen Ausweg sieht, als sich selbst zu verletzen. Mit solchen dunklen Seiten geht man normalerweise auch keineswegs hausieren. Ich zumindest nicht.

»Hattest du jemals den Gedanken, dich umbringen zu wollen?«

Seine Frage lässt mich zusammenzucken. Sie ist sehr intim, denn wenn ich ihm ehrlich darauf antworte, lasse ich ihn tiefer als jemals einen anderen in mein Inneres. Ich schäme mich vor dem, was ich sagen werde, aber Neal hat es verdient, die Wahrheit zu erfahren.

»Einmal. Und nur für einen kurzen Moment. Mir wurde alles zu viel, wusste keinen anderen Weg mehr, aber Tara und Piper waren rechtzeitig da, um mich aus dem schwarzen Loch zu holen. Danach bin ich nie wieder so tief abgerutscht.«

»Du hast fantastische Freundinnen, Alexa. Wieso bist du nicht zu ihnen gegangen, als es dir so schlecht ging?«

»Weil ich Angst hatte, sie könnten mich nicht verstehen.« Kurz schließe ich die Augen. »Es ist schwer für jemand anderen zu begreifen, was in einem selbst vorgeht. Ich war früher ein fröhlicher Mensch, habe viel gelacht und eine Menge Spaß gehabt. Mit der Zeit wurde es anders. Ich habe mich in meinen Gedanken verloren, war mehr in mich gekehrt. Dennoch hatte ich drei Konstanten in meinem Leben. Xavier, Piper und Tara. Als eine weggebrochen war, wollte ich die anderen nicht auch noch verlieren.«

Verständnis blitzt in seinen Augen auf. »Redest du mittlerweile mit ihnen? Versuchst, ihnen zu erklären, wie es in dir aussieht?«

»Ja, aber ich kann ihnen unmöglich alles erzählen. Du musst verstehen, dass ich den beiden unglaublich dankbar für alles bin. Aber ich will ihnen nicht noch mehr zur Last fallen. Sie haben ein eigenes Leben.«

»Wer sowas von sich gibt, hat keine Ahnung, wie sehr er eigentlich geliebt wird. Alexa, du musst aufhören, die Menschen um dich herum von dir zu stoßen. Mit dem, was du heute getan hast, tust du ihnen mehr weh, als wenn du deinen hübschen Mund öffnest und darüber gesprochen hättest.«

»Ich weiß«, gebe ich kleinlaut von mir. »Dennoch ist es einfacher gesagt als getan. Wer gibt mir die Garantie, dass sie mich nicht auch im Stich lassen, so wie es Xavier getan hat. Ich bin nun mal eine kaputte Frau, die -«

»Schweig! Du redest völligen Bullshit. Die beiden lieben dich und würden alles für dich tun. Und eine kaputte Frau bist du bei weitem nicht, glaub mir.«

»Woher willst du das wissen?«

»Lass dir eins gesagt sein, Alexa. Du magst vielleicht in deinen Augen einen Makel haben, aber weißt du, was wir andern sehen? Was ich sehe?«

Ich schüttle mit dem Kopf.

»Du hast eine Ausstrahlung, die jeden in seinen Bann zieht. Man kann Spaß mit dir haben, genauso gut kann man sich auch mit dir unterhalten. Du hast ein unglaubliches Auge für das Detail, weswegen du ausgezeichnete Arbeit in deinem Job leistest. Du hast ein Herz, welches am rechten Fleck sitzt und Augen, bei denen man denkt, dass man in ihnen versinkt. Kurz gesagt, du bist eine wunderschöne Frau, die einfach nur geliebt werden will.«

Meine Tränen laufen über und tropfen auf sein Shirt. Mein Herz wird leichter und die Splitter setzen sich zusammen. Stück für Stück, bis sie ein Ganzes ergeben. Mit jedem Wort hat er einen Teil der Dunkelheit in mir vertrieben und mit Licht gefüllt.

»Es war mein Ernst, als ich dir vor einigen Tagen geschrieben habe, dass ich mich in dich verliebt habe. Es war ein Leichtes gewesen. Es hat nur eine Nacht und ein Abendessen gebraucht, damit es um mich geschehen war. Es ist so verdammt schwierig, an dich heranzukommen, da du niemanden an dich heranlassen willst. Nun verstehe ich auch, wieso das so ist und doch hoffe ich, dass du merken wirst, dass nicht jeder Mann so wie dein Ex-Mann ist.«

Mein Puls beschleunigt sich und die Schmetterlinge in mir fangen an zu flattern. Wieso verliebt sich ausgerechnet so ein Kerl wie Neal in mich? Er ist so anders als die meisten Kerle, ist kein Bad Boy oder Aufreißer. Es scheint, als ob er mich wirklich versteht und mich so nimmt, wie ich bin. Ein neues Gefühl erfasst mich, eines, welches ich schon seit Ewigkeiten nicht mehr gespürt habe. Geborgenheit.

Neal schafft es, dass ich mich bei ihm gehen lassen und einfach ich sein kann. Er erwartet keine großen Erklärungen und setzt mich keineswegs unter Druck. Ganz anders als es bei Xavier war. Die letzten Monate unserer Ehe bestanden quasi nur daraus. Und zum ersten Mal verstehe ich, was Xavier vorhin meinte. Wir waren kein glückliches Paar mehr, sondern haben nur irgendwelchen Wünschen hinterhergejagt. Und um das zu begreifen, braucht es nur einen anderen Mann, der mir unter die Haut geht. Der mich Dinge fühlen lässt, die tief in mir verborgen waren.

»Danke. Danke für alles«, hauche ich.

»Jederzeit, Alexa. Egal ob Tag oder Nacht ich werde für dich da sein, wenn du es willst.« Mein Herz geht auf. Und mir wird klar, dass es kein Zurück mehr gibt. Es ist zu spät auszusteigen und einen Rückzieher zu machen. Ein weiteres Mal kann ich ihn wohl kaum von mir stoßen. Undenkbar, nach all diesen schönen Wörtern. Außerdem ist mir klar geworden, dass ich mich ebenfalls in ihn verliebt habe.

Neal tupft mir einen zarten Kuss auf die Stirn. »Willst du dich den beiden Mädels stellen? Bestimmt sitzen sie voller Sorge im Wohnzimmer und warten darauf, dass du mit ihnen redest.«

Ich schüttle mit dem Kopf und kuschle mich dichter an ihn, so dass mein Kopf auf seiner Schulter und an seinem Hals ruht. Noch bin ich unentschlossen, ob ich Piper und Tara gegenübertreten soll. Sie werden wissen wollen, was geschehen ist, und es würde mich erneut runterziehen. Stattdessen möchte ich viel eher die Ruhe und Geborgenheit genießen, die Neal ausstrahlt. Zudem brauche ich seine Wärme noch ein wenig.

»Du musst aber mit ihnen reden.«

»Das werde ich. Versprochen.«

Er nickt an meinem Kopf.

Wir liegen eine Weile so, bis er leicht an meiner Schulter rüttelt. Ich hebe meinen Kopf und schaue ihn fragend an.

»Bin ich das da auf dem Foto?« Er zeigt mit dem Finger auf meinen Laptop, welches in voller Pracht den Bildschirmschoner zeigt. Es ist ein Bild, welches ich beim Pier geschossen habe. Der Hintergrund wechselt und zeigt einen anderen Schnappschuss an. Erneut ist es einer von Neal, sogar mein Lieblingsbild von ihm. Das mit dem Lächeln. Peinlich berührt vergrabe ich mein Gesicht in seine Achsel und stoße ein gemurmeltes »Ja« aus. Zu blöd, wenn man seinen Laptop nie runterfährt. Bloß warum muss ausgerechnet er angezeigt werden, statt eines der anderen tausend Bilder, die in dem Ordner sind? Ich verfluche mich für die Idee, es so einzustellen, dass alle paar Sekunden ein anderes angezeigt wird.

»Du hast mich wirklich gut getroffen. Wann war das?«

Ich kläre ihn auf. Sein Lächeln wird breiter.

»Ich erinnere mich an den Tag. Es war der, an dem ich meinem Kontrahenten einen wichtigen Klienten vor der Nase weggeschnappt habe. Xavier war außer sich und hat auf mich eingeredet, dass ich das annullieren soll und ihn ihm überlassen soll.

Selbstverständlich habe ich es nicht, sondern ihm lieber meine Überlegenheit klar gemacht. Du musst also genau den Moment eingefangen haben, als ich wegen des Sieges gelächelt habe.«

Bei dem Namen des Kontrahenten zucke ich leicht zusammen. Doch dann zähle ich eins und eins zusammen. »Du willst mir ernsthaft erklären, dass ich dich abgelichtet habe, als du meinen Ex-Mann übertrumpft hast?«

Tief in mir baut sich etwas auf, bahnt sich einen Weg nach oben und poltert heraus. Laut fange ich an zu lachen.

»Xavier Ellis von X Marketing ist dein Ex? Du verarschst mich doch.« Er knallt sich mit der flachen Hand gegen die Stirn.

»Na klar doch. Ellis. Wieso ist mir das nicht früher aufgefallen? Wahrscheinlich war ich so von deiner Schönheit geblendet.« Er zwinkert mir zu.

Lachend schüttle ich den Kopf.

»Dann hast du mit mir eindeutig ein Upgrade erzielt, was deine Partnerwahl betrifft. Der Typ ist hinterhältig und nun weiß ich auch, dass er dazu noch ein Wichser ist.«

Upgrade? Partnerwahl? Sind wir zusammen? Tief horche ich in mich herein. Will ich überhaupt schon eine neue Beziehung eingehen?

***

Es wird Zeit. Ich muss mich meinen Freundinnen stellen. Sie haben eine Erklärung verdient. Ich sammele meinen ganzen Mut zusammen, löse mich von Neal und setze mich hin. Sein fragender Blick richtet sich auf mich und ich erzähle ihm von meinem Vorhaben.

»Du brauchst keine Angst haben. Sie lieben dich so wie du bist und werden es auch immer tun. Erkläre ihnen, was in dir vorgeht und sie werden es verstehen.«

»Das tun sie immer, aber dieses Mal habe ich ein Versprechen gebrochen. Es wäre nachvollziehbar, wenn sie mich nach heute hassen.«

Er setzt sich ebenfalls auf und legt seine Hände an meine Wangen. »Sie könnten dich niemals hassen.« Federleicht haucht er mir einen Kuss auf die Lippen. »Und nun lass Piper und Tara nicht länger auf dich warten.«

»Okay.«

Es ist schwer, seinen sicheren Hafen zu verlassen. Neal hat mich zu nichts gedrängt. Meine Mädels sind da anders. Hartnäckiger. Wissbegieriger. Entschlossener. Damit wollen sie mich keinesfalls verletzen. Im Gegenteil, sie wollen einen weiteren Rückfall verhindern. Und das ist nur möglich, wenn ich ihnen die Wahrheit erzähle. Die komplette Wahrheit.

Vor der Zimmertür nimmt Neal meine Hand in seine, verflechtet unsere Finger miteinander und lächelt mich aufmunternd an. Tief atme ich durch und öffne endlich die Tür. Gemeinsam mit Neal verlasse ich mein Zimmer. Meine Freundinnen sitzen auf dem Sofa und schauen Richtung Fernseher. Keine sagt ein Wort, als wir vor ihnen stehen bleiben.

»Ich werde euch mal alleine lassen«, unterbricht Neal die Stille, beugt sich zu mir hinunter und gibt mir einen Kuss. Es ist der erste vor den beiden und das erste Mal überhaupt, dass sie uns so zusammen sehen. »Wir telefonieren nachher?«

Ich nicke an seinen Lippen und gebe ihm noch

einen Kuss, ehe er von mir ablässt. Er verabschiedet sich von den Mädels und verschwindet. Ich sehe ihm nach. Am liebsten würde ich vor der Situation flüchten und mich in seinem Loft verkriechen.

»Willst du dort Wurzeln schlagen oder setzt du dich endlich zu uns?« In Pipers Stimme schwingt keinerlei Vorwurf oder Abscheu mit, es ist ihr normaler feixender Tonfall. Es erleichtert mich ein wenig, denn das bedeutet, dass sie mich nicht vollkommen abgeschrieben hat.

Ich setze mich neben Tara auf das Sofa. Auch bei ihr entdecke ich keine Verachtung, nur Sorge.

»Magst du uns erzählen, was vorgefallen ist? Was dich dazu gebracht hat, in alte Muster zurückzufallen?«

Ich öffne den Mund, aber Piper hebt ihre Hand. »Wie wäre es, wenn wir zuerst 'ne Pizza bestellen? Ehrlich gesagt, hängt mir der Magen in den Knien und ihr wisst, was das bedeutet. Ich werde knatschig. Während der Wartezeit kann Alexa uns erklären, was los war.«

»Von mir aus. Dann bestell eine Familienpizza für uns.«

»Nur eine? Bist du dir sicher, dass Alexa uns etwas abgibt?«

»Die wird reichen. Und ordere am besten noch etwas Schnaps dazu. Den können wir bestimmt gebrauchen.«

»Wehe ich bekomme nachher kein Stück ab.« Grummelnd steht Piper auf und verschwindet aus dem Wohnzimmer. Vor Freude könnte ich heulen. Sie behandeln mich nicht wie eine Ausgestoßene, sondern … wie ihre Freundin. Sie benehmen sich wie immer und versuchen, mir meine Angst zu nehmen. Was wäre ich nur ohne sie?

Tara legt ihre Hand auf mein Bein und drückt es leicht. Die Geste sagt mehr als tausend Worte. Egal, was kommen mag, sie ist für mich da. Mein Halt.

Piper kommt zurück, setzt sich im Schneidersitz auf den Sessel und sieht mich abwartend an. Das ist mein Zeichen, dass ich loslegen kann.

Angespannt denke ich zurück an vorhin und fange an zu erzählen. Gebe wieder, was mein Ex mir an den Kopf geknallt hat, und erkläre ihnen meine Gefühle. Ich rede mir alles von der Seele, selbst meine tiefsten Ängste beichte ich ihnen. Gemeinsam heulen wir. Sie umarmen mich, spenden mir Trost und geben mir den nötigen Halt. Zwischendurch kommt die Pizza, aber niemand rührt sie wirklich an. Selbst Piper scheint der Appetit vergangen zu sein. Nur der Alkohol muss dran glauben.

Als ich fertig bin, schaue ich von einer Freundin zur nächsten. Warte auf ihre Reaktionen.

Es dauert. Wahrscheinlich müssen sie das Ganze erst verdauen.

»Wieso bist du nicht eher zu uns gekommen? Wir wären für dich da gewesen.«

»So wie immer«, pflichtet Piper Tara bei.

»Und das ist es. Ihr seid für mich da, kümmert euch um mich, aber was ist mit euren eigenen Leben? Ich will keine Last für euch sein.«

»So denkst du wirklich? Dass du eine Last für uns bist? Alexa, wann haben wir dir je das Gefühl gegeben, dass wir dich so sehen? Du bist unsere Freundin und für diese ist man jederzeit da. Ein SOS und wir lassen alles stehen und liegen.«

»So wie heute meinst du?«

Tara nickt. »So wie heute. Du bist uns wichtiger als jeder Termin, den wir haben. Die kann man verschieben, Freunde in Not nicht.«

»Wieso seid ihr überhaupt hier gewesen, wenn ich euch doch keine Nachricht geschrieben habe?« Die Frage brennt mir schon seit vorhin auf der Seele. Normalerweise hätten sie bei der Arbeit sein müssen.

»Nachdem ich dich dazu gebracht habe, zu dem Termin zu gehen, hatte ich ein schlechtes Gefühl und habe deswegen Tara angerufen. Wir beide waren dann der Meinung, dass Tara hier auf dich wartet, bis du zurück bist, um dich aufzubauen.«

»Uns war klar, dass dieses Treffen mit Xavier schwer für dich sein wird. Da wollte ich dich mit Eis und einem Film überraschen. Nur leider kam ich zu spät und du warst schon hier. Zum Glück war Neal da und -«

»Warum überhaupt? Es gab nach der Abfuhr doch keinen Grund für ihn hierherzukommen.«

»Er war mit mir unterwegs zu einem Termin, als Tara anrief und gefragt hat, ob ich sie in die Wohnung lassen kann. Sie hatte ihre Schlüsselkarte vergessen.«

»Zum Glück habe ich den vergessen. Allein hätte ich nie die Chance gehabt, die Tür aufzuschieben. Und wer weiß, was dann alles passiert wäre.«

»Keine Ahnung«, gebe ich ehrlich zu. Denn so ist es auch. Wären sie nicht gekommen, dann ... ich mag mir gar nicht ausmalen, zu was mich mein Schmerz noch getrieben hätte.

Betretene Stille breitet sich nach meinen Worten

aus. Jeder hängt seinen Gedanken nach.

Tara nimmt meine Hände in ihre. »Egal, was dich bedrückt, du kannst jederzeit zu einem von uns kommen. Nur versprich uns dieses Mal wirklich, dass du nie wieder so weit gehst. Sprich vorher mit uns. Wenn du willst, können wir auch zusammen einen neuen Therapeuten für dich suchen. Ganz gleich, was du möchtest. Nur jage uns niemals wieder so eine Angst ein.«

»Ich versuche es.« Kein Versprechen. Die Angst, es erneut zu brechen und sie damit endgültig zu verlieren, ist zu hoch. Die Zukunft ist ungewiss, aber ich werde es wirklich versuchen, dass es nie wieder so weit kommen wird.

»Das langt mir fürs Erste.«

Ich bin so froh, solche verständnisvollen und geduldigen Freundinnen wie die beiden zu haben. Nicht jeder hat das Glück, überhaupt eine zu habe und ich habe gleich zwei.

Piper greift nach einem Stück Pizza. »Ihr wisst, ich habe euch lieb und so, aber wenn ich gleich keine Nahrung zu mir nehme, sterbe ich den Hungertod.«

Tara verdreht die Augen und ich muss schmunzeln. Das ist Piper. Wie sie leibt und lebt. Für sie ist alles wieder gut. Solche Gespräche sind nicht ihr Ding und dennoch muss sie diese öfters mit uns führen.

Bevor Piper alles aufisst, schnappen wir uns ebenfalls ein Stück. Herzhaft beiße ich in das vor Fett triefende Dreieck und verschlucke mich beinahe bei Pipers nächster Frage.

»Mal was anderes. Sind Neal und du jetzt eigentlich ein Paar?«

KAPITEL 14

Glück ist …

… wenn man einen Mann wie Neal an seiner Seite hat. Seit einem Monat sind wir bereits ein Paar und keine Sekunde davon bereue ich. Ganz im Gegenteil, ich bin froh, dass ich diesen Schritt gewagt und mich auf ihn eingelassen habe. Es läuft fantastisch zwischen uns und jeden Tag aufs Neue zeigt er mir, wie sehr er mich liebt.

»Alexa, bist du soweit?« Neal legt von hinten seine Arme um mich und verschränkt seine Finger auf meinem Bauch. Seinen Kopf vergräbt er in meine Halsbeuge. Mehrere Küsse verteilt er auf meiner Haut. Ich beobachte ihn dabei durch den Spiegel vor mir und lege den Kajalstift beiseite.

»Noch nicht ganz, ich muss mir noch -«

»Du siehst zum Anbeißen aus. Wieso also das ganze Zeugs in deinem Gesicht?« Zur Verdeutlichung schaben seine Zähne über meinen Hals.

»Weil ich mich damit wohler fühle?«

»Frauen.« Er verdreht die Augen und stellt sich gerade hinter mich. Um eine Kopflänge überragt er mich und es gefällt mir. Ihm ebenfalls, wenn ich seine funkelnden Augen jedes Mal richtig deute, wenn ich in meine High Heels schlüpfe. Apropos Schuhe.

»Wo gehen wir überhaupt hin? Nur einen kleinen Hinweis.« Jeden Samstag hat Neal eine Überraschung für mich parat und führt mich irgendwohin aus. Somit will er ein wenig Pärchenzeit für uns schaffen, weil wir in der Woche manchmal nur wenige Stunden miteinander haben. Und außerdem hat er mir verraten, dass er so unsere Date-Serie fortführt. Ich liebe es, wie er denkt, und mache nur zu gerne mit. Welche Frau würde auch nicht gerne von ihrem festen Freund ausgeführt werden? Heute bin ich extrem gespannt, wo es hingehen wird, denn Neal ist schon den ganzen Tag extrem angespannt. Kaum eine Minute konnte er stillsitzen und hat immer wieder auf seine Uhr geschaut. Dass er mich damit beinahe in den Wahnsinn getrieben hat, war ihm egal. Auch, dass meine Neugier ins Unermessliche gewachsen ist.

»Wir werden Downtown verlassen.«

Ich runzle meine Stirn. Das ist in der Tat ein Hinweis, der viel und gleichzeitig gar nichts aussagt. Bisher fanden alle unsere Dates in der Umgebung seines Lofts statt. Wieso ausgerechnet dieses nicht? Angestrengt überlege ich, was es Besonderes außerhalb von Downtown geben könnte, komme aber auf kein Ergebnis. Dafür gibt es einfach zu viele Möglichkeiten.

»Noch einen«, fordere ich und lehne mich an seine Brust.

»Du kannst anziehen, was auch immer du möchtest.« Er tupft mir einen Kuss aufs Haar. »Das ist es doch, was du eigentlich nur wissen möchtest, oder?«

Ich grinse. Er hat mich durchschaut, denn genau das ist es, warum ich ihn um Hinweise bitte. Bei dem Rest lasse ich mich wirklich gerne überraschen.

»Was ist, wenn ich nackt gehe?«

Sein Ausdruck ändert sich. Seine Hände verkrampfen leicht. Er schließt die Lider und lehnt seine Stirn an meinen Hinterkopf. »Dann würden wir niemals das Loft verlassen. Ich würde dich auf das Bett verfrachten und die ganze Nacht dortbehalten. Und wir werden ganz sicher nicht schlafen.«

»Das hört sich in der Tat sehr verlockend an. Was ist, wenn ich das der Überraschung vorziehe?«

Er knurrt etwas Unverständliches und löst die Umarmung, ehe er einen Schritt nach hinten tritt. »Das kommt nicht in Frage und nun beeile dich. Wir müssen gleich los.«

»Ja, ja, erst heiß machen und dann abservieren. So seid ihr Männer.«

Lachend schüttelt er den Kopf. »Dabei seid ihr Frauen für sowas bekannt.«

»Husch, raus aus dem Bad, bevor ich dir gleich zeige, wofür wir bekannt sind.«

Neal verschwindet aus dem Raum und ich kann mich zu Ende schminken. Man braucht eben Zeit, um ausgehtauglich zu sein.

Kaum bin ich fertig, hetzt er mich auch schon. Rasch ziehe ich mir meine Schuhe sowie Lederjacke an und folge ihm nach draußen zu seinem Auto. Dort öffnet er die Beifahrertür für mich und wartet, bis ich Platz genommen habe, ehe er die Tür schließt. Er läuft um den Wagen herum und setzt sich auf den Fahrersitz.

»Seit ich mit dir zusammen bin, komme ich zu spät. Dabei hasse ich Unpünktlichkeit.«

»Stell dich nicht so an! Du hast mir gesagt, ich soll bis siebzehn Uhr fertig sein. Ich habe sogar noch fünf Minuten Zeit. Ich bin also überpünktlich und das als Frau.«

»Wir sollen um die Zeit dort sein und nicht erst losfahren.«

Ich verdrehe die Augen. »Ich sag doch, ich bin für eine Frau überpünktlich.«

Was für ein Heidenspaß, meinen Freund jedes Mal zur Weißglut zu bringen. Denn tatsächlich ist er lieber zwanzig Minuten früher da, als auch nur eine Minute zu spät. Alles andere würde seinen Plan durcheinander und ihn aus dem Konzept bringen. Nur leider muss er damit leben, dass ich eine chronische Zuspätkommerin bin.

Wir verlassen Downtown und fahren durch First Hill in Richtung Cherry Hill Minor. Hochhäuser werden gegen Einfamilienhäuser getauscht. Was wollen wir hier?

Mein Puls geht in die Höhe. Will er ein Haus kaufen? Nein, niemals würde er sein Loft über seiner Firma aufgeben und außerdem weiß er, dass ich noch nicht so weit bin. Schließlich wohne ich weiterhin bei Piper und schlafe nur gelegentlich bei ihm.

Er lenkt den Wagen um eine Kurve und bleibt dann vor einem mintgrünen kleinen Holzhaus stehen.

»Ähm, Neal?« Ich bin verwirrt und unsicher, ob ich mich vielleicht doch in ihm getäuscht habe und er einer der schnellen Sorte ist. Freundin, Haus, Heiraten und zur Krönung ein Kind. Ein fieser kleiner Stachel nistet sich in mein Herz und pikst ordentlich hinein. Ein Klumpen bildet sich in meinem Magen. Letzteres wird niemals geschehen können. Wir können keine gemeinsamen Kinder kriegen, nur verschweige ich dies weiterhin vor ihm. Bisher fehlt mir der Mut und ehrlich gesagt habe ich das Thema auch komplett verdrängt. Wir sind glücklich. Wieso das wegen sowas zerstören? Doch nun ist es soweit. Ich werde mit ihm darüber reden müssen, ehe er ein Haus für uns kauft und sich in falsche Hoffnungen verrennt.

»Ein Penny für deine Gedanken«, sagt er gleichzeitig, als aus mir ein »Was machen wir hier?« herausplatzt.

Beide schmunzeln wir über uns, was die Stimmung in mir minimal hebt.

»Ich möchte dir besondere Menschen vorstellen, Alexa. Verfall jetzt bitte nicht in Panik, es ist nur ein kleines Familienessen und nichts Besonderes.«

»Nichts Besonderes?«

»Wie war das mit der Panik?«

»Das hättest du mir vorhersagen sollen. Ich habe keine passende Kleidung für so ein Treffen an und hätte ich das gewusst, dann hätte ich eine Kleinigkeit für deine Eltern mitgenommen.«

»Und es geht los ...«

»Ich bin keineswegs bereit, deine ganze Familie kennenzulernen. Wir sind erst einen Monat zusammen. So etwas macht man erst, wenn man sich absolut sicher ist, dass man länger zusammenbleibt. Können wir das nicht verschieben? So um die vier oder fünf Monate? Bitte, Neal, ich weiß doch kaum was von denen. Was mögen sie gerne? Sind sie strenggläubig oder eher locker? Worüber soll ich mit deiner Mutter reden, ich kenne ihre Interessen -«

»Alexa, bleib ganz locker.«

»Wie soll ich das? Du hast mir soeben gesagt, dass wir vor dem Haus deiner Familie stehen. Dabei bin ich null vorbereitet auf solch eine Situation.«

»Nun kennst du den Grund, wieso ich vorher den Mund gehalten habe. Du wärst nämlich nie in den Wagen gestiegen, hättest du zuvor gewusst, wo es hingeht.«

»Niemals!«

»Da wir das nun geklärt haben und wir vor dem Haus stehen, können wir auch genauso gut aussteigen und hineingehen. Sie freuen sich schon alle auf dich. Und bevor es noch weitere Einwände gibt. Ja, ich habe vor, länger mit dir zusammenzubleiben. Nein, das Treffen verschieben wir nicht mehr. Sie werden dich lieben. Sie meiden außer zu Weihnachten die Kirche. Ach, und keine Sorge, du wirst schon einen Gesprächsstoff mit meiner Mutter finden. Zur Not lässt du sie einfach quasseln.« Er steigt aus, kommt ganz gentlemanlike zu mir herum und öffnet mir die Tür. »Bist du bereit?«

Vehement schüttle ich den Kopf. »Nein.« Irgendwie fand ich die Idee mit dem Haus Kaufen besser, als nun seinen Eltern gegenüberzutreten. Es ist ein großer Schritt in unserer noch recht frischen Beziehung.

»Was ist, wenn sie mich unsympathisch finden? Oder ich ihnen missfalle?«

»Steig aus, ehe wir die ganze Nacht hier verbringen und kein Stück vom Braten abbekommen.«

Unsicher rutsche ich vom Sitz und verlasse den Fond des Autos. Neal verschränkt unsere Finger miteinander. Gemeinsam steigen wir die wenigen Stufen zur Veranda hoch, öffnen das Fliegengitter und klopfen an die Holztür. Augenblicklich geht sie auf und wir stehen einer etwas älteren pummeligen Frau gegenüber. Sie besitzt dieselben Augen wie ihr Sohn und auch die Haarfarbe hat er von ihr geerbt. Ihr Gesicht fängt an zu strahlen. »Neal, Alexa. Schön, dass ihr da seid. Kommt rein.«

Fest drücke ich seine Hand. Verwundert darüber, dass sie bereits meinen Namen kennt, folge ich ihm ins Haus.

»Wir haben uns gefreut zu hören, dass du ihn begleitest und wir dich endlich kennenlernen dürfen. Neal hat uns schon so einiges über dich erzählt.« Sie zieht mich in ihre Arme und drückt mich fest an sich.

»So? Hat er das?« Überfordert schaue ich zu ihrem Sohn, dieser allerdings grinst mich nur breit an.

»Ja. Und wir sind so froh, dass er endlich eine Frau gefunden hat, die damit zurechtkommt, dass er mit seiner Firma verheiratet ist.«

Sie lässt mich los und dreht sich zu ihrem Sohn. Dieser beugt sich zu ihr nach unten und gibt ihr einen Kuss auf die Wange. Nach der Begrüßung scheucht sie uns weiter ins Haus hinein. Im Wohnzimmer treffen wir auf seinen Vater und seine beiden Schwestern samt Partnern. Neal stellt sie mir der Reihe nach vor und ich reiche ihnen die Hand.

Nach und nach entspanne ich mich. Die beiden Schwestern Lizzy und Kate haben mich in ein Gespräch verwickelt und quetschen mich über das Fotografieren aus. Alles Mögliche erzähle ich ihnen darüber, auch, wo ich alles schon war und Bilder geknipst habe. Die Stimmung ist ausgelassen und ich fühle mich wohl bei seiner Familie. Ab und zu kommt Neal zu mir, drückt mir einen Kuss auf den Mund und versichert sich, dass alles okay bei mir ist. Selbst als Tim, der Mann von Kate, mit deren Baby auf dem Arm zurück ins Wohnzimmer gelangt, ändert es nichts an meiner Stimmung.

Die Mutter ruft uns ins Esszimmer und tischt eine Leckerei nach der nächsten auf. Auch hier haben mich die Mädels fest im Griff und verfrachten mich zu ihnen an den Rand. Neal schafft es aber, einen Platz neben mir zu ergattern. Auf der anderen Seite von mir, an der Spitze des länglichen Tisches, sitzt Kate und mir gegenüber Lizzy. Neben ihr Vincent, mit dem sie bereits zehn Jahre zusammen ist, wie sie mir stolz erzählt hat. James, der Vater, sitzt an der anderen Stirn. Rechts und links von ihm sitzen jeweils Abigail und Tim.

Der Hackbraten mit den ganzen Beilagen schmeckt hervorragend und ich bin nach einem vollgefüllten Teller pappsatt. Ich lege mein Besteck hin und lehne mich in meinem Stuhl zurück. Kate ergreift die Gunst der Stunde, verfrachtet ihr Baby auf meinen Schoß und drückt mir die Flasche mit der Nahrung in die Hand. Ich versteife mich. Kate scheint es bemerkt zu haben, denn sie greift sich das Baby und positioniert es anders in meinem Arm. »So kannst du sie besser halten beim Füttern. Und keine Scheu, so schnell gehen Babys nicht kaputt.«

Ich nicke und verstärke meinen Griff, ehe ich den Sauger der Flasche dem Baby an den Mund halte. Augenblicklich fängt es an zu nuckeln.

Während ich dem Baby die Nahrung gebe, konzentriere ich mich wieder auf das Gespräch mit den Mädels. Es ist unfassbar, wie schnell und herzlich sie mich in ihre Reihen aufgenommen haben. Sie kannten mich praktisch null und dennoch scheine ich nun eine von ihnen zu sein.

Irgendwann sind wir alle fertig mit essen. Die Männer stehen vom Tisch auf und helfen der Mutter beim Abräumen. Es scheint bei denen Tradition zu sein, denn es gab keine Aufforderung, dass sie das tun sollten. Anders als bei meinen Eltern. Dort wäre keiner außer meiner Mutter und mir freiwillig aufgestanden.

Ich schaukle das kleine Mädchen auf meinem Arm hin und her. Andauernd gleitet mein Blick zu dem Winzling. Sie ist noch so klein und zierlich, dass man wirklich Angst hat, sie zu fest zu packen. Wenn ich sie so ansehe, stelle ich mir vor, wie wohl ein Kind von Neal und mir aussehen würde. Hätte es seine oder meine Augenfarbe? Nach wem würde es generell kommen? Junge oder Mädchen? Wehmut erfasst mich. Nur leider werde ich das niemals erfahren. Werde nie wissen, wie es ist, so ein kleines Wesen sein eigen nennen zu können. Oder zu spüren, wie es in einem heranwächst. Muttergefühle werden für mich immer etwas Unbekanntes bleiben.

Ich spüre Neals Anwesenheit hinter mir und schaue kurz über die Schulter zu ihm. Er geht in die Hocke, schlingt seine Arme um meine Mitte und legt sein Kinn auf meine Schulter. »Ist sie nicht süß?«

Ich nicke.

»Aber ich verrate dir was, das ist Lola nur solange, bis sie in die Hosen scheißt.«

Schmunzelnd gucke ich runter, bewege meinen Arm nach rechts und links. Schaukle das kleine Mädchen weiter.

»Steht euch«, kommt es von Tim.

Ruckartig hebe ich meinen Kopf. Jeder der Familie sieht uns mit einem Ausdruck an, der es mir eiskalt den Rücken herunterlaufen lässt. Besonders der von der Mutter.

»Wie eine kleine Familie«, sagt diese auch sogleich entzückt.

Kräftig schlucke ich den Kloß herunter, der sich in meinem Hals gebildet hat.

»Wann können wir mit einem Enkel von euch rechnen?«, wirft der Vater trocken in den Raum rein.

KAPITEL 15

Es ist so still …

… dass man eine Stecknadel fallen hören könnte. Keiner sagt ein Wort, selbst das Baby gibt keinen Ton von sich. Erwartungsvoll sieht die Familie uns an. Ich gefriere zu Eis, mein Atem stockt und in meiner Brust breitet sich ein Engegefühl aus.

Ich hätte damit rechnen müssen, dass solch eine Frage kommen wird. Vor allem, wenn so oder so schon ein Baby mit dabei ist und somit das Thema automatisch darauf lenkt. Alle Eltern erwarten, dass ihr Kind sie zu Oma und Opa macht. Man kann Abigail und auch James deutlich ansehen, dass sie absolute Familienmenschen sind.

Der Druck wird mir zu groß. Ich mag sie alle und will keinen enttäuschen. Möchte ihn nicht enttäuschen. Mein Blick schweift von einem zum anderen. Sie warten noch immer, dass einer von uns beiden etwas sagt. Wie denkt Neal darüber? Ist heute der Tag, an dem es keine Zukunft mehr für uns gibt?

Meine Panik nimmt zu. Hektisch atme ich ein und aus, meine Handinnenflächen fangen an zu schwitzen und die Sicht droht kleiner zu werden. Ich muss hier raus. Kann ihre hoffnungsvollen Blicke keine Sekunde länger ertragen. Und vor allem möchte ich seine Antwort nicht hören. Sie wird mein Herz in tausend Stücke zerspringen lassen und mich endgültig brechen.

Mit dem Baby auf dem Arm stehe ich auf, Neals Hände rutschen von meinem Bauch, ich drehe mich um und reiche ihm das kleine Mädchen. Verletzt schaut er mich an, nimmt es mir aber ab. Ohne ein weiteres Wort renne ich aus dem Esszimmer, in den Flur und weiter aus dem Haus. Ich verschwende keinen Blick nach hinten, sondern laufe weiter. Fliehe vor meinen inneren Dämonen und Ängsten.

Ich hätte Neal nach meinem Zusammenbruch von meinem Defekt erzählen sollen. Hätte ihm erklären sollen, worauf er sich mit mir einlässt. Der Schaden wäre wesentlich geringer gewesen, wenn wir gar nicht erst zusammengekommen wären. Nun muss ich es akzeptieren, wieder von einem Mann, den ich liebe, verlassen zu werden. Denn so wird es sein. Ich habe ihm angesehen, wie sehr er seine Familie liebt, und da liegt es doch nur nahe, dass er ebenfalls eine gründen möchte. Das Schlimme daran ist, ich kann es mir sogar bei ihm vorstellen. Er wird ein großartiger Vater sein. Nur eben nicht von meinen Kindern.

Hass brennt sich in mein Herz. Ich hasse mich dafür, dass ich keine normale Frau bin. Es wäre so viel einfacher, wenn mein Körper nicht streiken und das tun würde, was die meisten Frauen können. Fruchtbar werden. Doch ich bin zu schwach dafür, kann keine Eizelle in mir behalten, so dass sie sich einnisten kann. Ich muss einfach akzeptieren, dass ich kaputte Ware bin, die niemand haben will. Nicht einmal ich selbst würde das.

Meine Schritte werden langsamer. Mir geht die Puste aus. Wo bin ich? Wie weit weg bin ich von Neals Elternhaus? Ich bleibe stehen, beuge mich nach vorn und stütze mich auf meine Beine. Mein Herz rast wie wild und meine Lungen schmerzen vor Sauerstoffmangel.

Erschrocken zucke ich zusammen, als eine Hand sich um meinen Oberarm legt. Schwarze Sneakers treten in mein Blickfeld, ich hebe meinen Kopf. Neal steht vor mir. Ebenfalls vollkommen außer Atem. Besorgt sieht er mich an.

»Was ist los? Wieso bist du weggerannt?«

»Ich ... Ich ...« Es ist unmöglich, ihm die Wahrheit zu sagen. Ich bin nicht bereit dazu. Er wird mich dann aus ganz anderen Augen betrachten. Würde nur noch meinen Defekt in mir sehen und mich letztendlich verlassen.

»Mein Vater hat das nicht so gemeint, wenn du deswegen Panik bekommen hast. Wir sind erst einen Monat zusammen. Da wissen sie, dass wir uns noch keine Gedanken über Kinderkriegen gemacht haben. Niemand erwartet jetzt eine Entscheidung von uns, Alexa.«

Alles in mir schreit laut auf. Am liebsten würde ich ihm sagen, dass es da nichts zu entscheiden gibt. Mein Körper hat es schon längst getan. Hat es mir abgenommen, ohne, dass ich darum gebeten habe.

»Hey, alles ist gut. Lass uns einfach zurückgehen.«

Verneinend schüttle ich den Kopf. Keinesfalls kann ich zurück in das Haus seiner Eltern. Sie werden Fragen stellen und wissen wollen, wieso ich abgehauen bin. Bevor sie keine Antworten haben, würden sie mich niemals aus ihren Fängen lassen. Nein, soweit darf ich es keineswegs kommen lassen.

»Was ist los? Du kannst es mir sagen.«

Beinahe kann ich die Liebe vom ihm greifen. Aus jeder seiner Poren strahlt sie heraus und versetzt mir einen Stich. Er bittet mich, mit ihm zu reden, drängt mich aber nicht dazu. So wie immer. Aber wie lange kann das gut gehen? Irgendwann will er auf all seine Fragen Antworten haben. Antworten, die ich ihm niemals geben kann, weil ich zu schwach bin und keine Lösung gegen meine Ängste habe. Sie dominieren mich und bestimmen mein ganzes Leben. Und das allein verdanke ich Xavier. Wegen ihm bin ich zu der Person geworden, die ich nun bin. Feige und getrieben von ihren inneren Dämonen.

Meine Gedanken rasen in meinem Kopf. Springen von einem *wenn* zum anderen und widerlegen es mit einem *aber*. Bis mir plötzlich klar ist, was ich zu tun habe. Ich dränge meine Gefühle in den Hintergrund, sperre sie von mir aus und stelle mich gerade vor Neal hin. Tief hole ich Luft und weiche seinem Blick aus.

»Es ist vorbei.«

Verwirrt blinzelt er mich an. »Wie meinst du das?« Seine Kieferknochen treten hervor und sein Griff wird fester.

»Ich kann nicht mehr mit dir zusammen sein.« Selbst in meinen Ohren klingt meine Stimme kühl und mechanisch.

Schmerz flackert in seinen Augen auf. Ruckartig zieht er seine Hand weg, so als hätte er sich an mir verbrannt. Der Spruch von Xavier kommt mir in den Sinn. *»Du bist wie eine brennende Rose, Alexa. Schön anzusehen, faszinierend zu besitzen, doch am Ende wirst* *du dennoch nur zur hässlichen Asche.«* Er hat damit sowas von recht. Alles, was ich anfasse, zerfällt zu Asche, einschließlich mir. Doch Neal möchte ich keineswegs mit in meine Dunkelheit reißen. Er hat noch eine Chance auf eine wunderbare Zukunft. Dafür muss er mich nur gehen lassen.

»Egal, was gerade bei dir los ist, das meinst du nicht so. Ich weiß es. Also sag mir, was dir auf der Seele brennt und erspare uns weiteres Leid.«

»Es ist alles gesagt.« Mit diesen Worten gehe ich an ihm vorbei, lasse ihn an Ort und Stelle stehen. Irgendwann wird er verstehen, welches Opfer ich eingegangen bin, nur um ihn vor mir zu schützen.

»Nur weil es im Augenblick schwer ist, darfst du nicht gleich aufgeben.«

Meine Schritte werden schneller. Ich laufe vor Neals Worten weg.

»Es wird nicht einfacher, wenn du davor wegläufst«, ruft er mir hinterher.

Das mag sein, doch ist es das, was ich am besten kann.

***

Es ist dunkel, als ich endlich vor dem Gebäude stehe, in dem ich derzeit wohne. Meine Handtasche samt Handy habe ich bei Neals Eltern gelassen. Bei meiner Flucht habe ich keinen Gedanken daran verschwendet. Somit war ich völlig orientierungslos, habe mich mehrmals verlaufen und konnte mir ohne Geldbörse kein Taxi rufen.

Bibbernd vor Kälte drücke ich den Klingelknopf, an dem der Name *Wayne* steht. Hoffentlich ist Piper zuhause. Sonst wüsste ich nicht, wo ich hinsoll. Ohne Geld kann ich mich in kein Lokal zum Aufwärmen setzen.

»Wer ist da?«, plärrt es metallisch durch die Lautsprecher. Erleichtert atme ich aus.

»Ich bin es, Alexa. Magst du bitte die Tür öffnen, habe meine Karte vergessen.«

Der Summer ertönt und ich drücke die Tür auf. Statt dem Fahrstuhl nehme ich die Treppen in den fünften Stock. Schinde so noch ein wenig Zeit, bevor ich meiner Freundin gleich gegenübertreten muss.

Diese wartet auch schon, als ich vollkommen aus der Puste unsere Wohnung erreiche. Eine Braue hebt sich, ehe sie den Kopf schüttelt und einen Schritt nach hinten tritt, um mich hineinzulassen. Wärme empfängt mich und vertreibt den Rest der Kälte aus meinen Knochen.

»Wo kommst du her?« Sie weiß es, das höre ich an ihrer Stimme. Ich kicke meine Schuhe von den Füßen. Von dem Marsch tun sie weh. Dabei ignoriere ich Piper, die versucht, sich mir in den Weg zu stellen.

»Redest du nicht mehr mit mir?«

Genervt schließe ich kurz meine Augen und zucke mit den Achseln. »Doch, klar.« Ich dränge mich zwischen Wand und Piper hindurch, marschiere geradewegs in mein Zimmer. Dass Tara und auch Neal auf dem Sofa im Wohnzimmer sitzen, ignoriere ich. Für eine Auseinandersetzung mit ihnen bin ich zu müde. Hinter mir schließe ich die Tür und verriegele sie. Ihnen sollte damit klar sein, dass ich in Ruhe gelassen werden möchte.

Ermattet lasse ich mich auf mein Bett sinken. Mit der Erschöpfung drängen sich die Gedanken und Gefühle in den Vordergrund. Wie konnte dieser Tag nur so aus den Fugen geraten? Er hat perfekt angefangen. Neal und ich waren glücklich. Und nun sitze ich in meinem Zimmer und bin Single. Wie konnte das nur passieren?

Zum ersten Mal, nachdem ich ihn stehengelassen habe, lasse ich zu, dass die Tränen in meine Augen steigen. Wieder einmal hat meine Unzulänglichkeit alles ruiniert. Hat etwas Gutes vernichtet. Wie oft muss ich den Schmerz noch ertragen, bis ich abgestumpft genug bin und es mich gefühlstechnisch kalt lässt?

Zu wissen, dass er einen Raum weiter sitzt, tut verdammt weh. Es wäre ein Leichtes, zu ihm zu gehen und um Verzeihung zu bitten. Ich darf ihm keine Hoffnung auf ein Happy End machen. Denn das wird er mit mir nie erleben können. Ich würde ihm zur Last fallen. So wie ich es bei meinen Freundinnen schon tue. Und irgendwann wird er bemerken, dass sein Leben nicht so verlaufen ist, wie er es sich gewünscht hat.

Xavier hat das Richtige getan. Er ist vorher aus dem Spiel ausgestiegen, ehe es so weit kommen konnte. Selbst, wenn ich ihn dafür hasse, kann ich ihn auch verstehen. Er wollte seine Träume und Wünsche nicht aufgeben. Niemand sollte das. Egal, wie sehr man die Person liebt. Am Ende wird man selbst nämlich niemals glücklich sein.

Meine Augen schließen sich. Ich habe das Richtige getan. Habe Neal die Entscheidung abgenommen. Er braucht später kein schlechtes Gewissen mir gegenüber haben, weil seine Liebe unzureichend ist.

Unweigerlich denke ich zurück an den Tag, an dem Xavier mich genau aus diesem Grund verlassen hat. Die Gedanken nehmen Gestalt hinter meinen geschlossenen Lidern an und ein Film spielt sich in meinem Kopf ab. Zeigt mir jedes Detail so, als würde ich über der Situation schweben. Ich sitze in der ersten Reihe, als meine Welt zusammenbricht.

Nervös wippe ich mit dem Bein auf und ab. Meine Hände zittern leicht, während ich in dem O'Hara Magazin blättere. Die genervten Blicke der anderen Frauen im Wartebereich spüre ich nur allzu deutlich auf mir ruhen. Von dem Ergebnis, welches ich gleich erhalten werde, hängt einfach zu viel ab, um ruhig sitzen zu können. Das Warten zermürbt mich.

»Mrs. Ellis.« Ich werde nach endlos erscheinenden Minuten endlich aufgerufen. Sofort springe ich vom Stuhl auf, lege das O'Hara Magazin auf den kleinen Tisch in der Mitte des Raumes und gehe aus dem Wartebereich. Eine der Frauen stöhnt ein »na endlich«. Ich ignoriere es.

Freundlich lächelnd sieht mich die Arzthelferin hinter der Annahme an und zeigt auf die erste der drei Türen. »Dr. Garson wartet schon.«

Ich nicke. »Danke.«

Mit jedem Schritt, den ich dem Behandlungsraum näherkomme, setzt der Fluchtinstinkt mehr ein. Es ist ein wichtiger Termin, der so einiges über meine Zukunft entscheiden wird. Und so langsam bekomme ich mächtig Angst vor dem Ergebnis.

Die Tür ist offen, weswegen ich reingehe, ohne zu klopfen. Es ist eines der typischen Behandlungszimmer beim Frauenarzt. Ein Stuhl auf der rechten Seite, bei dem der Arzt der Frau von unten bis hoch in den Rachen schauen kann und dahinter ein Vorhang, der einen Bereich abtrennt, in dem man sich nackt ausziehen kann. Mein Blick huscht auf die andere Seite.

Das Regal, das die gesamte Länge der Wand einnimmt, dominiert die linke Hälfte des Raumes. Davor sitzt ein älterer Mann mit grau meliertem Haar an einem Mahagonischreibtisch und notiert sich etwas auf einem Blatt. Ohne aufzublicken zeigt er mit der freien Hand kurz auf den Stuhl ihm gegenüber. »Setzen Sie sich ruhig schon, Mrs. Ellis.«

Mit mulmigem Gefühl nähere ich mich dem Stuhl und nehme Platz. Meine Handtasche lege ich auf meinen Schoß und klammere mich an deren Henkeln fest, so als würden sie mir Halt geben können. Mit jeder Sekunde des weiteren Wartens werden meine Hände feuchter. Das Kratzen der Kugelschreibermine auf dem Blatt Papier stachelt meine Anspannung an, bis ich kurz vor dem Zerreißen bin.

In dem Moment bereue ich es, Xavier gebeten zu haben, zu Hause zu warten. Er hätte mir beigestanden, mich beruhigt und gut zugesprochen. Bestimmt hätte er mir auch versichert, dass alles gut werden wird und wir ein Baby bekommen werden. Schon immer war er der Optimist in unserer Ehe. So sitze ich nun ganz alleine hier und mache mir beinahe vor Angst in die Hose. Dieser Termin entscheidet einfach über so vieles.

Nach einer gefühlten Ewigkeit legt Dr. Garson den Stift beiseite und setzt sich aufrecht hin.

»Wie geht es Ihnen heute?« Dabei schaut er den Bildschirm seines Computers an. Kurz tippt er etwas auf der Tastatur ein. Wie ich vermute meinen Namen, um meine Patientenakte aufzurufen.

»Soweit ganz gut.«

Der Arzt nickt und tippt erneut etwas ein. »Hatten Sie Beschwerden nach der Befruchtung?«

»Nein.«

»Gut.« Erneutes Getippe. »Sonst etwas auffällig gewesen?«

»Auch das nicht. Nein.«

»Perfekt.« Der Arzt guckt vom Bildschirm zu mir. »Dann schauen wir doch mal, ob es dieses Mal geklappt hat.«

Nervös lächle ich. Seit knapp eineinhalb Jahren sind Xavier und ich mit unserem Kinderwunsch in ärztlicher Behandlung. Sind von einem Arzt zum nächsten getigert und doch habe ich mich nicht an das Gefühl gewöhnt, welches einen durchströmt, bevor man das Ergebnis erhält. Die Anspannung, ob es dieses Mal geklappt hat, raubt einem den letzten Nerv. Ich schließe meine Augen, der Griff um die Henkel der Handtasche wird fester.

»Bitte lieber Gott, lass mich schwanger sein. Noch eine weitere Therapie überstehe ich nicht«, bete ich im Stillen. Und es stimmt. Ich bin nervlich sowie körperlich am Ende. Die ganzen Torturen gehen keinesfalls spurlos an einem vorbei. Davon mal abgesehen, dass auch unsere Ressourcen fast ausgeschöpft sind. Die Untersuchungen, Tests, Therapien und künstlichen Befruchtungen haben schon den Großteil unseres Ersparten gefressen. Und so langsam habe ich keine Ahnung mehr, wie wir das alles noch finanzieren sollen.

»Mrs. Ellis …« Dr. Garson räuspert sich. Er vermeidet den Augenkontakt mit mir und schaut lieber neben mich in den Raum hinein. Meine Atmung wird abgehackter und mein Herzschlag schneller. Ich drehe durch, wenn er mir weiter vorenthält, was Sache ist.

»Es tut mir leid, Ihnen mitteilen zu müssen, dass es ...« Mein Kopf schaltet ab. Ich blende ihn aus. Natürlich ist mir bewusst, was er sagen wird. Es hat nicht geklappt. Mal wieder. Meine Eizelle hat erneut die Spermien meines Mannes abgestoßen. Er wird darüber faseln, dass es bestimmt beim nächsten Mal klappen wird, dass wir nur ein wenig Geduld haben müssen und ... und ... und. Dabei wissen wir beide, dass dies nichts als Lügen sind. Wir müssen uns einfach damit abfinden, dass die Therapie nicht anschlägt. Je eher wir es tun, umso besser ist es für mich, für Xavier und für unseren Geldbeutel.

»Mrs. Ellis, es gibt auch andere Möglichkeiten, um Kinder zu bekommen. Haben Sie schon Mal über eine Leihmutterschaft nachgedacht?«, dringen Dr. Garsons Worte durch die Gedanken in meinen Kopf.

Aus weit aufgerissenen Augen schaue ich den Arzt an. Irgendwas scheine ich verpasst zu haben, denn noch nie hat er vorher dieses Thema angesprochen. Langsam schüttle ich mit dem Kopf. »Nein, darüber haben mein Mann und ich uns noch keine Gedanken gemacht.«

»Vielleicht sollten Sie es in nächster Zeit tun. Mrs. Ellis, Sie sind ausgemergelt und wirken erschöpft. Da wird die nächste künstliche Befruchtung ebenfalls misslingen.«

»Ich weiß.« Meine Stimme klingt selbst in meinen Ohren dünn und kraftlos. Tränen steigen mir in die Augen, drohen überzulaufen.

»Es tut mir aufrichtig leid, Mrs. Ellis. Die Diagnose idiopathische Sterilität ist nicht leicht zu verdauen für eine Frau in Ihrem jungen Alter.« Mitleidig sieht er mich an.

Idiopathische Sterilität, das hat er mir wohl vorher bereits erklärt, als ich auf Durchzug gestellt habe. Leider weiß ich durch diverse Recherchen im Internet, was dieser

Begriff aussagt. Er bedeutet nichts anderes, als dass ich aus undefinierten Gründen unfruchtbar bin. Oder kurz gesagt, niemand weiß, wieso ich kinderlos bleiben werde.

Ich muss hier raus. Kann nicht länger in diesem Raum bleiben, in dem mir mein Wunsch nach einem Kind genommen wurde. Hastig stehe ich auf und renne aus dem Behandlungsraum. Die Worte, die der Arzt mir noch hinterherruft, ignoriere ich. Das Gefühl, dass die Wände immer näherkommen, lässt mich schneller laufen. Ich brauche frische Luft. Dringend!

Eine Arzthelferin greift nach meinem Arm. Ich sehe, wie sich ihre Lippen bewegen, doch kein Laut dringt in meine Ohren. Nur das stetig anschwellende Rauschen ist zu hören. Mein Sichtfeld wird kleiner. Schwarze Punkte treten vor meinen Augen auf. Schnell befreie ich mich aus dem Griff und stürme aus der Praxis auf den Gehweg. Tief sauge ich kontinuierlich die feuchte Luft in meine Lungen und versuche zu begreifen, was da eben geschehen ist.

Eine Person rempelt mich an und holt mich aus meiner Blase. Die Geräusche prasseln alle auf einmal auf mich ein. Die lauten Stimmen der Menschen, die an mir vorbei gehen. Die Autos, die auf der Straße fahren. Das Hupen, welches ertönt. Das Bellen von Hunden und das Klingeln von Fahrradfahrern.

Wie kann nur alles um mich herum so normal weitergehen, wenn mir doch soeben mein Wunsch genommen wurde?

Das Handy in meiner Tasche klingelt. Mit zittrigen Fingern fummele ich es heraus und schaue aufs Display. Darling. Für einen Moment schließe ich meine Augen, ehe ich rangehe.

»Hey.«

»Hey Baby, wo bist du? Ich wollte dich in meiner Pause überraschen, aber du bist gar nicht Zuhause.« Sofort treten mir Tränen in die Augen. Ein Wimmern löst sich aus meiner Kehle.

»Alexa, was ist los?« Besorgnis schwingt in seiner Stimme mit.

»Ich … …« Ja, was ich? Ich war beim Frauenarzt und endlich habe ich eine Diagnose. Und nein, wir bekommen wieder kein Kind und wahrscheinlich werden wir es auch nie, außer wir adoptieren eins. Kann ich ihm das am Telefon sagen? Nein! Er hat es verdient, dass ich ihm von Angesicht zu Angesicht das Herz breche. Ihm ebenfalls seine Träume zerstöre, so wie Dr. Garson es eben mit mir getan hat.

Für einen kurzen Moment schließe ich die Augen. Konzentriere mich darauf, meine Tränen zurückzuhalten, und räuspere mich. Mit festerer Stimme setze ich neu an. »Mir geht es gut, Darling. Ich bin noch unterwegs und bin bald da.«

»Okay, bist du dir sicher, dass alles in Ordnung ist?«

»Ja.« Nein, nichts ist in Ordnung.

»Du kannst mit mir über alles reden, Baby. Egal, was dich gerade bedrückt, wir bekommen es gemeinsam hin. Und wenn es wegen deinem Job ist, keine Sorge, ich verdiene genug für uns beide.«

Mein Herz wird schwerer. Ich hasse es, meinen Mann anzulügen, aber sonst wird er nicht lockerlassen.

»Ich weiß, Darling. Und es ist nur der Stress von der Arbeit, der mich ein wenig sentimental sein lässt. Mach dir keine Sorgen, ich komme gleich nach Hause und dann ist alles gut.«

»Dann bis gleich. Ich liebe dich, Baby.«

»Ich dich auch.«

Stumme Tränen laufen mir die Wangen hinunter. Wütend wische ich sie mir mit dem Ärmel meines Cardigans weg. Es bringt nichts, hier auf dem Gehweg zu stehen und sich die Augen auszuheulen. Xavier hat gesagt, dass wir alles hinbekommen werden, egal was es ist, und ich glaube fest an ihn.

Langsam setze ich mich in Bewegung. Die Schritte fallen mir keinesfalls leicht, da sie mich mit jedem Zentimeter näher an das unausweichliche Gespräch bringen.

Den ganzen Weg bis nach Hause überlege ich, wie ich meinem Mann die schlechten Neuigkeiten überbringen kann. Doch wie will man der Liebe seines Lebens beichten, dass man niemals Kinder bekommen kann? Gemeinsam planen wir schon seit meinem ersten Collegejahr unsere Zukunft und in dieser haben wir beide zwei Sprösslinge von uns fest verankert.

Vollkommene Stille empfängt mich. Irritiert betrete ich das Haus. Ich dachte, Xavier wollte auf mich warten, ehe er zurück zur Arbeit geht. Merkwürdig. Aber vielleicht gab es einen Notfall in seiner Firma, weswegen er eher losmusste. So habe ich aber noch ein wenig Galgenfrist bis zum Gespräch.

Im Flur entledige ich mich meiner Schuhe und schreite dann in die Küche, um den Kaffeevollautomaten einzuschalten. Als ich meine Handtasche auf die Arbeitsplatte lege, fällt mir ein beschriebenes Blatt Papier auf. Ich nehme es hoch.

Es ist von meinem Mann. Ein leichtes Lächeln legt sich auf meine Lippen. Schon immer hat er mir Botschaften hinterlassen, wenn er aus dem Haus gegangen ist. Normalerweise waren es kleinere Zettel. Komisch.

Wenn ich es nach seiner Handschrift beurteile, hat er es eilig gehabt. Es würde also zu meiner Theorie passen, dass es einen Notfall gegeben hat. Und bestimmt entschuldigt er sich jetzt, dass er nicht für mich da sein kann und verspricht mir, dass wir nachher reden werden.

Mein Blick gleitet über die Zeilen. Ich verstehe nicht, was dort geschrieben steht. Immer wieder schweifen meine Augen über die Wörter. Versuchen zu realisieren, was ich da lese. Und dann … dann endlich checkt mein Hirn, was ich da in den Händen halte.

Ich reiße mich aus der Erinnerung. Stumme Tränen laufen mir ungehindert übers Gesicht und enden auf dem Boden. So etwas nochmal zu erleben, würde ich kein weiteres Mal durchstehen. Kann keinen Brief finden, in dem mir gesagt wird, dass man mich verlässt. Und verdammt noch mal, kann ich keinen weiteren Mann verlieren, den ich liebe. Es würde mich brechen und endgültig zerstören. Dabei reicht es schon, dass alle meine Wünsche und Träume an jenem Tag zerplatzt sind. Es tut vielleicht weh, Neal gehen gelassen zu haben, aber es würde wesentlich stärker schmerzen, wenn wir noch mehr Zeit in eine Beziehung gesteckt hätten, die zum Scheitern verurteilt ist. Ich habe das einzig Richtige getan, auch wenn es sich momentan anders anfühlt. Alles in mir schreit nach seiner Nähe, seinen starken Armen, die mich festhalten, und seiner Geborgenheit. Es sind erst wenige Stunden vergangen und dennoch vermisse ich ihn. Ein allumfassender Schmerz jagt durch meinen Körper. Lässt mich zittern und laut aufschluchzen.

Mein Blick fällt auf meinen Oberarm. Wie von selbst hebt er sich an meinen Mund. Ich öffne ihn und positioniere meine Zähne an meine Haut. Meine Augen schließen sich in der Erwartung des süßen Schmerzes. Es wäre ein Leichtes, meinem Drang nachzugeben und mir Erleichterung zu verschaffen. Ich brauche nur zuzubeißen, mein Fleisch durchdringen und ...

Ich kann es nicht. Zum ersten Mal habe ich Hemmungen. Das Versprechen, so etwas nie wieder zu tun, welches Neal mir nach dem letzten Vorfall abgenommen hat, hindert mich daran. Eine Kombination aus Weinen und Lachen tritt über meine Lippen. Trauer und Freude zugleich befallen mich. Er hat damit etwas geschafft, was niemand zuvor erreicht hat. Nicht einmal ein Therapeut, bei dem ich in Behandlung war.

Habe ich eventuell einen Fehler begangen und hätte ihn niemals verlassen sollen? Sondern an dem bisschen Glück festhalten sollen, statt es zu vernichten?

Nun ist es zu spät, ich habe das Ganze bereits ins Rollen gebracht und es gibt kein Zurück mehr. Ich muss mit den Konsequenzen meines Handelns leben.

KAPITEL 16

Sucht man …

… Liebeskummer im Duden, steht in fetter Schrift mein Name dahinter. Mir geht es beschissen und ich fühle mich so erschöpft wie nie zuvor. All meine Lebensgeister haben sich verabschiedet und nur eine Hülle meiner Selbst hinterlassen.

Vier Tage ist es her, als ich Neal das letzte Mal gesehen habe und mit jedem weiteren geht es mir schlechter. Der Appetit ist mir vergangen, zur Arbeit muss ich mich regelrecht quälen und mein Netflix-Abo ist ungenutzt. Mein Versuch, mich mit Fotografieren abzulenken, ist auch gescheitert. Es hat mich zu sehr an den Moment am Pier erinnert, als ich meine neue Kamera ausprobiert und dabei Neal abgelichtet habe.

Allgemein alles erinnert mich an ihn. Überall denke ich, seinen Geruch wahrzunehmen, dabei ist er an dem Ort nicht einmal gewesen. Nachts kann ich kaum schlafen, weil ich seine Nähe vermisse.

Für mich ist es unbegreiflich, wie sehr er sich in mein Leben und vor allem in meine Gedanken geschlichen hat. Ganz zu schweigen von meinen Gefühlen.

Mein Blick huscht zur Uhr neben der Tür. Zwei Stunden muss ich noch aushalten, dann ist Feierabend und ich kann mich endlich in mein Bett verkriechen. Ich lehne mich in meinen Stuhl zurück und warte darauf, dass sich der Zeiger schneller dreht. Meine Aufträge sind abgearbeitet und auch schon an meine Abteilungsleiterin weitergeleitet. Ich könnte sie bitten, dass ich früher in den Feierabend gehen kann, aber die Diskussion erspare ich mir. Also hocke hier rum, drehe Däumchen und zermartere mir den Kopf.

Die Tür zu meiner Kammer wird geöffnet und zu meiner Verwunderung tritt Piper in Begleitung der Chefin ein. Sofort stehe ich auf und stelle mich gerade hin. Ein Lächeln tackere ich mir ins Gesicht und hoffe, dass man mir nicht ansieht, wie nervös ich bin. Monique De Ville, verlässt selten die obere Etage.

»Was kann ich für Sie tun, Mrs. De Ville.«

Ihr Kinn nach oben gereckt sieht sie sich um, rümpft die Nase und mustert mich dann von unten nach oben.

»Sie sollen also die beste Fotografin vom O'Hara Magazin sein? Danach sehen Sie keinesfalls aus.«

Leicht zucke ich bei ihren Worten zusammen.

»Lassen Sie sich nicht von dem Äußerlichen täuschen, Monique. Alexa hat bei Bildern einen perfekten Blick für's Detail.«

»Nur keines für Mode, wie es scheint.«

Ich schiele an mir herunter. Ja, ich muss zugeben, meine Kleidung hat ihre besten Tage schon hinter sich. Aber normalerweise besucht mich auch niemand hier unten. Wieso also schick gekleidet sein?

»Ich glaube Ihnen, Piper. Bisher lagen Sie mit ihren Einschätzungen immer richtig.« Zu mir gerichtet sagt sie: »Eine geschätzte Kollegin von Ihnen fällt auf Dauer aus und Sie werden ihr Ersatz sein. Enttäuschen Sie mich nicht.«

Verdattert schaue ich von ihr zu Piper und zurück. Von welcher Kollegin spricht sie und womit sollte ich sie enttäuschen können? Beim Ablichten von Kosmetika wird es kaum der Fall sein können.

»Wird sie keinesfalls, dafür werde ich meine Hand ins Feuer legen.«

»In Ordnung. Dann packen Sie Ihre Sachen, Mrs. Ellis und folgen mir.« Monique dreht sich um und stolziert aus dem Raum. Piper jubelt lautlos hinter ihr und ich? Gucke blöd aus der Wäsche.

»Komm«, zischt Piper, als ich an Ort und Stelle verharre. Ich nehme meinen Rucksack und folge den beiden.

Wir fahren mit dem Fahrstuhl in die vorletzte Etage und steigen aus. In dieser sind nur Mitarbeiter untergebracht, welche die höchsten Positionen bei dem Magazin besetzen. So auch Piper und Tara. Wir gehen den Gang bis nach hinten durch und anschließend in einen Raum. Mein Mund klappt auf. Es ist eins der begehrten Eckraumbüros. Sie sind mit allem, was man benötigt, ausgestattet und einige besitzen sogar noch einen extra Raum, indem man auf altmodische Art Fotos herstellen kann.

»Hier werden Sie ab sofort arbeiten. Piper wird Ihnen alles Nötige erklären und Ihnen ihre Termine durchgeben. Und nun entschuldigen Sie mich bitte. Ich habe gleich ein wichtiges Telefonat.«

Überschwänglich bedanke ich mich, doch davon bekommt meine Chefin kaum was mit. Sie ist schneller verschwunden, als ich blinzeln kann. Ich könnte schier ausrasten vor Glück. Dieses Büro bedeutet, dass ich eine bessere Position habe als vor meiner Degradierung in die Kosmetikabteilung.

»Freu dich nicht zu früh. Wir haben in zwanzig Minuten einen Termin, bei dem wir beide anwesend sein müssen.«

»Kein Problem.«

Piper murmelt etwas Unverständliches. Seit Tagen empfinde ich das erste Mal sowas wie Freude. Wenigstens eine Sache, die mir ein positives Gefühl gibt und die schlechten ein wenig in den Hintergrund rückt. Pech in der Liebe, Glück im Job. Oder wie auch immer.

Neugierig inspiziere ich mein neues Büro. Öffne Schränke und Schubladen. Es ist ein Traum und ich freue mich jetzt schon, morgen voll durchstarten zu können. Ich nehme mir vor, dass ich meine Chefin nicht enttäuschen möchte und mein Bestes geben werde, um ihr zu zeigen, dass sie die richtige Entscheidung getroffen hat.

»Genug geguckt. Wir müssen los! Hast du deine Kamera mit oder müssen wir erst eine aus dem Lager holen?«

Ich zeige auf meinen Rucksack. »Wir können.«

Piper geht voraus und ich folge ihr. Es ist ruhig hier oben und wir treffen nur eine Kollegin an, die aber so vertieft in ihr Handy ist, dass sie keine Notiz von uns nimmt. Es ist so anders als unten. Dort standen wir öfters mit mehreren Mitarbeitern in der Kaffeeküche und haben gequatscht, wenn es die Zeit zugelassen hat.

»Wo ist unser Termin überhaupt?«, durchbreche ich die Stille, als wir bereits mit dem Auto auf dem Weg zu dem Auftraggeber sind.

»Versprich mir bitte, nicht auszurasten.«

»Wieso sollte ich? Ist der Kunde so schlimm?«

»Es ist Neal.« Kurz und schmerzlos knallt sie mir meinen Albtraum an den Kopf. Prompt wird mir schlecht. Ich fange unkontrolliert an zu zittern.

»Halt bitte an.« Die Luft im Auto wird weniger und der Druck auf meiner Brust stärker.

»Beruhige dich, Alexa.«

Vehement schüttle ich mit dem Kopf. Meine Kehle schnurrt sich weiter zu. Kalter Schweiß bricht mir aus.

»Eins ... zwei .... drei ... einatmen.« Piper macht es vor und ich schließe mich ihr an.

»Und ausatmen.«

Ich gehorche ihr und komme dem nach. Abermals beginnt sie von vorne, bis ich mich unter Kontrolle habe. Piper steigt aus und schreitet zu mir herum. Die Fahrt ist vollkommen an mir vorbeigegangen. Wir sind bereits bei NH Inc. angelangt. Sie öffnet die Tür und geht vor mir in die Hocke.

»Geht's wieder?«

»Ich werde keinen Fuß dort hineinsetzen, Piper. Ich bin noch nicht bereit, ihm gegenüberzutreten.«

»Du musst aber, Babygirl. Wenn du den Job ablehnst, wird Monique dich ohne Umschweife nach unten schicken. Das ist deine einzige Chance, ihr zu zeigen, dass du mehr draufhast, als nur Puder, Eyeliner und so ein Zeugs zu fotografieren. Vergeude sie nicht, nur weil du dir selbst im Weg stehst.«

Mir hätte klar sein sollen, dass mein neues Büro einen Haken hat. Einen ganz gewaltigen Haken. Es wäre auch zu schön gewesen. Aber ist es das auch wert, Neal gegenüberzutreten? Piper streicht mir eine Haarsträhne hinters Ohr. »Du könntest so viel glücklicher sein, wenn du deinen verdammten Kopf endlich mal ausschalten würdest.«

Irritiert runzele ich die Stirn.

»Und nun komm, lass uns Neal nicht länger warten lassen. Er hasst das.« Aufmunternd drückt sie mein Knie und steht auf.

Gemeinsam schlendern wir in seine Firma und folgen der Anweisung der Empfangsdame. Dieses Mal müssen wir in den zweiten Stock und betreten einen mittelgroßen Raum mit einem Konferenztisch in der Mitte.

Mit dem Rücken zu uns steht er an der Glasfront, die auf die Elliot Bay gerichtet ist. Ich schließe meine Augen und atme tief durch. Es ist dieselbe Aussicht wie von seinem Loft aus, die ich so sehr liebe. Öfters standen wir an den Fenstern und haben die Sonne beobachtet, wie sie jeweils aufgegangen oder untergegangen ist. Tränen schießen mir in die Augen. Wir waren in jenen Momenten so glücklich. Ich vermisse das. Vermisse ihn.

Meine Freundin räuspert sich und der Mann, den ich liebe, wendet sich zu uns um. Erschrocken reiße ich die Augen auf. Er sieht so aus, wie ich mich fühle. Beschissen. Seine Wangen sind eingefallen, tiefe Schatten liegen unter seinen Augen und der Glanz in ihnen ist verschwunden. Mein Herz zieht sich bei dem Anblick zusammen.

»Alexa.« Ein Fünkchen Hoffnung glimmt in seinem Gesicht auf. Ich verliere mich für einen kurzen Augenblick in seinem wunderschönen Antlitz.

Hinter mir wird die Tür ins Schloss gezogen. Ich drehe mich zu Piper, aber sie ist verschwunden. Ist einfach gegangen und hat mich allein gelassen. Mit Neal.

Panik steigt in mir auf. Mir wird das alles zu viel. Ich muss weg, doch seine nächsten Worte halten mich auf.

»Bitte bleibe hier. Bei mir. Lass uns reden.« Er kommt auf mich zu. Ich atme tief durch und nicke. Das bin ich ihm schuldig. Er verharrt vor mir, hebt seine Hand zu meinem Gesicht und hält inne, ehe seine Finger meine Haut berühren. Alles in mir schreit danach, mich ihm entgegenzustrecken. Mir die Berührung und Nähe zu holen, die ich so dringend benötige. Doch dieses Recht habe ich mir selbst genommen, als ich unsere Beziehung beendet habe. Er lässt seinen Arm sinken.

»Möchtest du dich setzen?«

»Nein.«

»Okay.« Er tritt einen Schritt zurück und bringt ein wenig Abstand zwischen uns. »Ich habe keinen Plan, wo ich anfangen soll, Alexa. Tausend Fragen geistern mir durch den Kopf und nur du bist in der Lage, diese zu beantworten.« Er fährt sich aufgebracht mit der Hand durch die Haare. »Aber eine lässt mich seit Tagen kaum schlafen. Was hat dich dazu getrieben, uns wegzuwerfen? Bis zu deiner plötzlichen Flucht bei meiner Familie dachte ich, dass wir glücklich sind. Habe ich mich so geirrt?«

Schnell senke ich den Kopf. Ich kann den Schmerz in seinen Augen kaum länger ertragen. »Wir waren glücklich«, murmele ich, während ich zur Glasfront laufe und mich davorstelle. »Du hast dich also nicht geirrt.«

»Warum?«

Ein Wort, welches so viele Fragen gleichzeitig ausdrückt.

Ein Wort, worauf Neal eine Antwort will.

Ein Wort, welches mir schier den Atem raubt.

Ich richte meinen Blick auf den Horizont vor mir. In meinen Gedanken nehme ich Abstand von meinen Gefühlen und fange endlich an zu reden. Beantworte all die unausgesprochenen Fragen zwischen uns und erzähle ihm von meinem Defekt. Während meines Seelenstripteases stellt Neal sich hinter mich und schlingt seine Arme um meine Mitte.

Erst mit dem letzten Satz merke ich, wie mir die Tränen in Strömen die Wangen hinunterlaufen. Stille breitet sich im Raum aus und wird nur durch meine gelegentlichen Schluchzer unterbrochen. Ich habe ihm alles erklärt. Vom ersten Tag des Babywunsches, bis zu den Therapien, die ich durchgestanden habe und weiter bis zu dem Auslöser beim Familienessen. Innerlich komplett leer warte ich auf eine Reaktion.

Die Hände an meinem Bauch verschwinden und auch die Wärme an meinem Rücken. Mein Körper versteift sich. Ich wusste es. Kaum vertraue ich ihm meine Unfruchtbarkeit an, wird er sich vor mir ekeln. Seine Gefühle für mich verschwinden und er wird erfreut sein, dass er mich als seine Freundin los ist.

An meinen Schultern dreht Neal mich zu sich um. Mit gesenktem Kopf stehe ich vor ihm und traue mich nicht, zu ihm hochzuschauen. Die Abscheu in seinen Augen würde mir den letzten Rest meiner Selbstbeherrschung nehmen. Ich würde vor ihm in die Knie gehen und auseinanderbrechen.

Seine Hände legen sich auf meine Wangen und zwingen mich, den Kopf in den Nacken zu legen. »Weshalb hast du das vor mir verschwiegen? Wieso hast du zugelassen, dass sich diese Belastung zwischen uns drängt?« Er legt seine Stirn an meine. »Warum bist du so voreingenommen?«

Unsere Blicke verschränken sich ineinander und zu meiner absoluten Verwunderung erkenne ich nichts außer reine Liebe in seinen Augen. Keine Spur von Abscheu oder Hass. Nur Liebe.

»Hättest du mich einmal gefragt, was ich möchte, hätte ich dir sagen können, dass ich mich schon vor längerer Zeit dazu entschlossen habe, keine Kinder kriegen zu wollen.« Er schließt seine Augen. »Wärst du einfach zu mir gekommen, hätten wir uns das ganze Leid ersparen können.« Ich brauche einen Moment, bis ich realisiere, was er mir soeben mitgeteilt hat.

»Aber wieso hast du die Frage deiner Eltern unbeantwortet gelassen?«

»Weil ich dich nicht vor den Kopf stoßen wollte!«

»Bist du dir absolut sicher? Und dies entspricht der Wahrheit?«

»Du könntest so viel glücklicher sein, wenn du einfach alles akzeptieren würdest, was man dir sagt, Alexa.« Seine Lippen verziehen sich leicht zu einem Lächeln.

»Was meinst du damit?«

»Du zerdenkst alles. Gehst in deinem Kopf zwanzig Schritte weiter und malst dir Dinge aus. Anstatt dass du deinen süßen Mund öffnest und mit mir darüber redest. Ich erzähle dir, dass ich keine Kinder will, und du grübelst darüber, ob es auch wirklich die Wahrheit ist. Würde es nicht so sein, hätte ich es keinesfalls zu dir gesagt. Alexa, in meinem Leben habe ich schon kaum Zeit für eine Frau an meiner Seite, wie soll da ein Kind reinpassen?«

Ich zucke mit den Achseln. »Keine Ahnung.«

»Siehst du, ich auch nicht. Vor zwei Jahren, als ich die Firma gegründet habe, schwor ich mir, alles für diese zu tun und immer hundert Prozent zu geben. Mir war bewusst, welche Opfer es mit sich bringen wird, und dennoch bin ich dieses Risiko eingegangen. Weil ich es so wollte. NH Inc. ist mein Baby! Da brauche ich kein weiteres.«

»Als wir bei deiner Familie waren, hast du kaum die Augen von dem Baby lassen können. Du hast gestrahlt.«

»Ich mag ja auch Kinder. Besonders Lola, weil sie meine Nichte ist. Aber ich brauche keine eigenen, um glücklich zu sein. Viel lieber will ich meine freie Zeit mit der Frau zusammen verbringen, die ich liebe.«

Mein Herz setzt einen Takt bei seinem letzten Satz aus, nur um dann wesentlich schneller in meiner Brust zu schlagen.

Neal meint es ernst. Er will wirklich keine Kinder und liebt mich so, wie ich bin. Verabscheut mich nicht und akzeptiert meinen Makel. Die totgeglaubten Schmetterlinge regen sich und flattern in meinem Bauch. Er will mich. Dennoch muss ich mich ein letztes Mal versichern, bevor ich mein Herz gänzlich an ihn verschenke.

»Was ist, wenn du es dir anders überlegst?«

»Man weiß nie, was noch geschehen wird. Es gibt nun mal keine Garantien im Leben. Also lass es einfach auf uns zukommen und wir genießen das, was wir haben.«

Er hat recht, man kann es nie wissen und doch spüre ich, dass ich bereit für eine Zukunft mit ihm bin. Dass ich das Risiko eingehen und ihm alles von mir schenken will. Es wird Zeit, dass ich zulasse, wieder glücklich zu werden. Ich muss die Vergangenheit hinter mir lassen. Endgültig. Mit Neal an meiner Seite werde ich es schaffen, all meine Dämonen und Ängste zu besiegen. Er wird mir den nötigen Halt geben und mich stützen, sollte ich erneut in die Dunkelheit herabgezogen werden.

Ich stelle mich auf die Zehenspitzen und nähere mich seinem Mund. »Ich liebe dich«, hauche ich dicht an seine Lippen und verschließe sie mit meinen.

Wir schaffen das. Da bin ich mir sicher.

Neal und Alexa - Gegen den Rest der Welt.

EPILOG

Zurück zum …

… Anfang, wo alles begonnen hat und ich Neal das erste Mal erblickt habe. Das Restaurant auf dem Pier ist zu meinen Lieblingsplätzen in meiner Mittagspause geworden. Gerne erinnere ich mich an den Start meines neuen Lebens zurück. Und wie auch damals sitze ich auf der Terrasse, schlürfe meinen Tee und beobachte die Menschen durch die Linse meiner Kamera.

Ein Mann in einem schwarzen Anzug lenkt meine Aufmerksamkeit auf sich. Geradewegs kommt er auf mich zugelaufen. Vor sich schiebt er einen beigen Kinderwagen. Für einen Moment halte ich inne und horche in mich hinein. Ein Lächeln stiehlt sich auf meine Lippen, als ich bemerke, dass der innere Schmerz ausbleibt. Seit Neal und ich uns vor knapp einem Monat ausgesprochen haben und ich nun weiß, dass wir kein Kind brauchen, um glücklich zu sein, schmerzt mich solch ein Anblick nicht mehr. Ich freue mich sogar für die Menschen, die das Glück besitzen, Babys bekommen zu können.

Eine Frau gesellt sich zu dem Mann. Er beugt sich hinunter und küsst diese. Ich zoome näher heran, will den perfekten Moment des Familienglücks einfangen. Es braucht genau zwei Sekunden, bis ich realisiere, wen ich dort beobachte. Xavier!

Ich sollte meinen Blick lösen, die Kamera auf ein anderes Szenario richten, doch es ist wie ein Unfall, von dem ich mich nicht abwenden kann. Vielleicht liegt es daran, dass ein großer Teil meines Lebens aus dem Wunsch bestanden hat, genau dies zu erleben, was den beiden vergönnt ist. Oder, weil mir die Körperhaltungen etwas anderes sagen, als ihre Geste, die sie der Öffentlichkeit zur Schau stellen. Sie sind steif und keinesfalls so locker, wie damals auf den Bildern bei Instagram.

Xavier und seine Verlobte lösen sich voneinander, sie sagt noch etwas zu ihm, ehe sie ihn stehen lässt und auf das Restaurant zusteuert. Seinem Gesichtsausdruck nach ist er sichtlich unzufrieden mit der Situation und dennoch folgt er ihr wie ein kleines Hündchen. Zu meinem Leidwesen gehen sie nicht an der Terrasse vorbei, sondern nehmen fünf Tische weiter von mir Platz.

Ich lege meine Kamera beiseite und greife nach meinem Getränk. Fest nehme ich mir vor, die beiden zu ignorieren und keinen Gedanken mehr daran zu verschwenden, wieso Xavier in ihrer Gegenwart so steif ist. Es geht mich rein gar nichts mehr an, wie sein Befinden ist. Und nach seiner Aktion beim Anwalt hat er es auch keineswegs verdient, dass ich mir Sorgen um ihn mache.

Ein Babygeschrei übertönt das Stimmengewirr am Pier. Schrill und hoch dringt es in meine Ohren und vernichtet mein Vorhaben. Mein Blick schwenkt rüber zur kleinen Familie. Keiner der beiden Elternteile macht Anstalten, das Kind aus dem Wagen zu nehmen, stattdessen sieht man nun überdeutlich, wie müde und abgeschlagen Xavier ist, wohingegen seine Verlobte ihn genervt anschaut. Als auch nach einigen endlos erscheinenden Minuten die Mutter ihr Baby weiter heulen lässt, steht der Vater mit hängenden Schultern auf. Auch dann beruhigt es sich nicht. Egal, was er macht, es schreit weiter.

Xaviers Verlobte erhebt sich endlich, doch zu meiner Verwunderung hilft sie ihm nicht, sondern, geht. Ohne ein Wort und ohne zurückzublicken verschwindet sie aus dem Restaurant. Lässt ihn und das Baby einfach zurück.

Zeitgleich betritt Neal die Terrasse. Lässt suchend seinen Blick über die Personen schweifen und schreitet auf mich zu, als er mich entdeckt. Seine Augen fest auf mich gerichtet nimmt er mich gefangen. Alles um uns herum rutscht in den Hintergrund, nur mein Freund zählt.

Er bleibt neben mir stehen, beugt sich hinunter und gibt mir einen zärtlichen Kuss auf die Lippen.

»Hey meine Süße.«

»Hey.« Glücklich lächle ich ihn an, was er erwidert.

Neal setzt sich neben mich auf den Stuhl, greift nach meiner Hand und verschränkt unsere Finger miteinander.

»Was machst du hier? Hast du nicht eigentlich einen wichtigen Termin?« Ich lege meinen Kopf an seine Schulter und genieße seine Nähe.

»Den habe ich auf später verschoben. Ich brauchte eine kleine Pause und wollte dich sehen.« Er zwinkert mir zu.

»So, so, du vernachlässigst also deine Arbeit, nur um mich zu sehen?«

»Das und weil ich hauptsächlich Hunger habe.«

»Du Arsch.« Leicht remple ich ihn mit der Schulter an, woraufhin wir anfangen zu lachen.

»Woher wusstest du, dass ich zu dieser Zeit hier bin?«

»Hab bei dir im Büro angerufen und da du nicht an dein Telefon gegangen bis, war meine Hoffnung, dich hier zu finden.«

»Ich hätte aber auch bei einem Außentermin sein können.«

»Hättest du nicht, meine Süße. Ich höre dir schließlich zu, wenn du mir abends von deinen Terminen für den nächsten Tag erzählst. Ich kenne quasi deinen Kalender.«

Mein Herz gerät aus dem Takt, schlägt schneller. Mit Neal habe ich den absoluten Glückstreffer gefunden. Er ist so anders als Xavier es war. Nimmt mich so, wie ich bin, und zwängt mir keine Wünsche auf, nur, weil er diese hat. Zudem ist er aufmerksam und zuvorkommend. Neal ist alles, was man sich als Frau nur wünschen kann. Er ist mein persönlicher Prinz auf dem weißen Pferd. Und ich könnte nicht glücklicher darüber sein.

»Ist das da dein Ex-Mann?«, holt Neal mich aus meinen Gedanken. Ich bewege meinen Kopf an seiner Schulter auf und ab.

»Sollte er mir leidtun, dass er statt in seiner Firma zu sein und einen Klienten zufrieden zu stellen hier wie ein Häufchen Elend sitzt und sein Baby nicht beruhigt bekommt?«

»Vielleicht ein bisschen?«

Neal lacht. »Was ist nur aus dem einst knallharten Geschäftsmann geworden, der ach so große Ziele hat und wegen denen über Leichen gehen würde?«

»Karma. Es hat hart und erbarmungslos bei dem zugeschlagen.«

Und genau das hat es. Xavier hat seinen sehnlichsten Wunsch erfüllt bekommen und doch hat er einen anderen dafür opfern müssen. Die Frage ist, ob es das ist, was ihn letztendlich auch wirklich glücklich machen wird oder ob es nur ein Traum hätte bleiben sollen.

Ganz egal, was zwischen uns vorgefallen ist, ich gönne es ihm, wenn er das erreicht, was er immer wollte. Ich jedenfalls kann nur von mir behaupten, dass ich mittlerweile froh bin, dass er kein Teil meines Lebens mehr ist. Denn mit ihm hätte ich nie das bekommen, was ich mir sehnlichst von meinem Partner wünsche. Tiefe Liebe.

Und genau diese bekomme ich uneingeschränkt von Neal, so wie er von mir. Dafür brauchen wir kein Baby, keine kleine perfekte Familie, sondern nur uns beide.

Ende

Nachwort

Selbstverletzung ist ein ernstes Thema, welches man nicht auf die leichte Schulter nehmen darf. Sollte ein Freund, ein Familienmitglied oder auch du selbst das Gefühl haben, sich Schmerzen zufügen zu wollen, scheut euch nicht, Hilfe zu suchen.

https://13reasonswhy.info/?country=23

Danksagung

Puhh … Zwischendrin habe ich wirklich die Hoffnung aufgegeben, es bis zur Danksagung zu schaffen. Alexa und ihre Geschichte haben mir einiges abverlangt und mich so manches Mal schier verzweifeln lassen. Ich glaube, ohne meine Freundinnen und meiner Lektorin hätte ich das Handtuch geworfen und *Love me deeply* zurück in die virtuelle Schublade gesteckt. Aber umso mehr freut es mich, dass ich die Arschbacken zusammengekniffen und es bis zum Ende durchgezogen habe.

Dieses Mal geht mein erster Dank an meine Mama, denn egal, wie es gerade in ihrem Leben aussieht, sie ist immer für mich da. Wir beide gegen den Rest der Welt. Hab dich ganz doll lieb! :*

Meinem Freund danke ich ebenfalls. Er hält mir nicht nur beim Haushalt den Rücken frei, sondern erinnert mich auch regelmäßig daran, dass mein Körper gewisse Bedürfnisse hat. Ohne Torge würde ich schon längst vor Erschöpfung zusammengebrochen oder dem Hungertod zum Opfer gefallen sein. Danke mein Schatz, dass du mich davor bewahrst. :*

Bitchii, ich weiß nicht, wie ich dir jemals danken soll. Von der ersten Idee zu *Love me deeply*, bis zum letzten Wort warst du für mich da, hast dir meine Zweifel angehört und mir einen Weg aus diesen gezeigt. Es ist nicht selbstverständlich für mich, dass du das tust, weswegen ich dir unglaublich dankbar bin. Hab dich lieb, Pinky. <3

Franzi. Ich kann mich überaus glücklich schätzen, dass du meine Lektorin bis. Du hast so eine unglaubliche Geduld mit mir, hilfst mir, wo du nur kannst, und das zu jeder Tageszeit. Dazu verpasst du meinem Rohdiamanten den Feinschliff und machst aus diesem ein funkelndes und besonderes Schmuckstück. Danke, dass du an mich glaubst und dich meiner immer wieder annimmst. Ich freue mich schon auf die nächste Zusammenarbeit mit dir. :*

Auch dir, Paul, gilt mein Dank. Du hast die letzten Fehler ausgemerzt und somit der Geschichte den letzten Schliff verpasst. Vielen Dank dafür!

Chrissy, Peggy, Ela und Nika, meine Testleser mit unglaublicher Geduld. Danke, dass ihr euch die Zeit genommen und euch meinem Buch angenommen habt, auch wenn ihr manchmal lange auf ein nächstes Kapitel warten musstet. <3 Ela, dir danke ich noch besonders dafür, dass du mir mit dem medizinischen Part sehr geholfen hast.

Dir, Mimi, danke ich ebenfalls. Ohne dich würde ich noch immer vor dem gekauften Cover sitzen und nicht wissen, welche Story es zieren sollte. Du hast mir den Stupser in die richtige Richtung gegeben. Auch danke ich dir, dass du mich ganz oft verstehst, wenn in meinem Kopf mal wieder pures Chaos herrscht und dass du mir immer wieder erklärst, wie man plottet. Vielleicht kapiere ich es eines Tages ja. ;) Danke dafür, Mausi, dass du so bist, wie du bist. <3

Zu guter Letzt danke ich euch Bloggern und Lesern. Durch eure Rückmeldungen und Rezensionen gebt ihr mir die Kraft, weiterzumachen und nicht den Kopf in den Sand zu stecken. Vielen Dank, dass ihr mir und meinen Büchern die Chance gebt, sie kauft oder ausleiht und liest. <3

Eure Daphne

Über den Autor

© Daphne Bühner

Daphne Bühner, geboren im Jahre 1991 auf der Nordseeinsel Sylt, hat ihrer Heimat nie den Rücken gekehrt und lebt zusammen mit ihrem Freund und ihren beiden Katzen „Mila“ & „Lilly“ noch immer dort. Durch ihre Begeisterung zum Lesen und dem Sammeln von Literatur entdeckte sie im November 2017 das Schreiben für sich. Mit sehr viel Leidenschaft und Interesse schreibt sie unter diesem Namen im Bereich Romance. Ihr Debütroman „Sons of Hel - Nomad: Tyr & Faith“ veröffentlichte sie im Mai 2019.